BASTEI
LÜBBE
TASCHENBUCH

Titel in der Regel auch als E-Book erhältlich

Delilah Devlin (Hg.)

EIN HEISSER RITT

Erotische Cowboy-Storys

Aus dem Englischen von
Jacqueline Arnold

BASTEI LÜBBE
TASCHENBUCH

BASTEI LÜBBE TASCHENBUCH
Band 17 163

1. Auflage: Januar 2015

Dieser Titel ist auch als E-Book erschienen

MIX
Papier aus verantwortungsvollen Quellen
FSC® C006701
FSC
www.fsc.org

Vollständige Taschenbuchausgabe

Deutsche Erstausgabe

Titel der amerikanischen Originalausgabe: »Cowboy Lust«
Originalverlag: Cleis Press

Titelillustration: © shutterstock/Pawel Sierakowski; © shutterstock/vikpit
Umschlaggestaltung: Jana Rumold
Satz: Urban SatzKonzept, Düsseldorf
Gesetzt aus der Palatino
Druck und Verarbeitung: CPI – Ebner & Spiegel, Ulm
Printed in Germany
ISBN 978-3-404-17163-7

Inhalt

Vorwort

Ich liebe Cowboys. Ich habe sie schon immer geliebt, und ich werde sie immer lieben.

Als man mich bat, das Vorwort für eine Sammlung von Cowboy-Geschichten zu schreiben, rief ich nur: »*Yee-haw!*« Dann fragte ich mich, wie es mir gelingen sollte, mich dabei auf einige Absätze zu beschränken. Es würde ein ganzes Buch brauchen (oder dreißig!), um zu erklären, wie sehr ich es liebe, über diese rauen und unbeugsamen Kerle zu schreiben, die häufig überlebensgroß erscheinen – auch wenn die gleichen starken und fähigen Männer, die ich so sehr bewundere, sofort das Thema wechseln würden, wenn man sie als Ikonen bezeichnet. Denn auch diese Bescheidenheit ist Bestandteil ihrer Persönlichkeit.

Oft werde ich gefragt: »Warum schreiben Sie über Cowboys?« Liegt es wohl daran, dass ich mit ihnen und ihren Umgangsformen groß geworden bin? Ja. Ich bin jeden Tag dankbar dafür, dass ich im Westen der Vereinigten Staaten aufgewachsen bin, wo ein richtiger Cowboy zu sein nicht nur eine Attitüde oder ein T-Shirt-Spruch ist, sondern eine Art zu leben. Doch es gibt unterschiedliche Arten von Cowboys, und jede von ihnen hat ihren eigenen Charme. Und es ist ein ausgesprochen erfüllender Job, diese Cowboy-Liebe zu verkünden und dazu noch die sexy Ungezähmtheit, die aus einem Cowboy den ultimativen Mann und Alphahelden macht.

Es überrascht nicht, dass Cowboys das Interesse der Leser seit so vielen Jahren wecken können. In der traditionellen erzählenden Westernliteratur ist der Cowboy Inbegriff für das Gute, Ehrliche und Wahrhaftige. Ein Cowboy ist nicht nur der Kerl, den du in einem Feuergefecht an deiner Seite oder als Rückendeckung haben möchtest, er ist auch der aufrechte Kerl, zu dem die anderen Männer aufblicken und von dem die Ladys träumen. Es sind seine Werte, die einen Cowboy in seinem Innersten ausmachen. Die Liebe zum Land treibt ihn tagein, tagaus an, wenn es darum geht, seine Familie zu versorgen. Und *whoo-ee* – da ist etwas Faszinierendes an einem Mann, der mit seinen Händen arbeitet und es liebt, sich zu verausgaben und schmutzig zu werden. Ein Cowboy ist das, was er tut: Er kümmert sich um das Vieh und ist Bewahrer des Landes, von dem er immer weiter lernt, egal ob es sich dabei um Wyoming, Texas, Hawaii oder einen Ort irgendwo dazwischen handelt.

Doch es gibt eine Einsamkeit, die mit dem Leben im ländlichen Amerika einhergeht, und daran hat sich in den letzten hundertfünfzig Jahren nicht viel geändert. Da macht es keinen Unterschied, ob wir über einen Ranch-Cowboy sprechen oder über die Cowboys, die allein weite Strecken durch die Prärie oder an Highways entlang zurücklegen.

Rodeo-Cowboys lieben das Risiko bei jenem uralten Kampf zwischen Mensch und Tier. Es geht nicht nur um die Show – wenn man diese Jungs geschunden und schmutzig sieht, dann wirken sie hart und unwiderstehlich sexy.

Es erfordert unglaublichen Mut, wenn ein Mann auf den Rücken eines Fünfzehnhundert-Pfund-Bullen steigt. Es ist eine Demonstration purer Willenskraft, wenn sich ein Reiter für acht Sekunden auf einem Bronco-Sattel oder dem bloßen

Rücken eines buckelnden Pferdes zu halten versucht, während ihn dieses in den Schmutz werfen will. Wollen Sie ihm in diesem Moment nicht die Kleider vom Leib reißen, seine Verletzungen, Schrammen und Narben suchen und diese küssen, damit es ihm wieder besser geht? Diese Lassowerfer wecken weibliche Fantasien, die sich um ganz andere Fesselspiele drehen. Wenn wir über Kraft und Mumm sprechen – sehen Sie sich einen Mann an, wie er sich in vollem Galopp von seinem Pferd auf den Stier wirft, um ihn zu Fall zu bringen. Diese Cowboys wissen genau, was sie zu tun haben und wie man ordentlich reitet – beim Rodeo und auch sonst.

Ich gebe zu, dass das Aussehen eines Cowboys eine große Rolle für die zeitlose Anziehungskraft dieser rauen Männer spielt. Nun mal ehrlich … gibt es *irgendetwas*, das mehr Sex hat als ein Kerl, der Stiefel, Jeans und einen Hut trägt? Das Klirren der Sporen und das leise Geräusch, das seine Chaps machen, während er auf Sie zuschlendert. Ein Gesicht im Schatten eines Cowboyhuts, und dann hebt sich die staubige Krempe langsam, und ein attraktives Gesicht mit einem jungenhaften Grinsen kommt zum Vorschein. Zum Ohnmächtig werden. Und dann sind da diese Muskeln, Lohn vieler Stunden harter körperlicher Arbeit, Muskeln, die sich unter einem engen Westernhemd abzeichnen. Es ist faszinierend zu beobachten, wie die Bewegungen eines Cowboys und die seines Pferdes eins werden, wenn er das Vieh zusammentreibt oder einfach über das Land reitet. Ist das nicht die ultimative Frauenfantasie? Zu erleben, wie dieser harte, muskulöse Körper sich zwischen den Laken bewegt und sich nicht auf die Weide oder die Rodeo-Arena konzentriert, sondern auf das Schlafzimmer.

Nimmt man also die Elemente eines traditionellen Westerns und fügt eine erotische Liebesgeschichte hinzu, erhält man das Beste aus beiden Welten – einen brandheißen und verdammt guten Cowboy, der am Ende das Mädchen bekommt, statt allein in den Sonnenuntergang zu reiten. Es macht Spaß, in den erotischen Westerngeschichten die Schlafzimmertür weit aufzustoßen, um zu sehen, was zum Kuckuck in dieser Art Mann eigentlich vorgeht. Einen Logenplatz mit Blick auf seine verborgenen Leidenschaften und seinen sexuellen Einfallsreichtum zu erhalten und die Sanftheit zu entdecken, die dieser harte Mann nur gegenüber der Frau zeigt, der sein Herz und seine Seele gehören. Cowboys sind eine Rasse für sich, und es braucht eine besondere Lady, um unter die schroffe Oberfläche zu blicken. Eine Frau, die bereit ist, diese leidenschaftliche Seite zum Vorschein zu bringen, jederzeit, überall – an die Scheunenwand gelehnt, in einem staubigen Pick-up, auf einem Heuballen oder in einem weichen Bett am Ende eines langen Tages. Eine Frau, die weiß, dass Taten zählen und nicht Worte. Eine Frau, die versteht, dass man sich nie wieder mit weniger zufriedengeben wird, wenn man einmal Cowboystiefel unter dem Bett liegen hatte und Nacht für Nacht von einem großen, starken Körper gewärmt worden ist.

Spüren Sie schon diesen besonderen Kitzel der Lust? Glücklicherweise erwarten Sie mehrere großartige Kurzgeschichten, die diese Lust noch steigern werden. Geben Sie mir ein *Yeehaw!*

Ich ziehe meinen Hut vor allen, die auf so großartige Weise zu *Ein heißer Ritt* beigetragen haben!

Als Leserinnen erwartet Sie ein echter Genuss. Also lehnen Sie sich zurück, legen Sie die Stiefel auf den Couchtisch und genießen Sie den Ritt.

Ein Hoch auf die Cowboys!

Lorelei James

Bestsellerautorin der *Rough Riders*-Serie und der *Blacktop Cowboys*-Serie

Einleitung

Es gibt einen Grund, warum Western-Liebesgeschichten nicht aus der Mode kommen. Wie kein anderer verkörpert der Cowboy den Gegensatz zwischen einem zutiefst unabhängigen Alpha-Mann einerseits und einem sorgenden Beschützer andererseits. Beim Anblick eines Mannes auf einem Pferd, der Wranglers und Chaps trägt und einen breitkrempigen Hut, der sein Gesicht beschattet, schmelzen die Frauen dahin. *Ich* schmelze dahin. Zugegeben, ich bin eine ziemlich abgestumpfte Leserin, doch selbst ich bin dem romantischen Versprechen verfallen, für das dieser raue Typ Mann steht.

Selbst wenn ein Cowboy bis zu den Knien im Schlamm steckt, um ein Kalb aus einer Senke zu befreien, ist er noch attraktiv. Die Fantasie sprüht Funken und ergänzt die fehlenden Details – den Geruch von Pferd und Kuh und den von kühlem, sauberem Männerschweiß; der Anblick sonnengegerbter Haut und von Lachfalten um die Augen; die kräftigen Schenkel und Arme eines hart arbeitenden Mannes; der Klang von schleppendem Texanisch, das mit tiefer Stimme gesprochen wird.

Vielleicht liegen die Wurzeln für meine unerschütterliche Liebe für Western-Romanzen in den neun Jahren, die ich im Herzen des Hügellandes von Texas gelebt habe. Dort grenzte mein Haus an eine Ranch, und Cowboys in Wranglers mit Hut und Stiefeln waren ein gewohnter Anblick. Das Leben hatte einem langsameren Rhythmus, was nach der Tretmühle des Büros wie Balsam wirkte. Die Romantik des Ortes verzauberte mich – trotz des Staubs, der Spinnen, Skorpione und Schlangen. Und sie verzaubert mich bis heute.

Als ich also die Nachricht streute, dass ich auf der Suche nach Cowboy-Storys war, hatte ich hohe Erwartungen. Und die Autoren haben sie erfüllt!

Angefangen mit Cari Quinns Geschichte *Ein Cowboy für zwei*, die mit einer unerwarteten Wendung aufwartet, bis zur letzten Story, *Sie bleibt nicht über Nacht* von Anna Meadows, werden Sie es auf Ihrer Reise durch dieses Buch mit unterschiedlichsten Orten und Themen zu tun haben.

In *Unter dem Kreuz des Südens* entführt die erfahrene Erotikautorin Cheyenne Blue Sie ins australische Outback, wo die Heldin der Geschichte um ihr Leben laufen muss. In *Dürre* erzählt Michael Bracken eine ruhigere, einfachere Story über einen Cowboy und eine Schullehrerin, die sich nicht weniger spannend liest.

Wem das noch nicht reicht, auf den wartet in *Ungezähmt* von M. Marie ein weiblicher Rodeo-Star mit großen Ambitionen. In *Kleinstadt-Schönheit* von Lissa Matthews dreht sich alles um eine liebende Frau, die aus Eifersucht beinahe Amok läuft, und in *Raneys letzter Ritt* von Chaparitta sinnen zwei Pistolenhelden auf Rache.

Jetzt schon gelangweilt? Ich möchte Sie bitten, dieser Sammlung eine Chance zu geben. Sie werden Humor, viel Romantik und süße – wie raue – Liebe auf diesen Seiten finden. *Saddle up, y'all!* – Alle Mann aufsitzen!

Delilah Devlin

Ein Cowboy für zwei

Cari Quinn

»Du bist wirklich bereit, mir deinen Mann zu überlassen?«

Danica Connor legte das Messer zur Seite, mit dem sie gerade Selleriestangen geschnitten hatte. »Col, er ist nicht mein Mann. Wir haben nicht miteinander geschlafen.« *Noch nicht*. In ihren Worten schwang ein klares *Noch nicht* mit, zumindest wenn es nach Jacks Willen ging. »Ich dachte da an einen One-Night-Stand. Nur damit du etwas Dampf ablassen kannst und dich daran erinnerst, dass du unter den Nadelstreifen noch eine Frau bist.«

Colleen, die auf der Kücheninsel saß, sah auf ihre Kleidung und grinste. »Kann keine Nadelstreifen sehen.«

Danica warf ihrer Schwester einen Blick zu und grinste zurück. Nein, Colleen sah definitiv nicht wie eine angehende Wirtschaftsprofessorin aus, wie sie da so mit den Beinen baumelte. Sie trug Shorts aus abgeschnittenen Jeans über ihren gebräunten Schenkeln und obenherum zwei kleine pinkfarbene Dreiecke, die, mit Bändern verbunden, kaum die Gaben der Natur verdeckten. Zwei honigblonde Zöpfe fielen ihr über die Schultern.

Danica sah auf ihr eigenes Outfit hinab – eine alte Arbeitshose und ein T-Shirt mit einem Loch in der Achselhöhle. Auch wenn die Frauen genau gleich aussahen, schien Col alle Sexyness für sich gepachtet zu haben. »Was mir recht gibt. Es wäre ein großartiger Zeitpunkt, um sich mit Jack zu treffen.«

Danica hob die Hand, um ihr Haar aus dem strengen Dutt zu befreien. Sie hatte den ganzen Nachmittag über die Pferdeställe ausgemistet und fand, dass sie nach Stroh und Schlamm und Schlimmerem roch. Eine lange, heiße Dusche würde all ihre Beschwerden lindern, nur nicht das störende Gefühl zwischen ihren Schenkeln, das sie stets überfiel, wenn ihr freundlicher Nachbar Jack Benton herüberkam, um ihr mit der neu übernommenen Farm zu helfen. Jack bot seine Unterstützung an, und normalerweise erhielt er für seine Mühen ein Glas eiskalte Limonade und einen netten kleinen Flirt.

Doch an diesem Abend war Danica danach, ihm etwas vollkommen anderes zu geben.

»Warum solltest du ihn mit mir teilen wollen?«

»Hey, hey, ihn teilen?« Danica warf etwas Stroh zur Seite, das sich in ihrem Haar verfangen hatte. »Wie kann ich etwas teilen, das mir nicht gehört?«

Colleen hatte offensichtlich eine andere Auffassung von Danicas Beziehung zu Jack als sie selbst. Sie flirteten lediglich miteinander und lernten sich besser kennen.

Sie verbrachten nur Woche für Woche Stunden damit, gemeinsam auszureiten, sich um die Tiere zu kümmern und das Land zu bearbeiten. Gelegentlich hielten sie Händchen und tauschten kurze, rauchige Küsse aus, die umso besser schmeckten, weil sie Jack nie weitergehen ließ.

Nichts war wirkungsvoller als Selbstverleugnung, wenn es darum ging, die Flammen der Leidenschaft anzufachen – oder fast so etwas wie einen Waldbrand der Leidenschaft heraufzubeschwören, wie nach dem Lippen- und Zungenspiel des vergangenen Abends.

»Ich weiß nur, dass ich seit zwei Tagen hier bin, und jedes

Mal, wenn er vorbeikommt, wirst du rot und kicherst wie ein Schulmädchen. Du hast mich ihm kaum vorgestellt, bevor du mich zum Mistschaufeln geschickt hast.« Colleen griff nach einer Stange Sellerie, bevor Danica sie in Stücke schneiden konnte. »Und nun sagst du mir, dass es okay ist, wenn ich ihn mir schnappe. Da stimmt doch was nicht.«

Danica griff nach der Plastikschüssel mit dem Hühnersalat, den sie für den Abend vorbereitete. Seit sie nach Hause zurückgekehrt war, um die Ranch ihrer verstorbenen Eltern zu übernehmen, aß sie wieder ordentliches Essen statt des Fertigmülls, den sie früher in der Stadt nach langen Fotosessions heruntergeschlungen hatte. Und das gefiel ihr.

Nach dem unerwarteten Tod ihres Vaters war sie nach Hause zurückgekommen, um ihre Möglichkeiten durchzuspielen: Entweder konnte sie die Ranch übernehmen, die für die Verhältnisse in Laurel Creek, Colorado, klein war, aber für ein Mädchen, das in der Stadt lebte, doch ganz schön groß. Oder sie konnte sie zum Verkauf anbieten. Colleens Scheidung hatte Danica auf Idee gebracht, dass die beiden Frauen sich gemeinsam um die Ranch kümmern könnten, doch Colleen hatte kein Interesse daran, auf dem Land zu arbeiten. Nach nur wenigen Wochen war sie nach Nevada zu ihren Sommerkursen zurückgekehrt. Nun, da es beinahe Herbst war, ließ sie sich für einen kurzen Wochenendbesuch blicken.

Noch vor wenigen Monaten hätte sie sich über Colleens mangelnde Hilfe geärgert, doch inzwischen hatte Danica ihren Rhythmus dem Leben auf dem Land angepasst und nicht mehr das Gefühl, sie könnte jeden Moment untergehen. Mit der Unterstützung einiger Nachbarn und mit Jacks Hilfe kam sie sogar recht gut zurecht.

So gut sogar, dass sie Vorbereitungen getroffen hatte, um im Oktober einen Fotojob in Chicago annehmen zu können. Für einen ganzen Monat. Falls hier mit den jungen Männern, denen sie die Ranch anvertraute, alles gut ging, könnte sie dann noch mehr solcher Jobs annehmen.

Das war ihr Leben. Ihr *richtiges* Leben, keines, das nur aus häuslicher Langeweile mit Jack bestand und nur darin gipfelte, Babys herauszupressen, Popos abzuwischen und sich den Hintern auf einer selbst gebauten Kinderschaukel platt zu sitzen. Er hatte über nichts davon je mit ihr gesprochen, doch Danica sah all diese Dinge wie mit unsichtbarer Tinte auf seine braun gebrannten Schultern tätowiert.

»Ich habe nicht gesagt, dass du allein mit ihm schlafen sollst. Ich habe vorgeschlagen, dass wir heute Abend etwas Spaß haben sollten, bevor du zurück nach Vegas fährst.« Danica ließ die Selleriestücke in den Hühnersalat fallen, sah zu ihrer Schwester und zog eine Augenbraue hoch. »Erinnerst du dich an die Highschool?«

Zu Danicas Überraschung errötete Colleen. »Das ist eine Ewigkeit her. Für so was sind wir zu alt.«

»Wir sind erst sechsundzwanzig«, erinnerte sie Danica und fragte sich, ob Colleen vielleicht doch recht hatte.

Bis zu diesem Nachmittag hatte sie nie daran gedacht, es noch einmal auf die wilde Tour zu probieren. Jack war vorbeigekommen und hatte ihr ein paar Ohrringe mit Mondsteinen geschenkt, über die er in einem Laden in der Stadt »gestolpert« war. Dann hatte er sie für den kommenden Freitag zum Abendessen ins einzige Restaurant eingeladen, das in Laurel Creek diese Bezeichnung wirklich verdiente.

Erst in fast einer Woche also. Beinahe so, als würde er ihr den Hof machen.

Sie mochte Jack. Sehr. Zu sehr vielleicht, denn sollte ihr Fotografenjob im Oktober gut laufen, würde sie alle paar Monate zu weiteren Trips dieser Art aufbrechen. Sie war niemand für eine langfristige Beziehung. Sie wollte es auch gar nicht sein. Nachdem sie sich so jung gebunden hatte und für so lange – und wofür überhaupt? –, wollte sie ihre Freiheit. Es war das Beste für Jack, wenn er gleich von Anfang an Bescheid wusste, wie sie darüber dachte.

Sex? Sicher. Flirten, reden, sich einen Film anschauen. Aber dass sie hier zu ihren Wurzeln zurückgekehrt war, bedeutete nicht, dass sie sich mit einem Mann niederlassen wollte. Jedenfalls jetzt noch nicht. Und vielleicht auch niemals.

»Ja, aber ich bin inzwischen geschieden«, sagte Colleen. »Und du bist ... nun ja, du und Steve –«

»Geschieden bedeutet, ein Single zu sein, richtig?« Sie wartete auf Colleens zögerndes Nicken. »Und Steve ist frisch verheiratet, womit er nicht mehr mein Problem ist. Also warum tun wir es nicht einfach?« Sie fluchte, als sie sich den Daumen an der scharfen Unterkante des Schüsselrands schnitt. »Nur zum Spaß, Col. Ein paar Orgasmen, und dann fährst du morgen nach Hause, und ich werde ...«

»Was?«, fragte Colleen und biss in den Sellerie.

»Mein Leben genießen«, beendete Danica den Satz und griff nach einer Gabel, um den Salat zu probieren. Sie kaute einen Bissen und nahm dann die kleine Schüssel mit den Schinkenstückchen, die sie zur Seite gestellt hatte. Nachdem sie den Inhalt in den Salat geschüttet hatte, kostete sie erneut.

Yep, keine Frage. Mit Schinken schmeckte alles besser.

»Hühnersalat machen und stricken.« Colleens Grinsen

wurde breiter, als Danica ausholte, um sie in den Oberschenkel zu boxen. »Und dazwischen dein Landlust-Dreier.«

»Es liegt bei dir. Wenn du nicht magst, kann ich das verstehen. Es ist ja nicht so, dass Jack wüsste, was ich im Sinn habe.«

»Richtig, was ist mit Jack? Woher weißt du, dass er dir nicht die Tür vor der Nase zuschlägt?«

Danica rührte ihren Salat ein letztes Mal um und griff dann nach der Klarsichtfolie. »Hmm. Blonde, sonnengebräunte Zwillinge, die kaum etwas anhaben und auf seiner Ranch auftauchen, um ihm eine Ganzkörpermassage anzubieten. Was glaubst *du*, was er tun wird?«

Colleen seufzte. »Ich dachte immer, *ich* wäre der böse Zwilling.«

»Das ist nicht böse. Ganz im Gegenteil. Wir wollen ihm doch zeigen, wie gut wir sein können.« Danica grinste. »Es handelt sich sozusagen um Nachbarschaftshilfe, wenn man es richtig betrachtet.«

Und das Beste an der Sache war, dass Jack dann wissen würde, dass sie etwas Ernstes nicht interessierte. Wenn sie ihn Sex mit ihrer Schwester haben ließ, war die Botschaft doch glasklar, oder nicht? Außerdem würde Colleen dann vielleicht nicht mehr so trübselig aussehen, wenn sie etwas richtig Verrücktes tat. Seit ihrer Scheidung drehte sich ihr Leben nur um die Arbeit und die Schule. *Ausschließlich* darum.

Sie brauchten alle eine wilde Nacht. Sie jedenfalls brauchte es ganz sicher. Besonders wenn es bedeutete, dass Jack endlich begriff und aufhören würde, ihr Nelken zu bringen, als wäre sie sein Highschool-Schwarm.

»Du bist verrückt, Dani.«

»Du weißt, dass du es lieben wirst. Also, wie ist deine Antwort? Bist du dabei oder nicht?«

Colleen schüttelte lächelnd den Kopf. »Wir sind keine sechzehn mehr.«

»Gott sei Dank. Aber wir können diesen Cowboy immer noch reiten, dass er es niemals vergessen wird.« Danica tippte mit der Gabel gegen ihre Lippe. »Komm schon. Er ist verdammt heiß.«

»Stimmt.« Colleen seufzte und spielte mit einer Haarlocke. Danica wusste, dass ihre Schwester an Jacks schokoladenbraune Augen dachte und sein zerzaustes braunes Haar mit den blonden Spitzen. Lang, aber nicht zu lang – gerade genug, um die Hand darin zu vergraben. Und sein Körper? All diese Muskeln und die gebräunte Haut bis hin zu der beeindruckenden Wölbung südlich des Benton-Ranch-Wappens auf seiner gold glänzenden Gürtelschnalle.

»Er trägt nie ein Hemd«, sagte Colleen mit verträumter Stimme.

»Ich glaube, er besitzt gar keine. Gute Sache, da seine breite Brust Chancen auf die Ernennung zum achten Weltwunder hätte.« Colleen lachte, und Danica zog die Brauen hoch. »Also? Bist du dabei?«

Die Herausforderung ließ Colleens Augen blitzen, als sie sich vom Küchenblock schob. »Also gut, Schwester. Machen wir's.«

Jack Benton rieb gerade einen Sattel ab und blickte auf, als er den Kies knirschen hörte. Er sah die Ankömmlinge, doch seine Aufmerksamkeit galt zuerst dem Himmel dahinter, der mit einem Mal so viel dunkler aussah als noch wenige

Augenblicke zuvor. Die plötzliche Front bedrohlicher Wolken über den Sangre de Cristo Bergen ließ den Besuch eher Unheil verkündend als einladend erscheinen. Ein Steppenläufer fegte an ihm vorbei, und im nächsten Moment hörte er das Heulen des Windes.

Ein Sturm zieht auf.

Als er sah, wie die blonden Zwillinge auf ihn zukamen, vermutete er, dass es an mehr als einer Front stürmisch werden könnte. Er holte tief Luft und hatte den Geruch von Regen in der Nase. So war es vermutlich zweierlei, was ihn erwartete: nahe bevorstehender Niederschlag und, wenn er an seine enge Levis dachte, die sofortige und unumkehrbare Abschnürung seines Schwanzes.

Was zum Teufel machten die beiden hier?

Danica und Colleen waren jede für sich eine Wucht. Aber zusammen? Wie sie beide in gleichen Sommer-Outfits die Einfahrt entlangstolzierten, mit wehendem blondem Haar und geschürzten pinkfarbenen Lippen, die sich gleich zweimal lächelnd öffneten … Großer Gott, einfach unwiderstehlich. Noch eine Sekunde und der Reißverschluss würde platzen.

»N' Abend, Ladys.« Jack tippte sich an den Hut und drückte seinen Körper näher an den Sattel. Falls die beiden sahen, was für eine gewaltige Beule sich unter seiner Jeans abzeichnete, würden sie noch einen falschen Eindruck von ihm bekommen. Allerdings ließ ihr listiges sexy Lächeln darauf schließen, dass die beiden eine Menge mehr zu bieten bereit waren als die letzte Frau, die bei ihm hereingeschaut hatte, um ihm ein Zeitschriftenabo anzudrehen. »Was verschlägt euch hierher?«

»Wir vertreten uns nur etwas die Beine. Und da deine

Ranch weit und breit die einzige ist, schien sie uns ein guter Platz, vorbeizuschauen und hier den Sturm abzuwarten.« In Danicas Stimme klang ein Schnurren mit, was die Enge in seiner Hose dramatische Formen annehmen ließ. Sie trat ein Stück vor und legte ihre Fingerspitzen mit den pinkfarbenen Nägeln auf den Rand des Sattelhalters. »Also dürfen wir für ein Weilchen hierbleiben? Nur zur Sicherheit.«

Jack hob sein Gesicht in den Wind und holte tief Luft. Ozon stach ihm in die Nase. »Es dauert noch einige Minuten. Euch bleibt mehr als genug Zeit, euch auf den Heimweg zu machen.«

»Nun ja, das hört sich nicht gerade nach einem Gentleman an.« Colleen kam näher und ließ ihre Hand geschmeidig über seine feuchte Brust gleiten. Die Sonne hatte den ganzen Tag über hoch am Himmel gestanden, und Jack war erst vor Kurzem von Silbas Rücken gestiegen. Vermutlich roch er nach Schweiß, doch Colleen schien das nicht im Geringsten zu stören. Es kam ihm seltsam vor, zumal sie kaum mehr als höflich zu ihm gewesen war bei beiden Gelegenheiten, als sie sich an diesem Wochenende getroffen hatten.

Er hob eine Braue und sah von einer Frau zur anderen. Dachten sie etwa, sie könnten ihn durcheinanderbringen? Er wusste genau, welche von ihnen welche war. Wenn man monatelang an der Seite einer Frau arbeitete, lernte man ihre kleinen Ticks kennen. Die Art, wie sie sich die Haare hinter das Ohr strich und wie sie zur Seite blickte, wenn sie nach den richtigen Worten suchte. Welches Spiel die beiden auch spielen mochten, so wusste er doch genau, welche Frau sich nun auf die Zehenspitzen stellte, um ihre weichen, feuchten Lippen auf seine zu legen.

Colleen konnte küssen, nun gut, aber sie war nicht Dani. *Seine* Dani, ob ihr das nun gefiel oder nicht. Er konnte warten.

»Vielleicht können wir dich überreden, uns nicht nach Hause zu schicken.« Danica schob sich an seine Seite. Sie legte die Hand auf seine Erektion und sah zu ihm auf. »Willst du uns wirklich nicht kommen ... also hereinkommen lassen?« Selbst ein Toter hätte bei der Doppeldeutigkeit ihrer Worte aufgehorcht. Ein kluger Mann hätte gesagt: »Aber ja, zur Hölle!«, und wäre zum King-Size-Bett vorausgegangen. Doch Jack Benton war nicht tot, und er war auch kein Professor, und so wählte er die dritte Möglichkeit und fragte, was er seit ihrer Ankunft hatte fragen wollen.

»Was zum Teufel habt ihr vor?«

Danica blinzelte, und ihre Wimpern waren bereits feucht vom sanften Regen, der jetzt fiel. »Was?«

»Ihr habt mich genau verstanden.« Als Blitze über den grollenden, stahlgrauen Himmel zuckten, nahm er die Zwillinge bei den Oberarmen und führte sie zur hinteren Veranda. Es war ein gutes Stück, das sie zurücklegen mussten, doch trotz seines festen Griffs und des Regens hielten sich die Frauen gut. Er riss die klapprige Fliegenschutztür auf, trat einen Schritt zurück und ließ die beiden hinein. »Setzt euch, ich muss noch den Sattel holen«, sagte er.

Als er zurückkehrte, saßen die beiden mit verwirrten Mienen am Tisch. Ihre tropfnassen Sachen klebten ihnen am Körper. Colleen hatte ein Bikinioberteil an, aber Danica trug ein enges Top ohne BH, unter dem sich ihre Nippel deutlich abzeichneten. Sein Schwanz meldete sich schon wieder, doch Jack ignorierte es, schloss die Hintertür und zwang sich nachzudenken.

Er warf seinen Hut auf den Tisch. »So, wer von euch erklärt mir das jetzt mal?«

»Was erklären?« Fast hätte er bei Danicas unschuldigem Blick grinsen müssen. Fast.

»Warum ihr beiden meine Auffahrt heraufstolziert kommt und Ärger sucht.«

»Haben wir denn jetzt welchen?«, fragte Danica und schlug die Wimpern nieder. Er hatte sie noch nie mit den Wimpern klimpern oder sonst etwas Gekünsteltes machen sehen. Sie war ganz Frau, kein Mädchen, und er wunderte sich über diesen Wandel – auch wenn sein Körper darauf reagierte.

Aber das hieß noch nicht, dass er das Spiel mitspielen würde. Er hatte jedenfalls nicht vor, sich allein von seinem Schwanz steuern zu lassen.

»Ein Gentleman weist eine willige Lady niemals ab«, sagte er, ging auf Colleen zu und griff nach ihrem Arm. »Komm schon, Süße.«

»Warte!«, protestierte Danica, während Colleens blaue Augen immer größer wurden. »Das sollte eine Party für drei werden.«

»Wirklich? Ich habe aber kein Interesse an einem Dreier.« Er sah Colleen an. »Mein Schlafzimmer ist gleich dort drüben.«

»Ähm, okay.« Colleen warf Danica einen Blick zu und stand auf, wobei ihre Brüste Jacks Brust streiften. »Aber Dani...«

»Kann zuhören«, sagte er, und zog Colleen hinter sich her.

Als sie in dem großzügigen Schlafzimmer waren, schaltete er das Licht an. Regen schlug heftig gegen die Scheiben und schirmte sie gegen fremde Blicke ab. Eine gute Sache, wäre sie Dani gewesen, doch schlecht für das, was er im Sinn hatte.

Er zog Colleens Gesicht ein Stück näher zu sich heran. »Spuck's aus. Was geht hier vor?«

Nervös leckte sie sich über die Lippen. »Es war Danis Idee.«

»Hab ich mir schon gedacht.« Er lockerte den Griff um ihr Kinn und fuhr sanft mit dem Daumen über ihre geschwollene Unterlippe, auf die sie sich gebissen hatte. »Möchtest du etwas Spaß mit deiner Schwester haben?« Er grinste, als er ihren entsetzten Blick sah. »Nicht diese Art von Spaß. Lass mich nur machen.«

Bevor sie ihm etwas entgegnen konnte, hatte sein Kopf sich ihrem schon genähert.

Danica faltete die Hände und schluckte, während ihr Ärger wuchs. Wütend wie sie war, hatte sie das Gefühl, ihn buchstäblich schmecken zu können. Ein lautes Stöhnen drang aus dem Schlafzimmer bis zu ihr herüber, und sie sprang auf.

Was zum Teufel? Griff er ihre Schwester an oder was?

Sie rieb sich über die Stirn. *Beruhige dich.* Das war wohl kaum ein Angriff. Und so hatte sie sich das Ganze auch nicht vorgestellt. Sie hatte einfach nicht erwartet, dass Jack ihr Colleen vorziehen würde. Verflucht noch mal, sie sahen doch gleich aus. Wie konnte er sich da mehr von Colleen angezogen fühlen? Zumal er Colleen bis zu diesem Moment keinerlei Interesse entgegengebracht hatte, das über Freundschaft hinausging.

Ein weiteres kurzes Stöhnen drang durch das Prasseln des

anhaltenden Regens zu ihr. Das war's. Sie hatte verdammt noch mal genug davon.

Sie ging den Flur entlang. Falls Colleen nackt in Jacks Bett lag, dann nicht mehr lange.

Es war eine idiotische Idee gewesen. Doch welcher Mann war nicht scharf auf einen Dreier? War das nicht schon genetisch so angelegt, genauso wie Football spielen oder Orangensaft aus der Packung trinken?

Wie auch immer. Jack würde in dieser Nacht auch keinen Sex zu zweit bekommen. Sie drückte mit der Hand gegen die angelehnte Schlafzimmertür, holte tief Luft und war auf das Schlimmste gefasst. Vielleicht trieben es die beiden gerade in diesem Moment miteinander. Jack schien ein Kerl zu sein, der nicht lange fackelte.

Sie trat zornig durch die Tür, hielt aber inne, als ihr Blick auf Jack und Colleen fiel. Sie blinzelte. Die zwei saßen auf dem Bett. Vollständig angezogen. Sie küssten sich nicht, berührten sich nicht einmal. Colleens Haar war kaum durcheinander, nur ihr Lippenstift war ein klein wenig verschmiert.

Schon das ließ Danicas Haut prickeln. »Was geht hier vor?«, fragte sie irritiert.

»Nach was sieht es denn aus, *Liebling*?« Jack hatte die Hand auf Colleens Schulter gelegt, und mit jeder Bewegung seiner Finger wallte Danicas Zorn wieder auf.

»Ich habe Stöhnen gehört.«

Colleen zuckte mit den Schultern und tätschelte seinen flachen Bauch. Seinen *bloßen* Bauch. »Manchmal muss ein Mädchen Stress ablassen.«

»Ja, das habe ich gehört.« Danica verschränkte die Arme vor der Brust. »Würde es dir etwas ausmachen, uns kurz allein zu lassen, Col?«

»Ganz und gar nicht.« Colleen berührte Jacks Schenkel, der in einer engen Jeans steckte, und Danicas Puls raste. »Viel Glück, Cowboy.«

»Mach bitte die Tür hinter dir zu, ja?«, bat Jack sie.

Colleen lächelte. »Aber sicher.« Einen Moment später waren sie allein.

Es war nicht seine Schuld. Das wusste Danica. Schließlich hatte sie sich dieses dämliche Szenario ausgedacht. Sie hatte nicht geahnt, wie sehr sie es hassen würde, wenn Jack ihre Schwester berührte – oder umgekehrt –, und das allein hatte sie in diese Situation gebracht, nicht Jack.

»Also, worum geht es hier eigentlich?«, fragte er sanft. »Versuchst du, mich wegzustoßen, Dani?«

»Ich dachte, es würde Spaß machen. Dass wir *alle* Spaß haben könnten. Aber so war es nicht. Sag mir, welcher Kerl mag keine Dreier?«, sagte sie, während er aufstand und zu ihr kam.

»Ein Kerl, der bereits die Frau gefunden hat, die er will. Sie allein.« Er drehte eine ihrer Locken um seinen Finger, und ihr wurde mit einem Mal ganz heiß. »Hast du ein Problem damit?«

»Vielleicht.« Sie kam näher zu ihm, rieb ihre Brüste gegen seine Brust und sah in seine Augen.

Die Intensität seines Blicks ängstigte sie, zumal sie ein Gefühl verspürte, das direkt auf diesen Blick ansprach. »Ich bin keine Frau, die sesshaft wird, Jack. Und es wäre nicht fair, dir etwas anderes vorzumachen.«

Der Anflug eines Lächelns zeigte sich auf seinem Mund. »Wer hat davon gesprochen, sesshaft zu werden? Ich will nur, dass wir einander genießen.«

Er nahm sie bei den Hüften und hob sie hoch, sodass sie

gar nicht anders konnte, als ihre Beine um seinen Hintern zu legen. Nicht dass sie hätte widerstehen wollen. Dann legte er seinen Mund auf ihren. *Mmm*. Sie konnte den Whiskey schmecken, den er irgendwann zuvor getrunken hatte. Sie küsste ihn leidenschaftlich und gab sich ganz dem Gefühl hin. *Ihm* hin.

Mit einem Mal verschwanden sämtliche Gedanken an ihre Schwester. Bis er sie in seinen Armen hielt und seine wunderbar rauen Handflächen unter ihr Top gleiten lassen wollte.

Sie wich ein Stück zurück und japste: »Was ist mit Colleen?«

»Sie versteht schon. Und sie hat den Schlüssel zu meinem Truck.« Er schenkte ihr ein sexy Lächeln, das Schmetterlinge in ihren Magen schickte und ihre Nippel hart werden ließ. Mit wenigen Handgriffen zog er ihr Shirt nach oben und über ihre bloßen Brüste. Ein tiefes Stöhnen drang aus seiner Kehle. »Schau dir all die Schönheit an, die du vor mir versteckt hast.«

Obwohl sie lachte, bog sie sich ihm entgegen und sehnte sich so sehr nach ihm, dass es sie erschreckte. Sie wollte sich keine Gedanken mehr um irgendwelche Erwartungen machen. Er hatte recht. Es war so viel unkomplizierter, es einfach zu genießen. »Ich wollte es langsam angehen lassen.«

»Bevor du es schnell haben wolltest.«

Er zog eine Braue hoch, während er sie ansah, und sie musste wieder lachen. Gott, er machte sie glücklich. Glücklich, dass ihr schwindelig wurde. Ihr Lachen wurde zu einem Kichern, als er sie auf das Bett fallen ließ. Sie bog sich ihm auf der harten Matratze entgegen und krallte sich in die Laken, als er seinen kundigen Mund auf ihre Brust senkte.

»Nun, es soll doch später nicht heißen, ich wüsste nicht, wie man einer Lady gefällig ist«, sagte er und neckte ihre Brustspitze, während er seinen Gürtel öffnete.

Allein diese Worte ließen sie noch feuchter werden. Sie beugte sich vor, um ihren Nippel noch tiefer in seinen Mund zu schieben, und griff in sein Haar, damit er den Kopf nicht von der Stelle bewegte. Wenn es nach ihr gegangen wäre, hätte er für immer dort bleiben können.

Zu bald schon richtete er seine Aufmerksamkeit auf ihren Bauch und dann noch tiefer, als er ihr die Shorts auszog. Als er sah, dass sie kein Höschen trug, stöhnte er. Er schloss seine Lippen um ihre geschwollene Pussy, und nun war sie es, die stöhnte, bettelte und durch sein Haar wühlte, damit er mit seiner Zunge in sie drang. Schneller, tiefer. Er schmiegte sich an ihre Klit und rieb mit der Nase über ihren schmalen Streifen von Locken, doch ohne ihr das Vergnügen zu verschaffen, nach dem sie sich sehnte.

Der Mistkerl wollte sie noch nicht kommen lassen. So viel verriet sein strahlendes Lächeln, als sich sein Mund von ihr entfernte und er sich Jeans und Boxershorts auszog.

»Schnell – erinnerst du dich?« Das Keuchen in seiner Stimme erregte sie noch mehr, als er ein Kondom aus dem Nachttisch zog und die gezackte Kante der Verpackung über ihren überreizten Nippel zog. Sie erschauerte, und er grinste. »Wenn du glaubst, dass du das aushältst.«

»Oh, ich schaff das schon«, presste sie hervor. Aber sie hatte ihre Zweifel daran, wenn sie sich seinen großen Ständer ansah. Die glitzernde Gürtelschnalle hatte sie bislang von Jacks natürlichen Gaben abgelenkt. Doch nun ließ ihr sein festes, gebräuntes Fleisch das Wasser im Mund zusammenlaufen. *»Jetzt.«*

Er richtete sich auf und drückte seinen Schwanz an ihre feuchte Öffnung. Dann legte er sich ihre Beine über die Ellbogen und drang ganz in sie ein. Seine glänzenden braunen Augen waren fest auf sie gerichtet, als er sich sanft wieder und wieder in sie stieß.

»Verdammt noch mal, Jack. Ich hätte nie angenommen, dass du mich hinhältst.«

»Du hast mich überhaupt noch nie genommen.« Er grinste wieder und schob sich erneut in sie, diesmal tiefer und kräftiger. »Jetzt hast du es.«

Ein hingebungsvolles Stöhnen war ihre einzige Antwort. Sie spreizte die Beine und griff nach ihren Nippeln, um sie zwischen ihren Fingern zu rollen, während sie sich ganz dem Rhythmus der Bewegung hingab. Das Geräusch von Haut auf Haut, Jacks Stöhnen, ihre hilflosen Seufzer.

Es ging alles so schnell. Auch wenn sie ihren Höhepunkt herbeisehnte, so traf er sie doch völlig unvorbereitet. Ihr Orgasmus brach über sie herein wie der Sturm draußen über das Haus. Er erschütterte sie in ihren Grundfesten und hielt sie gleichzeitig umhüllt wie eine warme Decke.

»Das also hast du mir all die Zeit vorenthalten«, flüsterte er und glitt mit dem Daumen über ihre Klit. Sie erbebte, als hätte er ihr einen Schlag versetzt. »Ich mag es, dir dabei zuzusehen, wie du kommst.« Er stieß tiefer in sie und bewegte seine Hüfte dabei in einer Weise, dass hinter ihren geschlossenen Lidern kleine Blitze zuckten. »Und ich mag es, dich in mir zu spüren.«

Sie umklammerte ihn mit ihren Beinen und drückte ihm ihren Schoss entgegen, sodass er nicht mehr sprechen konnte. Sein stockender Atem drang an ihr Ohr und fuhr sanft über ihre Haut, während sein Körper zuckte und sie spürte, wie er sich heiß in das Kondom ergoss.

Dann sackte er auf sie nieder und drückte sie mit seinem warmen, feuchten Körper in die Matratze. Draußen tobte immer noch der Sturm, während sie sich im Bett aneinanderschmiegten.

»Du bist wunderschön«, sagte er und schob ihr Haar zur Seite, um ihr Gesicht mit einer Spur von Küssen zu überziehen. »Dabei zerquetsche ich dich wahrscheinlich gerade.«

»Ein bisschen«, gab sie zu.

Er zog sich aus ihr zurück, und sie seufzte über den Verlust. Er lächelte und legte das Kondom zur Seite, bevor er sie wieder in die Arme nahm. »Besser so?«

»Viel besser«, murmelte sie, an seine Brust gekuschelt. Sie liebte es, sein Herz schlagen zu hören und zu wissen, dass sie es so angetrieben hatte. Der salzige Schweiß auf seiner Haut schmeckte so gut, als sie über seine Nippel leckte, dass sie nicht damit aufhören konnte, bis er aufstöhnte.

»Sag mir, dass das nicht nur für dieses eine Mal war, Dani. Bitte.«

Die unerwarteten Emotionen in seiner Stimme ließen sie den Kopf heben. Als sie die Sehnsucht in seinen Augen sah, spürte sie einen Kloß in ihrem Hals. »Jack, ich bin Fotografin. Ich bin für meinen Job viel unterwegs. Ich habe einen Auftrag für Oktober angenommen, in Chicago.«

»Wie lange wirst du fortbleiben?«

War das alles? Keine Forderung, dass sie bleiben sollte, keine Vorwürfe? Ihr Ex hätte ihre Entscheidung, für einen Job wegzugehen, niemals so einfach akzeptiert. Um genau zu sein, hatte er es tatsächlich niemals akzeptiert, was ein Grund dafür war, dass er nun ihr Ex war.

Aber Steve und Jack waren so verschieden, wie zwei Männer nur sein konnten. Sie zu vergleichen war nicht nur unfair, es war völlig sinnlos.

»Nur für einen Monat. Dieses Mal. Manchmal dauern die Jobs länger. Irgendwo am Ende der Welt.«

»Du hast verdammt viel Talent. Ich möchte einen Abzug von diesem Meeresbild, das über dem Sofa hängt.« Er nickte in Richtung der nackten Wand auf der anderen Seite des Raums. »Ich habe mir den Platz dort dafür aufgehoben.«

Sie hätte nicht aufhören können zu lächeln, selbst wenn sie es gewollt hätte. »Gefällt dir meine Arbeit wirklich?«

»Ich liebe sie.« Er nahm sie fest in die Arme und drückte ihr einen Kuss auf das Haar. »Ich möchte dir nicht in dein Leben reinreden, Dani. Nur so viel davon mit dir teilen, wie du bereit bist.«

Sie war zutiefst berührt. Als sie ihre Hand auf sein Herz legte, spürte sie, wie es stark und regelmäßig schlug. Hier war der Anker, von dem sie nicht gewusst hatte, dass sie ihn suchte. Der sichere Hafen, in den sie zurückkehren konnte, egal, wie weit sie gereist war. Der Platz, an dem sie immer sie selbst sein konnte, mit einem Mann, dem sie nach und nach immer mehr vertrauen würde.

»Ich bin gut im Teilen«, flüsterte sie. »Und wenn du mir Zeit gibst, werde ich noch besser darin werden.«

»Alle Zeit, die du brauchst. Inzwischen könnte ich dir allerdings zeigen, wie gut *ich* in manchen Dingen bin.«

Mit einem Grinsen schob er sich an ihrem Körper nach unten, um es ihr zu beweisen.

Unter dem Kreuz des Südens

Cheyenne Blue

»Hier gibt's keine Großstadtlichter.« Jakes glimmende Zigarettenspitze leuchtete in der Dunkelheit auf. »Und auch keine Supermärkte, wie ihr Amerikaner sie braucht.«

»Nein«, stimmte ich zu.

Finster sah er mich von unter seinem breitkrempigen Akubra-Hut an. »Nichts als jede Menge verdammter Schafe und Spinifexgras, das sich durch deine Schuhsohlen bohrt.« Er zog an seiner Zigarette. »Für die meisten Menschen gehört eine Schaffarm nicht zum üblichen Zehn-Tage-Programm durch Australien.«

»Das ist wahr.« Ich streckte meine Beine aus, um das Gleichgewicht zu halten, als ich mit dem Stuhl nach hinten kippte und mir das Kreuz des Südens ansah. Diese fünf Sterne am südlichen Horizont standen für all das Fremde dieses Ortes.

»Was also macht ein Mädchen wie du hier? Du bist doch eine Großstadtpflanze.«

Jakes Hartnäckigkeit war anstrengend. Ich konnte ihm unmöglich die Wahrheit sagen, und um eine schlüssige Lüge zu erfinden, war ich zu müde. Bundesagent Doland hatte mir gesagt, dass niemand Fragen stellen würde. Doch Jake war ein Gelegenheitsarbeiter, ein *Jackaroo*, wie sich die australischen Cowboys nennen. Das hatte ich inzwischen gelernt. Der Verwalter hatte ihn für zwei Wochen eingestellt und mich aufgefordert, ihm aus dem Weg zu gehen.

Ich war noch nie gut darin gewesen, mich an Anweisungen zu halten.

Jake schenkte mir ein schiefes Lächeln und lehnte sich über die Verandabrüstung. Eine Einladung, der ich nicht widerstehen konnte.

»Ich brauchte eine Veränderung«, sagte ich, was der Wahrheit nahekam.

Er schnaubte. »Okay. Und ich bin furchtbar neugierig.« Er holte ein Bier aus der Kühltasche zu seinen Füßen, bot es mir an und setzte sich. »Heute Abend gehen wir nirgendwo mehr hin. Warum erzählst du mir also nicht deine Geschichte?«

Eine Sekunde lang war ich versucht, es zu tun. Ich war schon immer leichtgläubig, wenn ich das Gefühl habe, dass sich jemand für mich interessiert. Die Worte von Bundesagent Dolan kamen mir in den Kopf: »Ihre Sicherheit hängt davon ab, wie diskret Sie sind. Mehr kann das FBI nicht für Sie tun.«

Malory Station in Westaustralien war ein sicherer Unterschlupf für Menschen im Zeugenschutzprogramm, und ich hatte nicht die Absicht, meine Deckung aufzugeben. Jake würde mir ohnehin nicht glauben. Statt ihm zu antworten, sah ich wieder zum Himmel hinauf. Die Milchstraße zog sich wie ein Band über den Himmel, viel strahlender als in L. A. Ich dachte daran, wie weit jeder dieser Sterne in seinem Leben gewandert sein musste und wie groß die Entfernungen zwischen ihnen sein mochten. Sie waren genauso isoliert wie ich.

Plötzlich fühlte ich mich sehr allein. Meine Sehnsucht nach L. A. überwältigte mich. Dieser Ort hier war so fremd und unwirklich. Selbst das Surren der Insekten, das mir zuvor so beruhigend erschienen war, verunsicherte mich nun.

»Da gibt's nichts zu erzählen.« Ich warf ihm einen Blick zu.

»Jeder hat eine Geschichte.« Seine große braune Hand berührte meinen Schenkel überraschend sanft.

Ich musterte sie aufmerksam. Jake arbeitete mit seinen Händen. Ich hatte ihn schon vorher gesehen, die Beine fest wie ein Nussknacker an sein Pferd gedrückt, und mit diesen Händen, die mit Seilen umzugehen wussten, Zügeln und Zaunpfosten.

Seine Finger bewegten sich auf meiner Haut, wanderten höher. Der Staub der Wüste fiel von seinen Fingern auf meinen Schenkel. Plötzlich schien eine Verbindung zwischen uns zu bestehen, die über die Berührung hinausging. Fragil und flüchtig, doch sie war da und so straff gespannt wie der Draht eines Viehzauns.

Ich lehnte mich gegen den Stuhl, an dem sich das Korbgeflecht auflöste, und betrachtete Jake, der so gar nicht in meine Welt passte und in den Szenebars von L. A. wie ein bunter Hund auffallen würde. Doch in dieser Umgebung hier machte er eine perfekte Figur. Er trug die Uniform der Outback-Männer: ein Männerunterhemd, das man *Singlet* nennt, einen Akubra-Hut und staubige Jeans.

»Was bringt dich hierher?«, fragte ich.

»Hab gehört, dass es hier einen guten Vorarbeiter gibt. Jemand, der einen sein Ding machen lässt.«

»Was für ein Ding?«

»Vieh treiben, das Brandeisen schwingen, Zäune errichten. Und das alles ohne verdammte Vorträge über Gesundheit und Sicherheit.«

Jakes Hand rutschte auf meinem Schenkel weiter nach oben, und obwohl ich durchaus interessiert war, stand ich auf. Wenn er das einzige Vergnügen war, das hier auf mich wartete, würde ich ihn noch ein bisschen zappeln und schwitzen lassen. Das würde es noch besser machen, wenn es dann passierte.

»Ich geh ins Bett.« Ich tat so, als hätte ich den Anflug seines Lächelns nicht gesehen, als seine Hand von meinem Bein glitt.

Als ich davonschlenderte, schwang Jake seine Beine auf die Verandabrüstung und ließ genüsslich Rauchkringel hoch zu den Sternen steigen.

Am nächsten Morgen sah ich Jake nicht, doch als ich nach dem Abendessen auf die Veranda trat, verriet mir ein Anflug von Schweiß und Staub, dass ich nicht allein dort war.

»Immer noch da?«, fragte er. Ich sah sein Gesicht von der Seite. Das Sternenlicht ließ seine Wangenknochen wie aus Stahl aussehen.

»Wo sollte ich sonst sein?«

»Jemand hat nach dir gefragt. Ich hab's auf dem Weg nach Avoca Downs über Funk gehört. Sie sagten, dass jemand zu uns unterwegs ist, der nach einer Amerikanerin sucht.«

Ich sah ihn an, und meine Nerven waren mit einem Mal zum Zerreißen gespannt. Niemand fährt einfach nur so zu einer Station im Outback raus. »Wer denn?«

»Keine Ahnung. Die Männer sagten, dass ihre Cousine auf einer Farm arbeiten würde und sie mal vorbeischauen wollten.«

Ich ließ die Information sacken. »Ich habe keine Cousins.«

»Dann sind die Männer vermutlich falsch hier.«

Ich konnte kaum schlucken, weil mir die Angst die Kehle zuschnürte. Bis jetzt war es ein Spiel gewesen, eines, bei dem nach den Regeln gespielt wurde, wie ich angenommen hatte. Ich sollte hier bleiben, bis der Fall vor Gericht kam. Dann würde man mich zurück nach L. A. holen, damit ich meine Aussage machen konnte. Anschließend würde man mich in einer anonymen amerikanischen Großstadt unterbringen.

Amerikaner, die ihre Cousine besuchen wollten. Vielleicht steckte wirklich nicht mehr dahinter. Doch meine Panik wollte sich einfach nicht legen.

Jake starrte mich immer noch an. »Alles in Ordnung? Du siehst plötzlich aus, als hättest du ein Gespenst gesehen.«

Ich zwang mich zu einem Lachen. »Mir geht's gut. Hoffe nur, es ist nicht Onkel Bertie, der mir einen Überraschungsbesuch abstatten will.«

»Selbst wenn er herausfindet, wo du bist, ist er noch eine ganze Tagesreise entfernt.«

»Vielleicht bin ich nicht mehr hier, wenn er eintrifft.«

»Wohin willst du gehen?«

»Ich schnapp mir einen Schlafsack. Übernachte draußen.«

Für eine ganze Weile war nichts zu hören als das Brummen der Insekten.

»Muss was Ernstes sein, vor dem du davonläufst.« Zigarettenrauch stieg träge in die Luft. »Du hast dich bisher noch nie für den Busch interessiert. Ich kümmere mich morgen um Zäune am Bulloo Wasserloch – komm mit, wenn du magst. Ich campe, aber du wirst bei mir in Sicherheit sein.«

Ich hoffte, dass er recht hatte.

In dieser Nacht schlief ich nicht gut. Gedanken an Tatamura und an das, was er tun würde, schwirrten mir durch den Kopf. Ein Hirngespinst endete schrecklicher als das andere. Ich hatte zu viel gesehen, als ich nichtsahnend das Hinterzimmer von Tatamuras Bar betreten hatte, nur eine Putzfrau, die ihren Job erledigen und dann nach Hause gehen wollte.

Ich hatte die Stapel gebündelter Geldnoten gesehen, die Säcke mit weißem Pulver und den ausgestreckten Körper eines Mannes, der auf dem Boden verreckte. Wie konnte jemand nur solche Schmerzen erleiden und immer noch am Leben sein …

Das FBI sagte, dass meine Aussage Tatamura für dreißig Jahre hinter Gitter bringen würde. Und mit ihm würde eines der größten Drogenkartelle in L. A. untergehen.

Als ich noch vor der Morgendämmerung erwachte, war meine Haut schweißbedeckt, und ich versuchte erst gar nicht, wieder einzuschlafen. Ich warf einige Kleidungsstücke in eine Tasche und stahl mich in die Küche hinunter, um Kaffee aufzusetzen und mir Toast zu machen. Ich aß im Stehen und beobachtete, wie der Himmel heller wurde.

Jemand betrat die Küche vom Flur aus, und ohne mich umzudrehen, wusste ich, dass es Jake war. Vielleicht war es der maskuline Geruch seiner Teerseife oder aber das Gefühl der Sicherheit, das mich plötzlich umhüllte. Das und mein Verlangen.

Ich goss ihm eine Tasse Kaffee ein, und er trank ihn kochend heiß.

»Ich bin so weit.«

Noch während er sich den Toast in den Mund schob, stieß er die Tür auf. Ich griff nach meiner Tasche, folgte ihm und warf meine Sachen hinten in seinen Pick-up zwischen Rollen mit Zaundraht.

Es schien, als ob wir eine Ewigkeit über rote Sandpisten rumpelten. Ich starrte nach draußen auf das Spinifexgras und Eukalyptusbäume, deren weißes Holz mich an Knochen erinnerte. Staubwolken wirbelten hinter dem Pick-up hoch, und wenn Jake wegen eines Schlaglochs abbremste, waren wir von Staub umhüllt, der uns die Luft zum Atmen nahm. Eine Gruppe Roter Kängurus hüpfte neben uns her, und Jake musste scharf bremsen, als ihr Anführer plötzlich ausscherte und unseren Weg kreuzte. Der Motor des Pick-ups ging aus.

Ohne das Motorengeräusch wurde ich mir bewusst, wie vollkommen allein wir waren. Ich sah Jake an, blickte auf seine sonnengebräunten Schultern, die sich unter dem Singlet bewegten. Er war nicht wirklich gut aussehend – dafür war er zu rau, zu eckig und hatte zu viel und hart gearbeitet –, doch er war attraktiv. Und er hatte Sex.

Ich legte meine Hand auf seinen Oberschenkel, nur um zu sehen, was er tun würde. Es war das erste Mal, dass ich ihn auf diese Weise berührte.

»Himmel, Sam«, sagte er und streckte sich, um mich über die Kupplung hinweg an sich zu ziehen.

Seine Hände waren überall, fuhren über meine Schenkel und unter meine abgeschnittenen Shorts, um meinen Hintern zu bedecken. Sie glitten über meinen Bauch, um die Unterseite meiner Brüste zu streicheln. Selbst durch mein dünnes Baumwollhemd hindurch glühten seine Hände wie Brandeisen.

Seine Lippen spielten mit meinem Hals. Sie waren heiß und langsam im Vergleich zu seinen schnellen, fliegenden Händen. Ich neigte den Kopf und versuchte, seinen Mund zu meinem zu lenken, und als seine Lippen endlich über meine

Wange glitten und er mich küsste, befand ich mich bereits in der gleichen Umlaufbahn wie das Kreuz des Südens.

Er küsste mich leidenschaftlich, und seine Zunge erkundete meinen Mund. Er schmeckte nach Zigaretten, Staub und Kaffee. »Gott verdammt«, murmelte er, als er sich von mir löste. »Der verfluchte Schaltknüppel durchbohrt mich gleich.«

Mir pochte das Blut in den Adern. Ich ignorierte die störende Kupplung und drückte Jake zurück in seinen Sitz. Mit einer schnellen Bewegung schob ich sein Hemd hoch, beugte mich über ihn und fuhr mit den Lippen über seine raue, behaarte Brust.

Er hatte recht. So war es zu unbequem und vielleicht auch gar nicht möglich.

Ich setzte mich zurück, hauchte einen Kuss auf meine Fingerspitzen und fuhr mit ihnen sanft über seine Lippen. »Später, Cowboy. Dann werden wir deinen Schlafsack testen.«

Enttäuschung und Verwirrung spiegelten sich auf seinem Gesicht, dann zuckte er mit den Schultern. »Du hast recht, Schatz. Und das Warten wird mich noch heißer und härter machen.«

Die nächste Stunde schwiegen wir und fuhren weiter. Meine Hand lag auf Jakes Schenkel, und wenn er auf der buckeligen Piste nicht schalten musste, legte er seine Hand auf meine, entspannt und doch als wäre sie sein Besitz.

Später gab ich vor, in der Hitze des Tages mein Buch zu lesen. Doch in Wirklichkeit beobachtete ich Jake, wie er den Zaun entlangging, hier einen Pfosten einschlug und dort einen Draht festzog. Es dauerte zwei Stunden, bis er fertig war. Er roch nach frischem Schweiß und war mit rotem Staub bedeckt.

»Geschafft«, sagte er und beugte sich vor, um mich leidenschaftlich zu küssen.

Meine Lippen kribbelten. »Wo werden wir campen?«

»Nicht weit von hier.«

»Nicht weit«, das hieß immer noch eine Stunde Fahrt durch den Busch. Dann hielt Jake am Fuß eines Hangs, der wie die Innenseite einer Muschel einen sanften Bogen beschrieb. Die Erde dort war rot und ockerfarben.

Jake rollte seinen Schlafsack unter einem Eukalyptusbaum aus. Als ich das nächste Mal hinsah, war er vollkommen nackt und goss sich aus einem Kanister Wasser über den Kopf. Das Wasser floss in kleinen Rinnsalen über seinen Rücken, suchte sich seinen Weg durch den Staub bis zu seinem festen, wohlgeformten Hintern.

Ich stand in der späten Nachmittagssonne da und betrachtete ... okay, *bewunderte* seinen Körper. Obwohl er so kräftig war, wog er kein Gramm zu viel, und seine muskulösen Arme und Beine verrieten einen Mann, der harte körperliche Arbeit gewöhnt war. Er passte in seine Umgebung, als ob die raue Landschaft ein Teil von ihm wäre.

Jake drehte sich herum, sodass ich seine Brust sehen konnte und seinen Schwanz, der so hart und stark war wie der Rest von ihm. Mir lief das Wasser im Munde zusammen.

Nachlässig trocknete er sich mit seinem alten Hemd ab, bevor er wieder in seine Jeans stieg. Als er sah, wie ich ihn anstarrte, grinste er schamlos und selbstgefällig.

Ich verscheuchte eine Mücke. »Gibst du immer vor, was wie gemacht wird?«

»Nö. Meistens ist mir das zu anstrengend. Aber jetzt ist es okay.« Er schwenkte den Kanister. »Willst du dich waschen? Ich gieße.«

Die Intimität der Situation ließ mich zögern. Das brachte unsere Beziehung mehr als nur einen Schritt weiter, und sie bekam eine Vertrautheit, wie ich sie bisher noch von keinem Liebhaber kannte.

»Angst?«

»Nicht vor dir. Mehr vor dem, was mich hier beißen könnte.«

»Du machst genug Lärm, um die Schlangen zu vertreiben. So lange, wie du dich vom Nest der Riesenameisen fernhältst, wird dir nichts passieren.«

Ich war verschwitzt und schmutzig. Ohne noch länger darüber nachzudenken, zog ich meine Kleider aus und ging zu Jake hinüber.

Er hatte sich nicht bewegt. Noch immer hielt er den Kanister in der Hand, und die Glut in seinen Augen hätte in der ausgedörrten Landschaft eine Feuersbrunst entfachen können.

Die Wölbung unter seiner Jeans sah recht stattlich aus, doch ich ignorierte sie. »Nun?«

Dann umhüllte mich ein Wasserstrahl. Ich seifte mich ein und stellte mich so, dass Jake mich abspülen konnte. Dieses Mal ließ er das Wasser langsam fließen. Ich war mir seiner Blicke bewusst, als ich unter dem Wasser die Hände über meine Brüste gleiten ließ, dann über meinen Bauch und dann langsam zwischen meine Beine und die Schenkel entlang.

Jake stellte den Kanister ab und zog mich in seine Arme. Seine Jeans rieb rau gegen meinen Bauch, und sein Brusthaar kritzelte mich. Sein Kuss hatte nichts Fragendes, denn er wusste längst, wohin das alles führen würde. Und ich hatte nicht die Absicht, ihm zu widersprechen.

Mit den Fingern fuhr ich über die weiche Haut oberhalb

seiner Jeans, bevor ich die Hand auf die Wölbung darunter legte. »Du hast viel zu viel an.«

Er zog mich zu seinem Schlafsack.

»Hier?«, fragte ich.

»Wer sollte uns sehen außer ein paar Vögeln? Wir sind den ganzen Tag über niemandem begegnet.«

Meine Zurückhaltung löste sich in Luft auf. Plötzlich schien alles richtig, und es war nur natürlich, es hier draußen zu tun, unter dem strahlend blauen Himmel, auf dem harten roten Boden. In Australien kam es nicht auf Feinheiten an.

Ich schüttelte seine Hand ab, wandte mich seiner Jeans zu und öffnete vorsichtig den Reißverschluss. Sein Schwanz sprang heraus ins Sonnenlicht, hart, groß und bereit. Ich fuhr mit dem Finger von der Wurzel bis zur Spitze und über die Feuchtigkeit, die ich dort fand.

Ein tiefes Stöhnen drang aus Jakes Kehle, und wieder küsste er mich. Seine Hände lagen auf meinen Brüsten, seine Finger suchten meine Nippel. Plötzlich lagen wir auf dem Schlafsack, und seine Hand fuhr über meine Haut und die Rundung meiner Hüfte entlang, bevor sie zwischen meinen Beinen verschwand.

Ich schnappte nach Luft. Alles ging so schnell und drängend. Wäre Jake einer meiner L. A.-Liebhaber gewesen, hätte ich ihn gebremst, seine Zunge zu meinen Nippeln gelenkt und ihn nicht an meine Pussy gelassen, bis die üblichen Regeln des Vorspiels erfüllt worden wären. Doch auch wenn Jake schnell war, wollte ich ihn genauso dringend in mir wie umgekehrt. Dieser Cowboy hatte alles im Griff, und ich war heiß auf den Ritt. Ich griff nach seinem Schwanz und strich mit den Fingern seine aufgerichtete Länge entlang.

Im Gegenzug öffnete Jake mit dem Zeigefinger meine Lippen und drang in mich ein. Er bewegte sich in mir, um auf meinen Lustpunkt zu drücken, während sein Daumen rhythmisch über meine Klit strich. »Himmel, Sam, du bist so feucht.«

Ich schloss meine Hand fester um seinen Schwanz. »Dann komm in mich, und mach mich noch feuchter.«

Er schwang sich auf mich, und ich öffnete meine Schenkel, um ihn aufzunehmen. Für einen Moment fragte ich mich, wann ich das letzte Mal Sex in der Missionarsstellung gehabt hatte. Ich mag es, beim Sex die Kontrolle zu behalten. Aber hier im Outback, wo mein Leben komplett in den Händen anderer lag, dachte ich nicht einmal daran, mich darüber zu streiten. Jake wollte die Kontrolle? Er konnte sie haben. Abgesehen davon fühlte er sich verdammt gut auf mir an. Das Gewicht seines Körpers lag auf seinen Ellbogen, und sein Schwanz brannte auf meinem Bauch. Ich hob meine Hüften, und er glitt mit einer geschmeidigen Bewegung hinein, zog sich dann wieder zurück, sodass nur seine große Eichel in mir war. Dann ein kraftvoller Stoß, und er begann, so heftig zu pumpen, dass ich mich nur noch an seinem Hintern festhalten konnte. Ich war schon höchst erregt gewesen, seit er mich das erste Mal geküsst hatte, doch nun nahm er mich in neue, unbekannte Höhen mit. Ich schloss die Augen, um mich ganz auf meine Pussy zu konzentrieren und auf das Gefühl, so vollständig ausgefüllt zu sein, auf den gleichmäßigen Rhythmus und die Schauer des bevorstehenden Orgasmus.

»Sieh mich an«, forderte Jake. Schweiß tropfte von seinem Gesicht auf meines, und seine blauen Augen waren fest auf mich gerichtet.

Ich versank in ihnen und war mir kaum mehr des Sonnenscheins auf meinem Gesicht bewusst, hörte nur von fern den Schrei einer Krähe. Dann ein besonders tiefer Stoß und ich kam so heftig, dass ich das Gefühl hatte, der Boden würde sich unter mir auftun. Ich drängte mich gegen seinen Schwanz, bäumte mich auf und schrie bei jeder Welle der Lust laut auf.

Er war immer noch hart in mir, doch seine Bewegungen waren nun sanft. Ich fühlte mich, als hätte ich keine Knochen im Leib, und war so feucht, dass ich mich fragte, ob er überhaupt irgendetwas in meiner Pussy spüren konnte. Er lächelte, beugte sich vor, um mich zu küssen, und begann dann von Neuem. Seine Stöße waren tief und fühlten sich so verdammt *gut* an, dass ich mich in einem atemlosen Moment fragte, ob ich noch einmal kommen würde.

Ich drückte mich auf seinen Schwanz, und er schrie heiser auf, als sich sein Schwanz zuckend in mir entleerte.

Dann war es vorbei. Jake erhob sich ein Stück, nahm mich in seine Arme und rollte sich so, dass ich auf seiner Brust lag. Sein Herz pochte in einem regelmäßigen Rhythmus.

Es wurde eine lange, friedliche Nacht. Jake bereitete Steaks und Kartoffeln auf dem Lagerfeuer und zauberte Bier aus einer Kühlbox. Der Mond ging früh auf und legte einen silbrigen Schimmer auf die Landschaft. Wir saßen da und lauschten den ersten Nachtvögeln und den Kängurus, die vorübersprangen, bevor wir in den Schlafsack krochen, um uns erneut zu lieben. Sanfter, süßer, weniger verzweifelt als zuvor, aber nicht weniger erfüllend.

Am nächsten Morgen waren wir beide früh auf. Es war einer dieser atemberaubenden Morgen im Outback, wenn die Sicht so klar und scharf ist, dass es in den Augen schmerzt, und sich der Gesang der Vögel zu einem grandiosen Chor formiert.

Jake hatte den Schlafsack zusammengerollt und auf die Ladefläche des Pick-ups geworfen. Er schaufelte gerade Sand auf die Feuerstelle, als er innehielt. »Wir bekommen Gesellschaft.« Eine Staubwolke bewegte sich die Sandpiste entlang in unsere Richtung.

»Wahrscheinlich jemand von der Farm«, sagte ich.

»Glaub ich nicht. Wahrscheinlich diese Amerikaner, die dich suchen.«

Es war mir gelungen, nicht mehr an sie zu denken. Mit einem Schlag war das vorbei. Ich warf Jake einen Blick zu und fragte mich, ob ich ihm alles erzählen sollte.

Ein weißer Toyota blieb schlitternd stehen, und drei Männer stiegen aus. Sie waren nicht aus der Gegend, das sah ich bereits an ihrer Kleidung.

»Kann ich Ihnen helfen?«, fragte Jake. Sein lässiger Akzent widersprach seiner angespannten Körperhaltung.

»Alles in Ordnung«, sagte einer der Männer. »Wir sind auf der Suche nach unserer kleinen Cousine Samantha aus Los Angeles, und wie es aussieht, haben wir sie gerade gefunden.«

»Ich kenne Sie nicht«, sagte ich und blickte von einem zum anderen. Dann kam der dritte Man hinter dem Toyota hervor, und ich schnappte nach Luft. Es war Bundesagent Dolan.

»Hallo, Sam«, sagte er. »Es war nicht leicht, Sie zu finden. Schnappen Sie sich Ihre Sachen, wir verschwinden von hier.«

»Gehen wir zurück nach L. A.?«

»Genau. Also verabschieden Sie sich von Ihrem Freund, und los geht's.«

Ich sah zu Jake. Sein Blick war eisig und schien die Männer zu durchbohren. Ich ging zu ihm hinüber.

»Es tut mir leid«, sagte ich, »aber ich kann es dir nicht erklären. Es ist zu kompliziert.« Ich stellte mich auf die Zehenspitzen und küsste ihn auf den Mund.

Er nahm mich um die Taille und erwiderte meinen Kuss leidenschaftlich, um dann seine Stirn an meine zu pressen. »Sam«, er atmete gegen meine Lippen, »vertrau mir nur dieses eine Mal.« Sein Griff um meine Taille wurde fester. »Sie möchte nicht mit Ihnen kommen.« Seine Stimme klang nun nicht mehr lässig wie sonst, sondern hart und abweisend.

Die Härchen in meinem Nacken richteten sich auf. »Ich muss ...«

»Halt verdammt noch mal den Mund, Sam, und tu, was ich sage.«

Ich zögerte. Irgendetwas lief hier falsch. Warum verhielt Jake sich so fremd? Und warum tauchte Bundesagent Dolan hier auf, anstatt beim Haus auf mich zu warten, bis ich zurückkehrte? Ich runzelte die Stirn und versuchte herauszufinden, was hier nicht stimmte und sich falsch anfühlte. Plötzlich wusste ich es. Dolan hätte wissen müssen, wo ich mich aufhielt. Doch die Amerikaner hatten nicht gewusst, wo genau ich mich befand. Warum sonst waren sie am Tag zuvor nach Avoca Downs gefahren?

Ich zuckte mit den Schultern, als wäre alles in Ordnung. »Wir müssen nur kurz zurück nach Malory und meine Sachen holen. Ich werde mit Jake fahren und treffe Sie dort.«

»Dafür haben wir keine Zeit, Sam.« Dolan kam einen Schritt näher.

Jake griff nach meinem Arm und schubste mich zum Pickup, in den ich beinahe hineinfiel.

»Was tust du da?« Ich setzte mich richtig hin und strich mir das Haar aus der Stirn.

Jake sprang auf den Fahrersitz und schien mit einer Bewegung den Schlüssel herumzudrehen und den Gang einzulegen. »Halt den Mund.« Staub und kleine Steinchen stoben hinter den Reifen auf, als er aufs Gaspedal trat.

Ich starrte ihn an, und hatte vor Angst einen metallenen Geschmack im Mund.

Mein Herz schlug wie wild, und ich schluckte. »Wohin bringst du mich?«

»Sam, ich weiß, dass du Angst hast, aber du musst mir vertrauen. Im Augenblick will ich uns nur lebend hier wegbringen.«

»Lebend?« Meine Stimme überschlug sich, und plötzlich schien nicht genug Luft in der Fahrerkabine zu sein. »Was meinst du damit?«

Ein Geräusch übertönte den aufheulenden Motor, ein Geräusch, das ich schon ein- oder zweimal in L. A. gehört hatte. Schüsse.

»Sie schießen auf uns. Aber das ist ...« Gedanken wirbelten mir im Kopf herum, und ich wusste noch immer nicht, ob ich Jake vollständig vertrauen konnte.

Der Pick-up schlingerte wild, als Jack auf der staubigen Piste in eine Kurve fuhr. Ein weiterer Schuss ertönte.

»Runter mit dir, Sam.«

Ich starrte ihn an. Er war ein Jackaroo, ein australischer Cowboy. Was zum Teufel wusste er von Pistolen und wilden Verfolgungsjagden?

»Sam.« Seine Stimme klang scharf, der lässige Akzent war verschwunden. »Kopf runter, sonst spritzt dein Gehirn beim nächsten Schuss aufs Armaturenbrett.«

Ich rutschte tiefer und kauerte mich zusammen wie ein Flugzeugpassagier bei einer Notfallübung. Noch immer konnte ich die Schüsse hören, die in schneller Folge fielen, doch am schlimmsten war, dass ich nicht wusste, was überhaupt geschah.

»Wir müssen von der Straße runter und querfeldein. Sonst kriegen sie uns.«

Ich krallte mich am Sitz fest, als der Wagen noch heftiger rumpelte. Jake lenkte ihn mitten in den Busch, wich dabei großen Steinen und Spinifexbüschen aus, während er durch kleinere einfach hindurchfuhr. Der Geruch von verbrannter Vegetation erfüllte den Pick-up.

»Das sind die Drogenbosse, vor denen du dich versteckst.«

Der Pick-up flog über ein Schlagloch und krachte dann laut auf die Erde.

»Aber Bundesagent Dolan hat mich hierher gebracht.«

»Es gibt keinen Bundesagenten Dolan. Dieser Mann ist kein FBI-Agent, oder für was immer du ihn hältst. Jetzt sei still, und lass mich fahren.«

Ich schmeckte Angst und Staub in meinem Mund, und zum ersten Mal fragte ich mich, ob ich lebend aus der Sache herauskommen würde. Ich wusste nicht viel über Jake, aber seine Worte klangen so bestimmt, dass ich ihnen Glauben schenkte. Ich beschloss, ihm zu vertrauen. Ich hatte ohnehin keine andere Wahl.

Ich warf einen Blick hinter mich. Es war nicht leicht, über die hüpfenden Rollen Zaundraht hinweg etwas zu sehen, doch dann konnte ich etwas erkennen.

»Jake, ihr Wagen brennt.«

Flammen schlugen seitlich aus dem Toyota, und dicker, dunkler Rauch quoll aus ihm heraus.

Jake schaute in den Rückspiegel. »Wahrscheinlich ist Spinifex im Fahrgestell hängengeblieben und hat sich am Auspuff entzündet. Das ist unsere Chance.« Er drosselte sein halsbrecherisches Tempo nicht.

Der Toyota wurde langsamer, als Flammen um das Heck herumtanzten.

»Der wird gleich in die Luft gehen«, murmelte Jake, ohne abzubremsen. »Das hält der Tank nicht aus.«

Die Türen des Toyotas öffneten sich, und im nächsten Moment kam der Wagen zum Stehen. Ich konnte sehen, wie Dolan aus dem Wagen kroch, doch er hatte kaum einen Schritt gemacht, als Fahrzeug explodierte und ein gigantischer Feuerball in den Himmel stieg.

Jake hielt an. Dolan lag mit dem Gesicht nach unten auf dem Boden, doch selbst auf die Entfernung bestand kein Zweifel daran, dass er tot war. Von den anderen beiden Männern war keine Spur zu sehen.

Meine Hände begannen zu zittern, nur ganz leicht, doch ich konnte nichts dagegen tun. Drei Männer waren tot und ich lebte, während sich die verrückte Welt um uns herum nur ein kleines Stückchen weitergedreht hatte. Ich vergrub das Gesicht in meinen bebenden Händen und wartete darauf, dass der Anflug von Übelkeit verging.

Nach eine ganzen Weile, als ich meiner Stimme wieder traute, sah ich zu Jake hinüber. »Und jetzt?«

Eine Stunde später schlugen wir unser Lager auf. Ich wollte weit genug von dem Toyota entfernt sein, um weder etwas sehen noch riechen zu können. Jake und ich liebten uns zärtlich und ließen unsere Körper dabei langsam verschmelzen.

Als es vorüber war, weinte ich unter heftigem Schluchzen.

Jake hielt mich eng an seine Brust gedrückt, ohne etwas zu sagen.

Erst viel später, nachdem wir gegessen hatten, drehte ich mich zu ihm um und forderte ihn auf: »Erzähl.«

»Man hat mich nach Malory geschickt, um nach dir zu sehen.«

»Du bist gar kein Jackaroo?«

»Doch, das bin ich. Ich arbeite auf einer Station etwa drei Stunden südlich von hier. Aber ich bin auch für ASIO tätig – das australische Pendant des FBI. Dolan hat dich in L. A. aufgestöbert, gab sich als FBI-Agent aus und hat dir eine Geschichte über ein Zeugenschutzprogramm erzählt. Aber er arbeitete für das Kartell, und das wollte dich aus dem Weg räumen.«

»Warum haben sie mich dann nicht einfach getötet?«

Jake sah auf seine staubigen Stiefel hinunter. »Du warst eine Geisel. Doch während das echte FBI dich gesucht und über deine Freilassung verhandelt hat, ist die Bande aufgeflogen. Das FBI konnte endlich deinen Aufenthaltsort ausfindig machen, und an dem Punkt kam ASIO ins Spiel. Meine Aufgabe war es, dein Vertrauen zu gewinnen und dich da rauszuholen, bevor dich das Kartell erwischt. Vor einigen Tagen hat das FBI die wichtigsten Drahtzieher in L. A. verhaftet. Daraufhin schickte das Kartell seine Männer, um nach dir zu sehen. Als sie dich nicht finden konnten, kamen sie mit Dolan zurück.«

Ich saß da und verdaute schweigend, was er mir erzählt hatte. »Dann arbeiten die Leute auf Malory für das Kartell?«

»Nein. Sie haben tatsächlich gedacht, dass sie dem FBI helfen. Es gibt hier einige Farmen, die Menschen aus dem Zeugenschutzprogramm aufnehmen.

Eine Lüge hatte aus meinem Leben ein einziges Durcheinander gemacht. Und Jake war auch nur eine Lüge. Ich wollte wütend darüber sein, wie er mich verführt hatte, aber ich spürte nur Traurigkeit. »Heißt du wirklich Jake?«

»Ja.«

»Und mich zu verführen war Teil der Sicherheitsmaßnahmen?«

»Nein!« Für einen so kräftigen Mann bewegte er sich schnell, als er sich neben mich in den Staub kniete. »Denk das nicht, Sam. Das war ganz bestimmt nicht so geplant. Aber du bist klug und sexy, und ich mag dich. Mag dich sogar sehr, wenn du es genau wissen willst.«

Ich suchte in seinem Gesicht nach der Wahrheit.

Jake erwiderte meinen Blick, und ein Lächeln lag auf seinem Gesicht. »Glaubst du mir das?«

»Ja, das tue ich.« Und ich tat es tatsächlich.

Später, als wir uns nicht mehr küssten, verschwitzt waren und unsere Lust befriedigt war, fragte ich ihn: »Und was geschieht jetzt?«

Er berührte mein Gesicht. »Das hängt von dir ab. Du musst für die Gerichtsverhandlung nach L. A. zurück. Aber danach ...« Seine Augen strahlten klar und blau. »Vielleicht wirst du zurückkommen, und dann werde ich da sein.«

Der Song der Liebe

Randi Alexander

Annie Paris sah ihn von der Bühne aus und warf ihm verstohlene Blicke zu, während sie sich hinter den Becken versteckte und den Rhythmus eines Songs von Brad Paisley vorgab.

Rafe McCord. Gott, war er groß. Den »Großen Cowboy« nannten ihn die Frauen. Und eine Glückliche hielt er gerade jetzt fest im Arm und tanzte mit ihr über den Holzboden. Fast verpasste sie den Einsatz zu ihrem Trommelsolo. Als es zu Ende war, sagte ihr Cousin Shawn, der Leadgitarrist und Sänger war, ans Publikum gerichtet: »Am Schlagzeug, Annie Paris!« Höflicher Applaus war hier und da im Raum zu hören wie die Vorboten eines Hagelsturms.

Sie wirbelte mit einem Schlagstock über ihrem Kopf und lächelte dankend, bevor sie weiterspielte. Nachdem Shawn auch den Rest der Band vorgestellt hatte, kündigte er an: »Wir machen jetzt eine Pause von fünfzehn Minuten, Leute, und hoffen, euch dann zur letzten Runde wiederzusehen.«

Sie stand auf und blickte über die Menge hinweg, dann verharrte ihr Blick an der Bar. Rafe. Der sie ansah? Wildes Verlangen ließ sie erbeben, und ihr Herz pochte heftig, als sie seinen Blick erwiderte und in die dunklen Augen sah, die von einem schwarzen Stetson beschattet wurden.

Er war groß, doch den Namen Großer Cowboy hatte er seinen Muskeln zu verdanken. An diesem Abend steckten seine breiten Schultern und kräftigen Arme in einem karierten

Westernhemd, das er sich wahrscheinlich in einem Laden für Bodybuilder hatte kaufen müssen.

Er schob den Hut in den Nacken und tippte sich zum Gruß gegen die Krempe, was sie noch heißer werden ließ, tief unten in ihrem Bauch und in ihrer Pussy. Doch sie sah weg. Es war eine Sache, sich in einen Cowboy zu vergucken, aber eine ganz andere, wie man damit umging.

Annie nahm ihr Wasserglas und steuerte auf die Bar zu, um es sich füllen zu lassen, doch die durstige Menge versperrte ihr den Weg. Weniger voll war es lediglich dort, wo die Bedienung die Bestellungen in Empfang nahm, also genau dort, wo Rafe auf seinem üblichen Platz saß.

Ihre Schritte wurden langsamer, als sie seinen Blick einfing. Hatte er sie die ganze Zeit über beobachtet? Annie zwang sich zu einem Lächeln und näherte sich der freien Stelle am Tresen. »Hey, Rafe.« Sie hatten im vergangenen Jahr einige Male miteinander gesprochen, schließlich spielte ihre Band immer am zweiten Wochenende im Monat hier. Schon lange herrschte zwischen ihnen große sexuelle Anziehung, doch an diesem Abend war sie förmlich greifbar und ließ Annies Knie weich werden und ihr Innerstes erbeben.

»'n Abend, Miss Annie«, brummte er und tippte noch einmal gegen den Rand seines Huts. Seine rauchige Stimme schickte auf direktem Weg Hitzewellen zwischen ihre Schenkel. Sie sah nicht an sich herunter, doch sie wusste, dass ihre prickelnden Nippel hart waren und vorstanden und jeder es durch ihren Spitzen-BH und ihr pinkfarbenes Seidentop sehen konnte. Auch Rafe.

Während der Barkeeper ihr Glas mit Eiswasser füllte, sah sie zu Rafe und verlor sich in seinen wundervollen braunen Augen. Schon vor neun Monaten war sie sich sicher gewesen, dass sie sich in ihn verlieben würde. Sie hatten bereits ein Dutzend Mal miteinander geflirtet, und es verwirrte sie, dass er sie kein einziges Mal gefragt hatte, ob sie mit ihm ausgehen wollte.

Dann hatte sie eines Abends den Grund dafür herausgefunden. In der Damentoilette. Sie befand sich in einer Kabine und zog sich gerade den Reißverschluss hoch, als sie hörte, wie zwei Frauen den Waschraum betraten.

»Er ist wundervoll«, schwärmte eine Frau mit Südstaatenakzent. »Ich kann verstehen, warum du mich vor ihm gewarnt hast. Du wolltest ihn ganz für dich allein.«

»Stimmt. Aber das ist nicht der Hauptgrund«, schnurrte eine sexy Stimme. »Er mag es ... hart.«

»Wirklich? Ja, das kann ich mir vorstellen. Er ist so groß.«

»Sie nennen ihn ›Den Großen Cowboy‹, aber eigentlich heißt er Rafe.« Die Frau seufzte. »Er ist so verdammt gut, dass er mir einfach nicht mehr aus dem Sinn geht. Dabei hatten wir nur diese eine Nacht.«

»Wenn er so gut ist, warum schnappst du ihn dir dann nicht einfach und nimmst ihn mit nach Hause?«

Noch ein Seufzer. »Hab ich versucht. An mir liegt es nicht. Er hat mich schon ein paar Mal abblitzen lassen. Wenn auch sehr freundlich. Er ist ein Gentleman ... bis er dich nackt hat. Dann ist er nur noch ein Mann.« Die Frau betrat die Kabine neben Annies und schloss die Tür.

Die andere Frau meinte: »Nun, harter Sex ist nichts für mich, also keine Sorge. Wenn er mich anspricht, werde ich ihm einen Korb geben.«

Die Frau in der Kabine lachte. »Er wird dich nicht um ein Date bitten. Das ist ja der Punkt. Er fragt niemals – er schafft es, dass die Frauen zu ihm kommen.«

»Ernsthaft?«

»Ja, bestimmt.« Sie betätigte die Spülung und öffnete die Tür. »Es hat sich rumgesprochen, und die Frauen hängen wie die Kletten an ihm. Er hat jede Nacht die freie Wahl.«

Die Frauen gingen, und Annie verharrte reglos in der Kabine. Auch wenn der Gedanke an harten Sex mit Rafe eine wilde Saite in ihr anschlug, fühlte sie sich abgestoßen, und das Feuer, dass er in ihr entfacht hatte, erlosch.

Sie war kein Mädchen für eine Nacht. Sie wollte mehr, und es würde sie umbringen, wenn sie mit ihm schlafen würde und dann mitansehen müsste, wie er jedes Mal, wenn die Band hier spielte, eine andere mit nach Hause nahm.

Doch manchmal wünschte sie sich, sie hätte in jener Nacht auf ihren Körper und nicht auf ihr Herz gehört. Dann hätte sie ihn mit zu sich nach Hause genommen und würde nun wissen, wie es war, Sex mit dem heißesten Mann zu haben, den sie je getroffen hatte.

»Annie?« Rafe lächelte. Ein diabolisches Cowboygrinsen, das ihren Körper vor Lust erbeben ließ.

»Ja?«, fragte sie und schreckte blinzelnd aus ihren Gedanken hoch.

»Ich habe dich gefragt«, sagte er freundlich, »wie es heute Abend so läuft.«

»Oh, gut.« Hervorragend. »Und bei dir?«

»Kann nicht klagen.«

Bevor sie sich einen vernünftigen Satz zurechtlegen konnte, näherte sich eine große, langbeinige Rothaarige von hinten und legte ihre Arme um seine Taille. Er drehte sich zu ihr herum.

Verdammt. Annie ging quer über die leere Tanzfläche,

stellte ihr Glas auf der Bühne ab und steuerte direkt auf die Toilette zu. Ihr Gesicht im Spiegel war leuchtend rot.

Himmel noch mal, der Mann hatte sie feucht werden lassen. Heiß und willig. Hatte sie beinahe kommen lassen nur mit seiner Stimme und seinem Blick. Und sie wollte es hart. Neun Monate voller Fantasien hatten sie an den Rand des Wahnsinns gebracht. Was für sexy Dinge würde er mit ihr anstellen? Und welche verruchten Dinge würde er sie mit ihm machen lassen?

Aber das mit ihr und Rafe würde niemals passieren. Sie würde das Risiko nicht eingehen und sich weiter mit den Jungs aus der Kirchengemeinde und den Freunden der Freunde ihrer Freundinnen treffen. Und eines Tages würde sie jemanden finden, der nicht nur ihren Körper, sondern auch ihre Liebe wollte.

Sie machte sich fertig, verließ den Waschraum und stieg die drei Stufen zur Bühne hinauf. Sie versuchte, nicht zu Rafe zu schauen. Sie wollte ihn nicht mit einer anderen Frau sehen, während sie sich an seine Seite wünschte. Doch dann konnte sie doch nicht widerstehen und riskierte einen kurzen Blick. O Gott. Er war allein. Und er sah sie an.

Die Entfernung zwischen ihnen schien zu schrumpfen, und die Geräusche der Bar verschwammen zu einem fernen Rauschen. Ja, verdammt noch mal, sie wollte seine raue Liebe kosten, wollte spüren, wie sein großer Körper sie gegen die Wand drückte, wie er sie leidenschaftlich küsste, während seine Finger in ihre Nippel kniffen und so hart an ihnen zogen, dass sie vor Ekstase aufschrie. Er sollte ihre Beine mit seinen großen, schwieligen Händen hochheben und seinen harten Schwanz in ihre tropfende Pussy stoßen. Ein harter Fick. Ein schneller Fick, der sie beide aufstöhnen ließe, während ihre Hüften gegeneinanderschlugen, tief und schnell …

»Annie!« Wassertropfen, die ihr Cousin mit den Fingern in ihre Richtung gespritzt hatte, trafen sie ins Gesicht. »Hier ist dein Wasser.« Er reichte ihr das Glas. »Wo zum Teufel bist du gerade gewesen?«

Sie nahm das kalte, feuchte Glas, presste es gegen ihr Gesicht und dachte nach. »Einkaufsliste.«

»Okay. Schien mir eher so, als würdest du an einen Cowboy denken, den du mit nach Hause nehmen kannst.«

Annie schüttelte den Kopf und setzte sich auf den Hocker hinter das Schlagzeug, stellte ihre Trommeln und Becken ein und nahm ihre Drumsticks in die Hand.

Es war schon viel zu lange her, seit sie jemanden mit nach Hause genommen hatte. Und der einzige Cowboy, den sie in ihrem Bett haben wollte, war Rafe. Die Jungs, mit denen sie sich verabredete, waren nett, hatten vielleicht sogar das Zeug zum festen Freund, doch bei keinem sprang der Funke über.

Die nächsten Stücke waren ruhigere, auf die die Leute langsam tanzen konnten und bei denen es keine Kämpfe vor der Bar geben würde. Rafe tanzte mit einigen Frauen, die alle zu ihm stolziert kamen und sich ihm anboten.

Doch nach jedem Tanz brachte Rafe seine Partnerin zurück zu ihrem Tisch und ging dann an seinen Platz an der Bar, wo er allein herumstand, bis die nächste Frau ihr Glück versuchte.

Gegen Ende ihres Auftritts beobachtete Annie ihn so aufmerksam, dass sie ihren Einsatz verpasste. Shawn grinste sie an und sagte ins Mikrofon: »Unsere kleine Annie hier passt einfach nicht auf.« Er zwinkerte ihr zu und blickte dann in die Menge. »Was mich auf die Idee bringt …«

Er würde doch nicht …

»Dass sie sich vielleicht nicht entscheiden kann, wen sie heute Nacht mit zu sich nach Hause nehmen will. All ihr Single-Cowboys dort unten …«

»Nein.« Ihre Augen waren weit aufgerissen.

»Sie ist Single. Und sie hat ein eigenes Apartment mit einem King-Size-Bett.«

Oh, verflucht. Sie schloss die Augen und spielte sich durch den letzten Song, während Rufe wie »Yee-haw«, »Zeig uns deine Titten« und »Annie get *my* gun« durch den Saal hallten.

Ihr Cousin grinste.

Am liebsten hätte sie ihn mit ihrem Drumstick erstochen. Doch er lachte nur über ihre kleine Attacke.

Nachdem der letzte Song geendet hatte, bedankte er sich beim Publikum und verabschiedete sich mit einem »Gute Heimfahrt, aber nur nüchtern, Leute«. Dann begann die Band, ihre Sachen einzupacken.

Annie klappte die Beine ihres Hockers zusammen und stellte ihn zur Seite. Sie begann, das Schlagzeug zusammenpacken, doch dann hielt sie inne, weil sie jemanden hinter sich spürte. Sie drehte sich um und trat beinah auf eine Fußmaschine. »Rafe?«

Wenn er so nah vor ihr stand, konnte sie die verblichene Narbe auf seiner Wange sehen und sein Aftershave riechen, dunkel und geheimnisvoll. Genau wie er. Als sich seine Lippen zu einem verführerischen Grinsen verzogen, verspürte sie ein so starkes Verlangen nach ihm, dass es ihr beinahe körperlichen Schmerz bereitete.

»So, du bist also Single mit einem King-Size-Bett, was?«

Sie blinzelte mehrmals.

Er bückte sich und nahm ihren Hocker und ein Standtom. »Steht der Transporter dort hinten?«

Sie nickte, überrascht, dass er ihr half, aber mehr noch darüber, dass er wusste, dass sie einen Transporter hatte und wo sie ihn parkte.

»Unverschlossen?«

Wieder nickte sie, erstaunt und sprachlos.

Er lachte leise und ging davon, wobei seine Schritte auf dem Holzboden hallten. Sie konnte nicht anders, als auf seinen Hintern zu starren.

Sie packte alles zusammen und schnappte sich gerade die Bassdrum, als er zurückkam. Er nahm sie ihr ab, und als sich ihre Finger berührten, trafen sich ihre Blicke. Seine Nasenflügel bebten, und sie stellte sich vor, wie sie genau dasselbe taten, während sich sein Kopf zwischen ihren gespreizten Schenkeln bewegte und er sie über ihren Hügel hinweg ansah und ihren Duft aufsog. Seine Lippen würden sich öffnen, und seine Zunge würde ihre Perle finden, sie erkunden, lecken, küssen. »Oh ja.«

»Ja?«, fragte er mit einem listigen Grinsen.

Hatte sie etwa gerade laut gestöhnt? Verdammt. »Ja, danke für die Hilfe.«

Er war ganz Cowboy, als er lachend den Kopf schüttelte, von der Bühne stieg und durch die Tür nach draußen ging.

Als die Band fast fertig mit der Arbeit war, verabschiedeten sich die anderen. Der Parkplatz war inzwischen beinahe leer, und als Annie die Hecktüren ihres Vans schloss, spürte sie ihn wieder hinter sich. »Danke, Rafe. Ich weiß deine Hilfe zu schätzen.«

Okay, das war ihre Chance. Jetzt konnte sie ihn zu sich nach Hause einladen. Konnte ihn wissen lassen, dass sie mit seiner harten Art, Liebe zu machen, einverstanden war – nein, dass sie *heiß* darauf war. Dass er sie so anmachte, dass sie riechen konnte, wie ihre Säfte aus ihrer Pussy flossen. Aber nur eine einzige Nacht? Würde sie sich damit zufriedengeben können?

Sie drehte sich zu ihm um und öffnete den Mund, obwohl sie nicht sicher war, was sie sagen wollte. Doch er ergriff vor ihr das Wort.

»Annie, ich hatte gehofft, dass du ...« Es folgte eine lange Pause.

Sie lehnte sich Halt suchend gegen den Transporter. »Ja?«

Er stopfte die Hände in die vorderen Taschen seiner Jeans und ließ den Kopf hängen.

Oh. Mein. Gott. War er etwa nervös? Sie schluckte. So hatte sie ihn noch nie erlebt. Hatte sich nicht einmal vorstellen können, dass er so zurückhaltend sein konnte. Sie wollte auf ihn zugehen, ihre Hände auf seine Hüften legen, ihm in die Augen schauen und seine Zweifel einfach wegküssen.

Doch sie blieb, wo sie war. Sie hoffte, dass sie die Situation richtig einschätzte. Hoffte, dass er sie nicht nur nach Schlagzeugstunden fragen würde oder ihren Van leihen wollte.

Er holte tief Luft, dann senkte sich seine Brust, und er sah sie an. »Möchtest du noch irgendwohin auf einen Kaffee?«

»Kaffee?« Okay, also handelte es sich nicht um eine Einladung in sein Haus am Fluss, wo er sie auf sein Bett werfen und seinen Schwanz in sie stoßen würde, bis sie beide vor Lust aufschrien. »Kaffee?«, wiederholte sie. Wie eine Idiotin.

Er zog die Hände aus seinen Taschen und nahm die breiten Schultern zurück.

Annie wartete auf den Rest.

»Ich möchte dich bitten, mit mir auszugehen.« In seinem Kiefer arbeitete es, dann fügte er hinzu. »Ein Date eben.«

»Ein Date?« Die Worte schienen nicht mehr den Weg durch ihr Gehirn zu nehmen, sondern direkt von ihren Ohren zu ihrem Mund und wieder zurückzugehen.

Er zuckte mit den Schultern. »Ja, so etwas wie Abendessen und danach ins Kino.«

Langsam sank sie nach unten, bis sie schließlich auf der Stoßstange des Transporters saß. Ihre Knie zitterten, und sie traute ihnen nicht mehr. »Ich bin ein wenig verwirrt.« Sie schüttelte den Kopf. »Ich meine, von dem, was ich gehört habe …« Oh Mist. Das hatte sie nicht sagen wollen.

Er nahm seinen Hut ab. So als käme ihm gerade seine gute Kinderstube in den Sinn. »Ich weiß, was du gehört hast. Und die Hälfte der Gerüchte sind wahr.« Er schlug mit dem Stetson gegen sein Bein, als er sie fragte: »Glaubst du, dass du das alles vergessen könntest und irgendwann mit mir ausgehst?«

Das war so weit von allem entfernt, wohin ihre Fantasien sie entführt hatten. Ein echtes Date, eine echte Chance, den Großen Cowboy, Rafe, in ihrem Leben zu haben. Sie stieß sich vom Wagen ab und richtete sich auf. Dann ging sie auf ihn zu. Jeder Nerv in ihrem Körper war aufs Äußerste gespannt. Sie wollte ihn, wollte alles von ihm. *Jetzt sofort.* Wollte nicht auf irgendeine Nacht in der Zukunft warten. In dieser Nacht würde sie den ersten Schritt machen. Wenn er den Mut hatte, sie um eine Date zu bitten, würde sie so mutig sein, sich das zu nehmen, was sie wirklich wollte.

Sie standen so, dass sich ihre Zehenspitzen berührten, als Annie die Hände auf seine Brust legte. Sie spürte warme Haut über harten, trainierten Muskeln, und sie erschauerte.

»Ja, Rafe, ich würde gerne mit dir ausgehen.« *Tief Luft holen. Allen Mut zusammennehmen*. »Aber heute Nacht will ich dich auch.«

Seine Augen wurden erst weit, dann verengten sie sich. Er bewegte sich auf sie zu, ließ sie zurückweichen und drückte sie dann gegen die Tür des Vans. Er hob die Hand und legte seinen Hut aufs Wagendach. Dann fuhr er mit der Hand über ihr Haar und die Linie ihres Kinns entlang, und sein rauer Daumen strich über ihre Lippen. »Ich will dich, Annie.« Seine Stimme klang heiser, wie trockener Kies. »Ich will dich seit dem ersten Tag, vor fast einem Jahr.«

»Warum hast du dann nicht …«

Sein Mund brachte sie zum Schweigen. Ein zarter Kuss, der ihn aufstöhnen ließ, als er ihre Lippen öffnete.

Sie war nur noch Gefühl. Alle Gedanken waren wie weggeblasen, als ihre harten und empfindlichen Nippel gegen seine Brust drückten und wohlige Schauer durch ihren Körper jagten. An ihrem Bauch konnte sie seinen harten Schwanz fühlen, der sich durch den Denim- und den Seidenstoff zu brennen schien.

Ihre Hände fuhren über seinen Körper, über die muskulösen Schultern, seinen Nacken hinauf bis zu der sexy Tolle in seinem kurzen Haar. Ihr Innerstes zog sich vor Lust zusammen, und sie wollte mehr. Hitzeblitze schossen durch ihre Venen, und sie war bereit, ihn in sich aufzunehmen.

Als ihr Kuss leidenschaftlicher wurde und seine Zunge mit ihrer spielte, knabberte sie leicht an seinen Lippen und konnte seine Zähne fühlen.

Er schob seine Hände unter ihren Hintern, hob sie vom Boden hoch und drückte sie mit dem Rücken gegen den Van. Sein harter Schaft rieb über ihren Schoß und traf in einem perfekten Winkel auf ihre Klit. Mit jeder Bewegung durchzuckten sie Blitze purer Lust, wanderten ihre Wirbelsäule empor und brachten ihre Gehirnzellen zum Schmelzen, während sie kurz davor stand zu kommen.

Sie stöhnte, dann seufzte sie leise. Gott, war in ihrem Transporter überhaupt genug Platz für diesen großen Mann? Wenn nötig, hätte sie ihr Schlagzeug auf den Asphalt geworfen …

»Zu mir oder zu dir?«, fragte er und hielt für einen Moment inne.

Sie schnappte nach Luft und versuchte, sich auf seine Worte zu konzentrieren. Er lebte gut zwei Kilometer vor der Stadt im Haus des Vorarbeiters auf einer großen Ranch. Sie wohnte fünf Minuten entfernt … »Zu mir«, stammelte sie.

Er setzte sie auf dem Boden ab, griff nach seinem Hut und hielt ihr die Hand hin. »Schlüssel.«

Sie hatten ihr Zuhause schnell erreicht – eine kleine Ein-Zimmer-Wohnung über einem Versicherungsbüro, das abends und an den Wochenenden geschlossen hatte. Perfekt für eine Musikerin. Oder für eine wilde Nacht mit lautem, hartem Sex.

Sie hantierte mit den Schlüsseln herum, dann hatte sie die verdammte Haustür endlich geöffnet. Er ließ sie hinter ihnen ins Schloss fallen. Der Eingangsbereich, von dem eine Treppe hoch zu ihrem Apartment führte, war klein.

Er zog sie in seine Arme, und sein Kuss überwältigte sie. Sie musste sich daran erinnern zu atmen, während er ihren Mund erkundete. Sanft biss er in ihre Lippe, und sie erwiderte den Biss nicht ganz so sanft.

Ihre Pussy bebte, zerfloss und zuckte. Jeder Gedanke in ihrem Kopf drehte sich darum, wie sie die süße Qual beenden und ihn tief in sich haben konnte. Ihr Herz raste wie verrückt, und ihre Nippel sehnten sich nach seiner Berührung, seinen Lippen und Zähnen.

Dann trat er einen Schritt zurück, keuchend. Seine Augen waren fast schwarz vor Lust, sein Kiefer angespannt und seine Lippen hart. »Bist du dir sicher, Annie? Jetzt kann ich noch aufhören, aber wenn du erst mal nackt bist...«

»Ich bin mir sicher«, stieß sie zwischen zwei Atemzügen hervor, dann zog sie ihr Top nach oben und über ihren Kopf, und es war ihr egal, wie wild sie das aussehen ließ.

Rafe riss sich das Westernhemd auf und gab den Blick auf seinen perfekten Oberkörper mit den dunklen Haaren frei. Diese zogen sich über seinen straffen Bauch bis hinunter in seine Jeans, unter der sich eine heftige Erektion abzeichnete.

Sie streckte die Hand aus und strich über seine Brust, fuhr dann weiter nach unten und legte ihre Finger auf den Jeansstoff über seinem Schwanz.

Er wand sich und stöhnte, und sie fühlte, mit welcher Macht sein Verlangen durch sie pulste. Mit fliegenden Fingern befreite sie seinen Schwanz, und in ihrer Hand wuchs der Große Cowboy zu gewaltiger Größe.

»Ich will dich in mir.« Stöhnend sah sie ihm in die Augen, in denen sich wilde, ungezügelte Lust spiegelte. Sie zog ihm die Jeans herunter, kniete sich vor ihn, um ihm die Stiefel auszuziehen, damit er ganz nackt war. Dann brachte sie ihr Gesicht näher an seinen Schwanz.

Seine Rute wippte bei jedem kraftvollen Herzschlag, und sie musste sie einfach schmecken. Während sie eine Hand um die Wurzel legte und die andere um seine Eier, leckte sie über die Schwanzspitze und kostete den Sehnsuchtstropfen in der Spalte. »Was willst du jetzt, Rafe?«, fragte sie, berauscht von der Macht, die sie plötzlich über ihn hatte.

Er bleckte die Zähne und gab einen animalischen Laut von sich. »Lutsch ihn.«

Das war es, was sie hören wollte. Und sie tat, was er wollte, und nahm seinen Schwanz tief in ihren Mund. Er war größer als jeder andere zuvor. Und doch sog sie ihn tief in ihren Rachen und ließ ihn erst wieder frei, als sie Atem holte. Lächelnd stellte sie fest, dass sie ebenso viel Vergnügen aus ihrer Dominanz zog, wie sie ihm gab.

»Baby«, stöhnte er. »Du musst aufhören – ich kann es nicht mehr.« Er griff unter ihre Arme und zog sie zu sich hoch, küsste sie langsam und voller Verehrung. »Das«, flüsterte er an ihren Lippen, »war überragend.«

»Mehr?«, fragte sie ihn mit einem Lächeln.

»Oh Gott, ich will dich ficken, hart und schnell.«

Sie erbebte, während ihre heiße Pussy zuckte. »Ich will es auch, Rafe. *Jetzt*.«

Er zog sie aus, ohne sich mit Details aufzuhalten, und drehte sie dann mit dem Rücken zu sich. »Leg deine Hände auf die Stufen.«

Sie gehorchte und beugte sich vor, dann sah sie ihn über ihre Schulter hinweg an.

Mit schmalen Augen starrte er auf ihren Hintern und auf die Pussy darunter, und seine Nasenflügel bebten, genau wie sie es sich vorgestellt hatte.

»Küss mich«, bettelte sie und wollte ihn zwischen ihren Beinen spüren.

Sofort kniete er sich hin und griff nach ihren Schenkeln. Dann lockerte er seinen Griff und strich mit den Händen über ihre Beine, über die Rundung ihrer Pobacken und wieder hinab zu ihren Waden. Dann küsste er ihre Pussy. Erst so zart, als wäre es nur sein Atem, doch dann kraftvoller und mit mehr Leidenschaft. Er küsste und leckte, knabberte und saugte, bis ihre Klit pochte. Sie wollte ihn, bettelte darum.

»Rafe, bitte.«

»Noch nicht, meine Schöne. Ich will in dir sein, wenn du kommst.«

Sie hörte ein Rascheln, das Schnappen von Latex, und dann stand er hinter ihr. »Halt dich am Geländer fest.«

Sie suchte mit der Hand nach einem Halt.

»Jetzt die andere Hand. Um meinen Nacken.«

Sie tat, worum er sie bat, und war gespannt darauf, in welcher Position er sie wollte.

Seine Hand fuhr nach unten zwischen ihre Beine und umfasste ihr Knie. Er spreizte sie, indem er eines ihrer Beine anhob und es in der Beuge seines Arms festhielt.

Annie fühlte sich so offen, so verletzlich, doch sie liebte es jede Sekunde lang.

»So ist es richtig, Baby, entspann dich. Entspann dich, und halt deine süße Pussy bereit für mich.«

Seine Stimme umschmeichelte sie, brachte ihr Innerstes zum Zucken und ließ ihr Herz rasen.

»Oh Annie«, sagte er ruhig, als sein Schwanz die Öffnung ihrer Möse gefunden hatte und er sich vor ihrem Eingang in Stellung brachte.

»Hart und schnell, Rafe. Bitte«, bettelte sie und spürte, wie es nass an der Innenseite ihres Schenkels entlanglief.

Dann tat er es und rammte sich in sie hinein. Ein sicherer und starker Stoß, und er war in ihr.

Sie schrie auf, und der Genuss überdeckte den süßen Schmerz, den sein gewaltiger Schwanz ihr verursachte.

»Alles okay?«, fragte er. Reglos, bis auf das Zittern in seiner Hüfte und seine pulsierende Rute tief in ihr.

»Ja.« Sie seufzte. »Mehr. Härter.«

Sein tiefes Stöhnen hallte in dem kleinen Raum, und er griff nach ihrem Haar und zog leicht daran.

»Ja. Härter.«

Er gehorchte, und der kurze Schmerz erregte sie noch mehr. »Himmel, Rafe. Ich mag es grob. Gib es mir.«

Er bäumte sich auf und zog seinen Schwanz aus ihr heraus, nur um ihn dann wieder in sie zu rammen, raus und rein und immer tiefer. Jeder Stoß kam schneller als der letzte, war härter, ging tiefer.

Annie genoss das Gefühl, ihn in sich zu haben. Sie streckte die Beine, um ihn besser aufnehmen zu können. Sein Schwanz trieb sich in sie, und die Reibung in ihrer Pussy ließ sie immer heißer werden, bis sie bereit war, abzuheben.

Rafe ließ ich Haar los und glitt mit dem Finger zwischen ihre Schenkel, wo er ihre Klit fand und sie schnell und im Rhythmus seiner Stöße rieb.

»Ja.« Annie schrie laut auf, als die Lust durch ihren Körper flutete, heiß und dunkel, und Lichtblitze hinter ihren Augenlidern zuckten. Langsam ebbte das Gefühl ab. Doch schon setzte Rafe ihre Hände wieder auf die Stufe und ihre Beine weit gespreizt auf den Boden.

Annie schrie auf vor Verlangen und überrascht, als er ihre Klit mit den Fingern zwickte und sie damit noch einmal über die Klippe stieß, sodass sie wie im freien Fall alles um sich herum vergaß und nicht mehr wusste, wo sie sich befand.

Doch er war da, stand hinter ihr, hielt sie, presste seine Brust gegen ihren Rücken. Eine Hand lag auf der Stufe über ihrer, die andere war um ihre Taille geschlungen. Annie stöhnte, ihr Kopf hing nach unten, und sie schien keinen Muskel mehr bewegen zu können.

Als er wieder in sie eindrang, schlugen seine Hüften mit jedem tiefen und schnellen Stoß gegen ihre. Er hatte die Lippen gegen ihre Schulter gepresst und biss leicht zu, als ihm ein Schrei entwich und er sich immer wieder in sie trieb. Dann stieß er sich ein letztes Mal in ihr bebendes Innerstes und rief: »Annie, Baby!«

Er sackte in sich zusammen, und sein Körper zitterte, während sein Herz an ihrem Rücken pochte.

Sie brauchten beide ein Weile, bis sie wieder zu Atem gekommen und in die Realität zurückgekehrt waren – auch wenn sich Annie nicht sicher war, ob sie das überhaupt wollte. Schließlich küsste er ihre Schulter, stand auf und zog sie mit sich. Er drehte sie zu sich, drückte sie fest an sich und strich ihr das Haar zurück, während sie kraftlos in seinen Armen lag.

Mit einem Schwung hob er sie hoch und trug sie die Treppe hinauf.

Sie sah in sein Gesicht. »Wow.«

Er grinste. »Ja, wow. Unglaublich.«

Sie streichelte über sein Kinn und fragte: »Hat es dir gefallen?«

Sein Blick schien sich förmlich in sie zu brennen. »Mehr als das.«

Was wollte er mit seinen Augen sagen, was sein Mund nicht aussprechen konnte?

Er legte sie auf die Decke ihres Betts und stützte sich mit den Händen neben ihren Schultern ab. »Kann ich bleiben?«, fragte er und sah plötzlich unsicher aus.

»Ja. Ich will, dass du die ganze Nacht über hier bist.« Sie

schlang die Arme um seinen Nacken und zog ihn neben sich. »Morgen können wir dann …« Oh verdammt, war das zu viel? Sie biss sich auf die Unterlippe.

Zart und ehrfürchtig strich er über ihre Brüste. »Morgen werden wir zu mir gehen, auf der Verandaschaukel sitzen und auf den Fluss schauen.« Er lächelte. »Nachdem und bevor wir uns geliebt haben.«

Geliebt haben? Ihr Herz stolperte in ihrer Brust. Das war nicht nur Sex, das war mehr. Er hatte sie zu sich nach Hause eingeladen. Und er wollte mit ihr ausgehen. Ein strahlendes Lächeln flog über ihr Gesicht, ohne dass sie etwas dagegen machen konnte.

»Was gibt's da zu grinsen?«, fragte er, während er noch immer ihre Brüste streichelte.

»Ich kann mir einfach nicht erklären …«

»Hmmm?« Er zwickte ihre Nippel.

»Warum ich mir dich nicht schon vor neun Monaten geschnappt habe.«

Er hielt inne und sah ihr in die Augen. »Ich bin froh, dass du es nicht getan hast.«

»Warum?« Sie hielt den Atem an, als sie seinen ernsten Blick bemerkte.

Er nahm ihre Hand und führte sie an seine Brust. »Ich habe die Zeit gebraucht, um herauszufinden, was das ist.«

Annie sah zu seiner und ihrer Hand, die zusammen gegen sein Herz gedrückt waren. Ein süßes, zärtliches Gefühl durchströmte sie, und ihre Augen füllten sich mit Tränen. »Rafe?« Sie konnte nicht glauben, was da gerade geschah.

»Es ist mein Herz, Annie.« Er zog die Brauen zusammen, und seine Augen funkelten. »Und es schlägt für dich.«

»Bist du sicher?« Was für eine furchtbare Frage, aber sie

musste herausfinden, was dahintersteckte. »Wie kannst du das wissen?«

Er lächelte und ließ ihre Hand frei. »Als ich heute Morgen aufgewacht bin, hat mich plötzlich das vergangene Jahr eingeholt. Ich konnte es gar nicht erwarten, dich heute Abend zu sehen. Und das ist mir noch bei keiner Frau so gegangen. Vor dir.« Tränen des Glücks rannen ihr über das Gesicht. Er gehörte nur ihr, jetzt und hier. Ein harter Reiter, der tief im Inneren so gefühlvoll wie ein Countrysong über die Liebe war. Sie berührte seine Wange. »Küss mich, Cowboy.«

Ladys lieben Jungs vom Land

Cat Johnson

»Nein, nein, nein. Bitte tu mir das nicht an.« Erschrocken stellte Julia Craven fest, dass weder die Bremsen noch das Lenkrad reagierten.

Sie versuchte, das Fahrzeug unter ihre Kontrolle zu bekommen, aber der Mietwagen schien ihre Stoßgebete zu ignorieren. Er rollte vor sich hin, bis er schließlich vor einer Steigung am Rand des Highways stehen blieb.

Mit pochendem Herzen drückte sie die Kupplung in die Parkposition. Sie drehte den Schlüssel herum, aber nichts geschah. Sie drehte den Schlüssel noch einmal. Immer noch keine Reaktion.

»Verflucht!« Julia schlug mit der Handfläche auf das Lenkrad und fragte sich, was sie jetzt tun sollte.

Nachdem sie die Scheinwerfer ausgeschaltet hatte, beugte sie sich vor und suchte im Ablagefach nach dem Mietvertrag. Im Licht ihres Handys fand sie eine Telefonnummer auf dem Papier und wählte. Sie musste drei verschiedenen Leuten erklären, was passiert war, bevor sie jemanden am Ohr hatte, der ihr helfen konnte.

»Ich kann einen Abschleppwagen rufen, aber es wird ein bis zwei Stunden dauern, bis er bei Ihnen ist.« Das schleppende Texanisch der Frau am anderen Ende der Leitung klang wenig beruhigend, als sie Julia ihre Situation erklärte.

»Zwei Stunden?« Julia warf einen Blick auf die Uhr des

Armaturenbretts. Sie stieß einen enttäuschten Seufzer aus. »Gut. Wie sieht es mit einem Ersatzfahrzeug aus? Ich muss zurück in mein Hotel und dann morgen früh als Erstes zum Flughafen.«

»Oh, ich weiß nicht, wie schnell ich Ihnen eins schicken kann. Es ist Freitagabend.«

»Ja, ich weiß.« Wenn sich nur Julias Kunde, der auf ein Abendessen am Stadtrand von Austin bestanden hatte, dessen genauso bewusst gewesen wäre. »Könnten Sie mir wenigstens ein Taxi rufen, das mich zurück zum Hotel bringt?«

»Ich werde sehen, was ich tun kann, aber in dieser Woche findet ein großes Festival in Austin statt. Es ist so gut wie unmöglich, in der Stadt ein freies Taxi zu finden. Und noch unwahrscheinlicher ist es, dass eines zu Ihnen nach draußen kommt. Es kann also eine Weile dauern.«

»Und was soll ich in der Zwischenzeit machen?« Der Gedanke, allein in ihrem Wagen auf dem dunklen Highway zu sitzen, selbst mit verriegelten Türen, ließ Panik in ihr hochsteigen.

»Ist dort irgendetwas, wo Sie warten können, bis der Abschleppwagen eintrifft?«

Hinter ihr gab es nichts, aber vor sich hatte sie Lichter gesehen und sogar ein Riesenrad. »Sieht aus, als gäbe es hier ein Stück die Straße entlang irgendeinen Jahrmarkt. Ich denke, ich könnte bis dorthin laufen.«

»Gut. Ich kann Ihren Wagen per GPS orten und habe Ihre Handynummer. Ich werde Sie anrufen, wenn der Fahrer in Ihrer Nähe ist.«

Sie wusste, dass ihr nichts anderes übrig blieb, als das Beste aus der Situation zu machen. Also dankte sie der Frau und beendete das Gespräch. Dann schnappte sie sich ihre Tasche, schloss den Wagen ab und machte sich auf den Weg.

Als sie schließlich die Lichter erreichte, taten ihr die Füße weh, und ihre Schuhe, die viel zu teuer gewesen waren, sahen mitgenommen und staubig aus. Ihren unzuverlässigen Wagen hatte sie mindestens schon ein Dutzend Mal verflucht. Als sie auf den Eingang zustolperte, stand auf dem ersten Schild, das sie begrüßte, RODEO AUSTIN. Da in dem Kassenhäuschen niemand saß, schob sie sich einfach so durch das Drehkreuz und betrat das Veranstaltungsgelände, wo ihr bereits die Lettern KALTES BIER entgegenleuchteten.

Müde und durstig steuerte Julia direkt auf den Verkaufsstand unter der Leuchtreklame zu. Es wurden einige kurze Worte gewechselt, Geld überreicht und dann ein großer Plastikbecher, und kurz darauf rann das kalte schaumige Getränk durch ihre ausgetrocknete Kehle. Wahrscheinlich trank sie hastiger, als es ihr guttat, aber nach den Stunden, die hinter ihr lagen, war ihr danach.

Eigentlich könnte ich mich auch umsehen, wenn ich schon mal hier bin, ging es ihr durch den Kopf. Wenigstens würde sie etwas zu erzählen haben, wenn sie ins Büro zurückkehrte: Julias großes Austin-Abenteuer.

»Also, was gibt es hier so?«, fragte sie den Bierverkäufer. »Ich war noch nie auf einem Rodeo.«

»Die Veranstaltungen sind so gut wie vorbei. Aber wenn Sie sich beeilen, können Sie noch das Ende mitbekommen.«

Mit ihrem Becher in der Hand, der nun fast leer war, ging Julia in Richtung Lärm, wo die Wettbewerbe stattfanden. Sie sah über die Absperrung hinweg und in die mit Sägespänen gestreute Arena. Eine Lautsprecherstimme informierte die jubelnde Menge über einen Punktestand, mit dem sie nichts anfangen konnte.

Ihr Blick blieb an einer Reihe von Cowboys hängen, die sofort ihre Aufmerksamkeit fesselten. Sie saßen auf dem Rand der Absperrung mit dem Gesicht zur Arena und lachten, während sie einem als Clown verkleideten Mann zusahen, der zur Musik tanzte. Die Auswahl an strammen Hintern in Jeans und kräftigen Schenkeln in Chaps ließ ihre Stimmung steigen. Julia nahm einen weiteren Schluck Bier, doch der konnte den besonderen Durst nicht stillen, den der Anblick der Männer tief in ihr hervorrief.

Wer wusste schon, dass sie einen Fetisch für Cowboys hatte? Nicht einmal Julia selbst. Doch wann hatte sie auch jemals zuvor die Gelegenheit gehabt, so viele von ihnen aus der Nähe in Augenschein zu nehmen? Noch nie.

Ein Mann richtete den Blick von dem Treiben in der Arena hin zu ihr. Unter seinem Cowboyhut hinweg sah er sie an, und ihre Blicke trafen sich. Julia schluckte heftig, und trotz des Biers war ihr Mund plötzlich wie ausgetrocknet.

Wie es wohl wäre, diesem Mann etwas näherzukommen? Sie hatte nichts gegen diesen Gedanken, überhaupt gar nichts.

Sie wusste, dass sie den Mann anstarrte, und obwohl sie den Augenkontakt abbrechen wollte, gelang es ihr nicht. Stattdessen vergaß sie sogar für einen Moment, weiter zu atmen.

Er lächelte, was ihn ebenso gefährlich wie jungenhaft aussehen ließ. Ihr Herz raste. Als er ihr zuzwinkerte, bekam sie weiche Knie. Dann sprang er von der Absperrung herunter, und sie verlor ihn aus dem Blick.

Sie presste sich enger gegen das Gitter und reckte den Kopf, um ihren großen, dunklen, gut aussehenden Cowboy zwischen den anderen Männern zu entdecken, die ihn umringten. Es gab eine Menge Bewegung, doch alles, was sie erkennen konnte, war sein schwarzer Hut.

Was ging dort vor sich, in diesem kleinen, abgeschotteten Zirkel? Und wichtiger noch: Wann würden die Männer damit aufhören, damit sie das neue Objekt ihrer Begierde wieder sehen konnte? Julia hatte keine Ahnung, und das Gerede des Ansagers über Startpositionen und Platzierungen half ihr auch nicht weiter.

Frustriert in mehr als einer Hinsicht trank Julia einen weiteren Schluck Bier. Sie verschluckte sich fast, als das Gatter der Startbox sich plötzlich krachend öffnete und ihr Cowboy auf dem Rücken eines gewaltigen, wild buckelnden Bullen herausgeschossen kam.

Irgendwie gelang es dem Cowboy, trotz der Drehungen und Sprünge des Tiers oben zu bleiben. Fasziniert sah sie ihm zu, schwankte zwischen der Angst um sein Leben und der Lust auf ihn. Was war das bloß, das sie dahinschmelzen ließ beim Anblick dieses Mannes, der das Dämlichste tat, was sie je gesehen hatte?

Der Cowboy flog vom Rücken des Tiers und landete auf seiner Schulter im Staub, nur ein kleines Stück von den todbringend aussehenden Hufen entfernt. Er rappelte sich auf, während sich der Bulle herumdrehte, um auf ihn loszugehen.

Mit weit aufgerissenen Augen und unfähig, den Blick abzuwenden, verfolgte Julia das Geschehen.

Warum faszinierte dieser schmutzbedeckte, verrückte Cowboy sie dermaßen?

Bis zu diesem Moment hatte sie sich nur von makellos gekleideten und erfolgreichen Geschäftsmännern in Armani-

Anzügen sexuell angezogen gefühlt. Doch dieser Cowboy übte einen Reiz auf sie aus wie noch kein Mann zuvor.

Wie konnte das sein? Er ritt gottverdammte Bullen, und dennoch machte er sie so an, dass sie ihm die staubigen Kleider vom Körper reißen und sich auf ihn werfen wollte. Vielleicht war es seine vor Testosteron strotzende Männlichkeit, die den Paarungsinstinkt der Höhlenfrau in ihr weckte.

Ihre Intuition hatte jedenfalls keinen Zweifel daran, dass er auch für eine Frau des 21. Jahrhunderts ein guter Bettgefährte wäre, auch wenn ihre Vernunft sie davon überzeugen wollte, dass es verrückt war, sich bei einem texanischen Rodeo einem Fremden an den Hals zu werfen.

Julia versuchte, ihre innere Stimme zu ignorieren, und trank noch einen großen Schluck Bier, bis ihr Becher leer war. Ein weiterer Becher und sie würde wahrscheinlich hinter dem nächsten Zaun ihr Designer-Höschen für einen Fremden fallen lassen wie ein geiler Teenager. Doch sie war kein Teenager. Wenn auch geil ...

Sie warf den leeren Becher in einen Mülleimer, während sie den Cowboy auf der anderen Seite der Arena beobachtete. Nein, es war nicht der Alkohol, der sie so reagieren ließ. Es war die komplette Abwesenheit von begehrenswerten Männer in ihrem Leben.

Er verließ das Rodeo-Gelände durch ein Gatter, aber sie konnte ihn immer noch durch die Absperrungen sehen. Die anderen Cowboys schlugen ihm auf den Rücken oder schüttelten ihm die Hand, während er grinste. Julia musste ein Stöhnen unterdrücken, als sie sich vorstellte, wie diese großen, rauen Hände über ihre nackte Haut strichen.

Während sie ihren Träumen nachhing, hörte sie plötzlich

ein Klingeln in ihrer Tasche und kramte nach ihrem Handy. »Hallo?«

»Gute Neuigkeiten. Der Abschleppwagen wird in einer Stunde bei Ihnen sein, und ein Ersatzfahrzeug steht rechtzeitig in der Werkstatt bereit, zu der man Sie und den Wagen bringt.«

Ihr Blick wanderte zu den Cowboys hinüber, doch den schwarzen Hut, den sie suchte, konnte sie nirgends entdecken. Julia sah sich weiter um und beobachtete, wie ein anderer Cowboy über die Absperrungen kletterte, um sich ebenfalls auf einen Bullen zu schwingen. Doch den Mann, den sie suchte, sah sie immer noch nicht.

Julia schürzte die Lippen, obwohl sie sich ihre Enttäuschung nicht ansehen lassen wollte.

»Eine schöne Frau sollte niemals allein trinken.«

Er sprach mit tiefer Stimme und schleppendem Akzent, während er ihr einen Becher reichte. Ihre Brust schien zu zerspringen, als Julia das Getränk entgegennahm und sich langsam zu dem Mann umdrehte, der es ihr reichte.

Unter der schwarzen Hutkrempe leuchteten seine Augen so blau, dass sie unwillkürlich zweimal hinsah, ob er gefärbte Kontaktlinsen trug. Er tat es nicht. Alles an diesem Mann war echt – seine sonnenverbrannte Haut, der Schmutz, der sich über seine Wange zog, sogar die tiefen Lachfältchen in den Winkeln seiner wundervollen Augen, als er sie von oben herab anlächelte.

Julias schluckte mit trockener Kehle. »Vielen Dank.«

»Ist mir ein Vergnügen, Miss …«

»Julia.« Sie nannte ihm nur ihren Vornamen und versuchte, kein Bier zu verschütten, so sehr zitterten ihre Hände.

»Miss Julia.« Er tippte sich an den Hut. »Ich bin Morgan Mitchell, aber das wissen Sie ja schon.«

»Tue ich das?« Fragend zog sie eine Augenbraue hoch. Julia war sich sicher, ihm nie zuvor begegnet zu sein, denn einen Mann wie ihn vergaß man nicht.

»Der Rodeo-Sprecher.« Er lachte, als sie die Stirn runzelte und sich weiter fragte, wovon er redete. »Er hat meinen Namen genannt, bevor ich auf den Bullen gestiegen bin.«

»Oh, aber natürlich.« Sie konnte schlecht zugeben, dass sie zu sehr damit beschäftigt gewesen war, ihn sich nackt vorzustellen, um auf die Ansage zu achten. »Tut mir leid, aber es ist schwierig, hier etwas zu verstehen.«

Er nickte und trank von seinem Bier. Sein Blick fiel auf ihre hochhackigen Pumps, die für ein Rodeo völlig unpassend waren, dann hoch zu ihrem Bleistiftrock und ihrer Button-down-Bluse, um schließlich bei ihrem Gesicht zu verweilen. »Also, was führt eine Frau aus der Stadt zum Austin Rodeo?«

Sie machte sich nicht die Mühe, ihn zu fragen, wieso er sie für ein *Citygirl* hielt. Julia dachte kurz daran, ihm von ihrem Meeting und dem Mietwagen-Debakel zu erzählen, doch da die Uhr tickte und sie bald aufbrechen musste, entschied sie sich dagegen. Wenn sie schon wie Aschenputtel mit dem nächsten Abschleppwagen um Mitternacht verschwinden musste, wollte sie wenigstens einige unvergessliche Erinnerungen mitnehmen. »Vielleicht bin ich auf der Suche nach einem Cowboy.«

Morgans Augenbrauen schossen hoch bis zu dem dunklen Haarschopf, der unter seinem Hut hervorschaute. »Nun, dann sind Sie hier am richtigen Ort. Suchen Sie nach ... jemand Bestimmtem? Oder wäre ich auch geeignet?«

Ihr Unterleib zog sich vor Verlangen zusammen. »Ich denke, du wärst sehr gut geeignet.«

Seine Augen wurden schmal, und ihre Blicke trafen sich. Sollte er an ihrer Aufrichtigkeit gezweifelt haben, so konnte er seine Bedenken jetzt über Bord werfen. Es war ihr nie ernster gewesen. Julia hatte ihre Karriere keinem leeren Gerede zu verdanken. Hatte sie einmal eine Entscheidung getroffen, blieb es dabei. Und diesmal hatte sie sich für Morgan entschieden.

Sie nippte an ihrem Bier und leckte sich dann langsam den Schaum von den Lippen. Morgans Blick folgte ihrer Zunge. Er schluckte hart, und sie lächelte. Schön zu wissen, dass er ebenso von ihr angezogen war wie sie von ihm.

»Mein Truck ist nicht hier.« Er schüttelte den Kopf. »Teufel, ich habe noch nicht einmal ein Hotelzimmer. Ich schlafe bei einem Kumpel.«

»Lass mich dir sagen, was ich habe.« Sie trat einen Schritt näher und fuhr mit ihren manikürten Nägeln über die Perlmuttknöpfe seines Hemdes. »Ich habe noch eine Stunde, dann bin ich hier weg. Ich schlage vor, wir machen das Beste daraus.«

Er holte tief Luft und atmete dann langsam aus, sodass sich seine Brust hob und wieder senkte. »Nur eine Stunde, hm?« Morgan sah auf die Hand, die noch immer auf seinem Hemd lag. Er nahm noch einen Schluck Bier und warf den Becher dann in einen Abfalleimer. Er machte einen Schritt auf sie zu und stand nun so nah vor ihr, dass sie sich berührten. Dann legte er ihr die Hände auf die Hüften. »Eigentlich mag ich es nicht, mich zu beeilen, wenn mir etwas gefällt, aber in diesem Fall werde ich eine Ausnahme machen.«

Julia lächelte. Ihr Herz pochte so stark, dass sie sich sicher war, er würde es hören. »Gut.«

Er nahm ihre Hand. »Lass uns gehen.«

»Wohin denn?« Sie trank den letzten Schluck ihres Biers und zielte mit dem Becher in einen Abfalleimer, während er sie schon hinter sich herzog.

»An einen Ort, an dem du bestimmt noch nicht gewesen bist.« Er hielt noch immer ihre Hand und warf ihr einen Blick zu.

Seine Beine waren so lang, dass Julia Mühe hatte, mitzuhalten. »Das könnte überall hier sein.«

»Das hab ich mir schon gedacht.« Er lachte, als er durch einen Ausgang ging und sie zu einem Parkplatz dahinter führte.

Morgan ging an einer Reihe von Pferdeanhängern vorbei, dann zwischen zwei Wagen hindurch zu einer anderen Reihe, wo er vor einem langen, gepflegten Anhänger stehen blieb. Er ließ ihre Hand los, griff hinunter zu einem der Reifen und kam mit einem Schlüssel wieder nach oben.

»Was ist das?« Julia sah verwirrt aus.

»Der gehört meinem Kumpel.« Er sprang die zwei Stufen zur Tür hinauf und öffnete sie.

Julia blieb auf dem Boden stehen und betrachtete den Anhänger noch immer skeptisch. »Ist da ein Pferd drin?«

Er hielt inne und drehte sich zu ihr um. »Hat die Großstadtpflanze etwa Angst vor Pferden?«

Julia runzelte die Stirn. Natürlich wollte sie das komplette Cowboy-Programm, aber sie wusste nicht, ob sie sich auf ihn konzentrieren könnte, wenn ein so großes Tier sie dabei beobachtete.

Morgan zeigte seine Grübchen und nickte. »Ist schon in Ordnung, du brauchst dir keine Sorgen zu machen. Das Pferd ist noch auf dem Gelände.«

»Und dein Kumpel?«

»Der auch. Er wartet dort, bis er das Pferd wieder einladen kann. Wir haben den Anhänger also für uns allein.« Morgan sprang die Stufen hinunter und kam neben ihr zum Stehen. Mit den Fingern fuhr er ihre Arme entlang bis zu ihren Händen. »Bereit?«

Der Klang seiner Stimme verriet ihr, dass *er* mehr als bereit war.

»Auf jeden Fall.« Sie nickte, und sein strahlendes Lächeln schien die Nacht zum Leuchten zu bringen.

»Gut.« Er führte sie die Stufen hinauf und schloss dann die Tür hinter ihnen. Im Inneren standen zwei schmale Betten an der Seitenwand eines Wohnbereichs, der für Menschen und nicht für Pferde gedacht war.

Julia sah sich in der engen Behausung um. »Und wohin kommt das Pferd deines Freundes? Nach hinten?«

»Interessiert dich das wirklich?« Morgan trat einen Schritt auf sie zu und beugte sich zu ihr.

Ihr Körper glühte vor Erwartung, als Julia den Kopf schüttelte. »Eigentlich nicht.«

»Dachte ich mir.« Er schenkte ihr ein kleines Lächeln, das wie ein Versprechen war, bevor er noch näher trat und seine Lippen ihre berührten.

Sein Kuss war überraschend sanft. Julia neigte den Kopf und öffnete ihre Lippen. Morgan nahm ihre unausgesprochene Einladung nur zu gerne an. Mit einem Stöhnen fuhr er ihr mit der Hand durchs Haar und schob seine Zunge in ihren Mund.

Die Bartstoppeln auf Wangen und Kinn, die ihn so verdammt sexy aussehen ließen, rieben hart über ihr Gesicht. Es war ihr egal. Während sie sich enger an ihn presste, schlang sie die Arme um ihn und spürte, wie die Erregung in ihr wuchs.

Morgan schob sie mit seinem Körper nach hinten, bis sie mit in den Kniekehlen den Rand der Matratze erreichte und über ihn stolperte. Sie landete auf dem Bett. Er sah zu ihr herunter, und in seinen Augen loderte die Lust.

»Ich mag's, wenn eine Lady Rock trägt.« Er trat zwischen ihre Beine, ließ seine rauen Hände über ihre nackten Schenkel gleiten und schob ihr den Rock hoch, sodass ihre schwarze Spitzenunterwäsche zum Vorschein kam. Seine Lider schienen schwer vor Verlangen, als er sie betrachtete und dabei scharf die Luft einzog. »Hübsches Höschen.«

»Hübsche Gürtelschnalle.« Sie blickte an der verzierten Gürtelschnalle vorbei zu der großen, harten Auswölbung, die sich unter der Jeans abzeichnete. Sie musste schlucken, als ihr bewusst wurde, dass er diesen Gürtel nur allzu bald öffnen und ihr geben würde, was sie wollte – brauchte – dringend.

»Danke, aber du siehst nicht nach dem üblichen Gürtelschnallen-Häschen aus.« Er lächelte sinnlich und schob einen kräftigen Finger unter den Rand ihres Höschens.

»Ich weiß nicht einmal, was das ist.« Sie seufzte leise, als sein Finger in sie drang.

Er fand ihre Klit mit dem Daumen, drückte sie und zeichnete kleine Kreise auf ihr. Das Gefühl machte sie verrückt, ohne dass sie etwas dagegen tun konnte. Ihr Atem beschleunigte sich, und ihre Muschimuskeln spannten sich um den Finger in ihr. Morgan ließ einen zweiten Finger in sie gleiten, während er weiter ihre Klit stimulierte. Sie stöhnte lang und tief.

Es war so lange her, zu lange, seit sie das letzte Mal Sex gehabt hatte. Und noch länger, seit sie das letzte Mal von einem richtigen Mann genommen worden war – von einem

Mann, der aussah und sich anfühlte wie ein richtiger Mann, groß und mit rauen, kräftigen Händen, die niemals eine Maniküre gesehen hatten. Ein Mann, der nach gutem, sauberem Schweiß, Leder und wildem Tier roch und nicht nach einem teuren Rasierwasser. Morgan war so fremd, so anders, so unglaublich verlockend. Julia musste beinahe lachen angesichts all der Sinneseindrücke, die auf sie einströmten und sie überwältigten.

Ihr Hüften hoben sich vom Bett. Die Muskeln in ihrem Inneren begannen zu zucken. Er beugte sich zu ihr herunter, und sein leidenschaftlicher Kuss dämpfte ihr lustvolles Stöhnen. Sie wand sich unter ihm und seinen kundigen Händen, als sie schließlich kam. Sie zitterte noch immer und schnappte nach Luft, als er sich aufrichtete.

Morgan öffnete seinen Gürtel und seine Jeans mit einer schnellen, präzisen Bewegung, die zu seinen kräftigen Händen passte. Er griff nach einer Tasche, die neben dem Bett stand, und wühlte in ihr herum, bis er mit einem Kondom in der Hand und einem triumphierenden Lächeln auf den Lippen wieder auftauchte.

Julia hob eine Augenbraue. »Ich weiß nicht, ob ich glücklich oder beleidigt sein soll, dass du so gut auf Frauenbesuch vorbereitet bist.«

Er zog seine Boxershorts nach unten, und sein langer, harter Ständer sprang heraus. Als sie ihn ansah, kümmerte es sie plötzlich nicht mehr, wie das Kondom in den Anhänger gelangt war, solange es nur bedeutete, dass er seine verlockenden Schwanz in sie stoßen würde.

»Das ist die Tasche meines Kumpels. Das Einzige, was ich heute Nacht reiten wollte, war ein Bulle.« Er grinste und riss die Verpackung auf.

»Dann bin ich sehr froh darüber, dass er vorbereitet war und du nicht.« Sie fuhr mit der Zunge über seine Lippen und sah ihm dabei zu, wie er das Latex über seinen beeindruckenden Ständer zog, der schon bald ihr gehören würde.

»Kein Grund, eifersüchtig zu sein, Süße. Da draußen gibt es keine Frau, die mich reizen könnte. Das heißt, bis ich dich entdeckt habe und wie du mich angestarrt hast.«

»Ich bin eigentlich nicht eifersüchtig.« Ja, sie hatte ihn angestarrt, das konnte sie nicht leugnen. Doch nun hatte sie genug vom Reden. Es gab Besseres, was sie tun konnten. »Jetzt sei still und komm her.«

»Ist mir ein Vergnügen.« Er warf seinen Hut auf das andere Bett und fuhr mit einer Hand durch die dunklen Wellen ihres Haars. Dann war er zwischen ihren Beinen, ließ seine Hände unter ihre Hüften gleiten und schob sie bis zum Rand der Matratze.

Sie trug noch immer ihre Highheels, als sie die Beine um seine Hüften schlang.

Er schob ihr Höschen zur Seite und war bereit, in sie einzudringen. Eine Bewegung seiner Hüfte, und schon klopfte er an ihre Pforte. Sie war so feucht, dass er nur leicht stoßen brauchte, und schon glitt er in sie.

Julia zwang sich, die Augen offen zu halten, obwohl sie den Impuls hatte, sie vor Lust zu schließen. Es waren die gleichen Bewegungen, die gleiche Körperbeherrschung wie beim Reiten, die ihr nun mehr und mehr Vergnügen bereiteten. Er liebte sie, bis sie kurz vor dem Höhepunkt stand und all ihre Muskeln angespannt waren.

Der Rhythmus seiner Stöße trieb sie noch ein Stückchen weiter, bis sie schließlich über die Klippe stürzte und sich in ein Meer der Lust fallen ließ. Während sie laut aufschrie und ihr Innerstes um ihn pulste, stieß er ein letztes Mal in sie. Dann kam auch er, tief in ihr drin und mit einem Schrei.

Wenig später zog sich Morgan aus ihr zurück und ließ sich aufs Bett fallen. Sie richtete ihr Höschen und ihren Rock, als er seine Arme um sie legte und sie eng an sich zog. Mit den Fingern fuhr er ihr Bein entlang und schob den Saum ihres Rocks, den sie gerade nach unten gezogen hatte, wieder ein Stück hoch, indem er kleine Kreise auf ihrem Schenkel zeichnete. »Wie viel Zeit bleibt uns noch?«

Julia lachte. »Ich habe wirklich keine Ahnung. Ich weiß gar nichts mehr.«

Morgan drehte den Kopf und küsste sie auf die Lippen. Dann fuhr er mit dem Mund ihren Hals entlang bis zur ihrem Schlüsselbein. »Mmm. Ich glaube, ich bin bereit für eine zweite Runde.«

Doch ein leises Klingeln aus ihrer Handtasche, die auf dem Boden lag, sprach dagegen. »Ich muss rangehen.«

Seufzend gab er sie frei. Julia wühlte, bis sie ihr Handy gefunden hatte. »Hallo?«

»Miss Craven, der Abschleppwagen ist gerade bei Ihrem Fahrzeug eingetroffen.«

Das war es also. Julia warf einen Blick auf den Cowboy, der ausgestreckt auf dem Bett lag und sie ansah. Sein Gürtel und seine Hose standen noch immer offen. Seine Augen leuchteten und seine Wangen waren gerötet von dem wilden Ritt, den sie nun leider nicht wiederholen würden.

Sie hatte ihren Spaß und zwei unglaubliche Orgasmen gehabt. Niemand würde davon erfahren. Keiner würde darüber richten. Sie würden einander niemals wiedersehen. Er kannte nicht einmal ihren Nachnamen.

Warum nur war sie dann so traurig?

Julia stand auf den Zehenspitzen, hielt ihre Tasche über dem Kopf und wollte sie gerade im Ablagefach verstauen.

»Hilfe gefällig?« Die tiefe und vertraute Stimme ließ ihr Herz schneller schlagen, als ihr die Tasche aus den Händen genommen wurde. Sie drehte sich um und sah in das Gesicht des Mannes, von dem sie geglaubt hatte, dass sie ihn nie wiedersehen würde. Morgans Hut berührte die Ablagefächer des Flugzeugs, als er seine Tasche neben ihre stellte. Er grinste. »So trifft man sich wieder.«

»Du fliegst mit dieser Maschine?« Julia hatte ihre Stimme wiedergefunden, doch sie hörte sich fremd an.

Ein genervtes Schnauben hinter ihm ließ Morgan herumfahren. »Tut mir leid. Ich gehe sofort aus dem Weg.« Er trat aus dem Gang und zwischen zwei Sitze, dann fiel sein Blick wieder auf sie. »Wo sitzt du?«

»Hier.« Sie zeigte auf den Sitz am Gang, auf dem sie gleich Platz nehmen würde.

Die Frau mit dem Fensterplatz, die ihr Gespräch verfolgt hatte, machte große Augen, als Morgan in ihre Richtung blickte und sich an den Hut tippte. »Ma'am, tut mir wirklich leid, Sie zu stören, aber würde es Ihnen etwas ausmachen, den Platz mit mir zu tauschen? Ich sitze genau zwei Reihen hinter Ihnen.«

Die Frau wurde rot und beeilte sich hektisch, seiner Bitte nachzukommen. Julia wusste, wie es war, wenn seine eisblauen Augen und sein weicher Akzent einen in ihren Bann zogen. Und so schlug ihr Herz wie wild, als sie und Morgan schließlich nebeneinandersaßen.

»Ich wusste nicht, dass du heute fliegst. Was für ein verrückter Zufall.«

Er zuckte mit den Schultern. »Nicht wirklich. Ich lebe in

North Carolina, und dies ist heute der einzige Direktflug dorthin. Wohin willst du?«

»Ich steige in Charlotte nach New York um.«

»Hast du Aufenthalt?« Da war ein Glitzern in seinen Augen, das auf ein Ja als Antwort hoffte.

»Ungefähr eine Stunde.« Leider. Ihr Atem ging flacher, und sie hatte plötzlich das dringende Bedürfnis, ihren Anschlussflug zu verpassen und für eine Weile in North Carolina zu stranden.

»Das ist schade. Du solltest wiederkommen, wenn du mehr Zeit hast. Schließlich kennst du jetzt jemanden, der hier lebt, und auf meiner Ranch gibt es viel Platz für Gäste.«

Julia Craven, eine Stadtpflanze auf einer Ranch. Die Vorstellung gefiel ihr. Sie spürte, wie ihr bei seiner Einladung die Wärme in die Wangen stieg, dabei war sie eigentlich nicht der Typ, der rot wurde. »Vielleicht mache ich das wirklich.«

Morgan griff in seine Brusttasche und zog einen Stift heraus. Er schrieb eine Nummer auf die Rückseite seiner Bordkarte und gab sie ihr. Sie nahm sie entgegen und bemerkte, wie ihre Hand leicht zitterte.

»Julia, ich habe gestern Nacht wirklich genossen.«

Sie schluckte ihre Nervosität herunter. »Ich auch.«

»Wirst du tatsächlich anrufen oder war letzte Nacht nur für dieses eine Mal?«

»Ich denke, ich werde tatsächlich anrufen.« Julia lachte. Sie war selbst von ihrer Antwort überrascht und davon, wie gut sie sich damit fühlte.

»Gut.« Er grinste, und dann warf er einen Blick über seine Schulter. »Sollen wir mal schauen, ob im Waschraum genug Platz für zwei ist?«

Ihre Augen wurden groß. »Aber das können wir nicht machen.«

»Sicher können wir das, Schatz. Man lebt nur einmal. Da kann es ruhig etwas gefährlicher sein.«

Julia lachte. »Ich vermute, von einem Rodeo-Reiter war diese Antwort zu erwarten.«

Er zuckte mit den Schultern, und sein Lächeln war noch sexyer als am Tag zuvor.

Morgans Blick fiel auf ihren Mund. Er lehnte sich vor, und sie wusste, dass er sie küssen würde. Und sie wusste auch, dass sie Wachs in seinen Händen war. Sie würden zusammen in diesen Waschraum gehen und gefährlich leben, lange bevor der Flug beendet war.

Als sich ihre Lippen fanden, dachte sie daran, dass die Chancen gut standen, dass sie ihren Anschlussflug verschieben würde. Was war das nur mit diesen Cowboys? Was war das mit *diesem* Cowboy? Sie wusste es nicht, aber sie war mehr als bereit, es herauszufinden.

Dürre

Michael Bracken

Cade Garrett schwang sich von seinem schokoladenbraunen Quarter Horse und stand auf dem Kiesstreifen an der Straße, neben der sich zu beiden Seiten Ranchland erstreckte. Er blickte zu mir herab. Ich saß bereits seit fast zwanzig Minuten an der Straße, massierte meinen verstauchten Knöchel und fragte mich, wie ich nach Hause kommen sollte. Ich trug kein Make-up, und mein schulterlanges blondes Haar war zu einem lockeren Pferdeschwanz gebunden. Mein verschwitztes weißes T-Shirt klebte mir am Körper und darunter zeichneten sich deutlich die Umrisse meines Sport-BHs ab. Seinem Blick entging das alles nicht, dann tippte er mit dem Zeigefinger gegen den Rand seines mit Schweißflecken bedeckten weißen Shantung Stetson aus Stroh. »'n Tag, Ma'am.«

»Guten Tag, Mr Garrett«, antwortete ich.

»Scheint so, als hätten Sie sich nicht an meinen Rat gehalten.«

Eine Woche zuvor hatte mich Cade auf der Straße an der Ranch vorbeijoggen sehen und auf die Gefahren hingewiesen. »Scheint so.«

»Sind Sie gestürzt?«

»Ein Redneck mit Handy am Ohr hat mich von der Straße gefegt«, sagte ich. »Glaube nicht, dass er mich überhaupt gesehen hat.«

»Können Sie stehen?«

Ich konnte, und ich tat es auch, aber ich konnte meinen linken Fuß nicht richtig belasten.

Cade stieg auf sein Pferd, dann beugte er sich nach unten und nahm meinen Arm. Mit einer geschmeidigen Bewegung zog er mich nach oben und hinter sich aufs Pferd. »Legen Sie die Arme um mich, und halten Sie sich fest«, sagte er. »Wir reiten zum Haus und dann schauen wir mal, was wir für Ihren Knöchel tun können.«

Ich tat, was er mir sagte, und drückte meine Brust gegen seinen breiten Rücken, als ich meine Arme um ihn legte. Ich hatte noch nie auf einem Pferd gesessen, und erst recht konnte ich nicht so geschmeidig reiten wie Cade. Ich saß hinter ihm und schaukelte unsanft auf und ab. Die Reibung meiner Brüste an seinem Rücken ließen meine Nippel hart werden, und ich fragte mich, ob er sie durch sein Jeanshemd hindurch spüren konnte.

Wir ritten an der Straße entlang, bis wir auf die lange Zufahrt bogen, die zu Cades Ranch führte. Vieh graste auf den Weiden zu beiden Seiten des Weges.

»Sie haben eine Menge Kühe«, sagte ich.

»Vieh«, korrigierte mich Cade, »und so viele sind es gar nicht.« Er erklärte mir, dass der größte Teil von Texas während des Sommers unter einer Dürre gelitten hatte, die verheerende Schäden angerichtet hatte. In mehreren kleinen Städten war die Wasserversorgung eingeschränkt worden. »Es ist so ein heißer und trockener Sommer«, fuhr er fort, »dass ich nichts als Trockenfleisch produziere.«

Ich hatte meine eigene Dürre – mehr als ein Jahr ohne irgendeine sexuelle Begegnung –, und so fragte ich mich bei seiner Bemerkung, ob ich vielleicht auch austrocknete und mich sexuell gesehen in Trockenfleisch verwandelte.

Am Haus stiegen wir ab, und Cade band sein Pferd vor der Veranda fest. Er half mir die Stufen hinauf und durch die Tür. Dann ließ er mich auf der Couch Platz nehmen, bevor er verschwand. Mit einem Handtuch, einem Kühlpack, einem Glas Leitungswasser und zwei Ibuprofen kehrte er kurz darauf zurück. Ich spülte die Tabletten mit einem Schluck Wasser herunter, und Cade drückte mich gegen die Rückenlehne des Sofas. Er stopfte ein Kissen unter meine Wade, damit mein linkes Bein höher lag. Seine Hände waren warm und fühlten sich an meiner nackten Wade rau an, und ich wünschte, ich hätte mir morgens die Beine rasiert. Locker wickelte er das Handtuch um meinen geschwollenen Knöchel und legte den Kühlpack obendrauf. »Bleiben Sie einfach ein Weilchen so liegen«, sagte er. »Ich muss mich kurz um Max kümmern.«

Ich musterte Cade, als er durch die Tür nach draußen ging. Es gefiel mir, wie sich seine verwaschene Wrangler eng an seinen Hintern schmiegte. Als er aus meinem Blickfeld verschwunden war, um sich um sein Pferd zu kümmern, stützte ich mich auf einen Ellbogen und sah mich um. Das Haus, das ich ein Stück die Straße hinauf gemietet hatte, wirkte im Gegensatz zu seinem Wohnzimmer geradezu winzig. Auch seine Möbel, mit viel Leder und aus schwerem Holz, kamen mir riesig vor. Der Raum schien so angefüllt von Testosteron, dass unmöglich eine Frau am Einrichten beteiligt gewesen sein konnte. Ich lächelte, lehnte mich zurück und schloss die Augen.

Ich musste eingeschlafen sein, während ich auf Cades Rückkehr wartete, denn als ich die Augen öffnete, sah ich ihn auf einem Stuhl auf der anderen Seite des Beistelltisches aus massivem Holz sitzen. Auf seinem Schoß lag eine aufgeschlagene Zeitschrift, doch er las nicht. »Haben Sie mich beobachtet?«

»Ich habe mich gefragt, ob ich das Kühlpack noch mal wechseln soll.«

»Noch mal?«

»Ich habe es schon zwei Mal getan.«

»Wie lange habe ich geschlafen?«

»Fast zwei Stunden.«

Mit einem Ruck richtete ich meinen Oberkörper auf und schwang meine Beine von der Couch, sodass Gelpack und Handtuch auf den Boden fielen. »Ich muss mich beeilen.«

»Warum?«

»Kennenlernrunde«, sagte ich. »Nächste Woche beginnt die Schule, und die neuen Kollegen treffen sich heute Morgen zu einer Art Einführung.«

»Sie arbeiten als Lehrerin?«

»Nicht, wenn ich das Treffen verpassen!« Ich drückte mich von der Couch hoch, wobei ich zu viel Gewicht auf meinen verstauchten Knöchel legte und prompt auf die Nase fiel.

Cade schüttelte den Kopf, stand aber nicht auf, um mir zu helfen. »Welche Klasse?«

»Dritte.«

Er zog ein Handy aus seiner Hosentasche, öffnete es und wählte.

Einen Augenblick später antwortete jemand am anderen Ende der Leitung.

»Billy? Ich habe hier eine Miss ...« Cade legte die Hand über das Handy und sah mich an. »Ich kenne Ihren Namen nicht.«

»Amanda Wilcox.«

»… eine Miss Wilcox, die auf meinem Wohnzimmerteppich liegt, und sie sagt – nein, nichts in der Richtung, du alter Ochse –, sie sagt, dass sie heute Morgen an dem Einführungstreffen teilnehmen soll, und – was?, – aber sie wurde beim Joggen von der Straße abgedrängt, und so habe ich sie mit zu mir nach Hause genommen. Sie wird sich etwas verspäten.«

Nachdem Cade das Gespräch beendet und das Handy zurück in seine Hosentasche geschoben hatte, fragte ich ihn: »Wer war das?«

»Ihr Vorgesetzter.«

»Sie kennen Mr Anderson?«

»Billy Bob ist mein Schwager.«

»Sie sind verheiratet?«

»Nein«, sagte er. »Er ist der Mann meiner Schwester.«

»Oh.«

»Er sagt, dass Sie in die Gänge kommen sollen.«

Cade stand auf und ging um das Tischchen herum. Als er mir seine Hand entgegenstreckte, nahm ich sie. Er zog mich auf die Füße. »Legen Sie Ihre Arme um meinen Hals.«

Ich tat es, und der gut aussehende Rancher hob mich hoch. Ich kannte sonst keinen Mann, der stark genug war, um mich so zu tragen, und ich spürte ein angenehmes Kribbeln in meinem Körper.

Etwas in seiner Hemdtasche presste gegen meine Brust, und ich veränderte meine Position, während er mich aus dem Haus trug und auf dem Beifahrersitz seines Ford F-250 absetzte.

Fünf Minuten später parkte er den Pick-up in meiner Auffahrt hinter dem sieben Jahre alten Pontiac, den ich im Sommer zuvor von meinem Vater bekommen hatte. Dann trug er mich auf die Veranda.

Nachdem er mich abgesetzt hatte, zeigte ich auf meinen rechten Fuß. »Mein Schlüssel ist da unten.«

»Unter der Matte?«

»In einer kleinen Tasche an meinem Schuh«, sagte ich.

Cade beugte ein Knie und holte den Schlüssel hervor. Dann stand er auf und öffnete die Tür. Ohne auf eine Einladung zu warten, folgte er mir hinein.

Ich drehte mich um. »Was machen Sie da?«

»Ich glaube nicht, dass Sie Auto fahren können«, sagte er, »also werde ich Sie zur Schule bringen.«

»Es ist mein linker Knöchel. Ich fahre mit dem rechten.«

Er sah mich an, bis ich nachgab.

Dann saß Cade auf meiner Couch, was sie winzig erscheinen ließ, während ich mich an der Wand abstützte und den Flur entlang ins Schlafzimmer humpelte, wo ich mir meine Kleider schnappte und dann weiter ins Badzimmer hopste. Ich duschte schnell, und erst als ich die Hand zur leeren Handtuchablage ausstreckte, bemerkte ich, dass alle meine Badetücher noch im Trockner steckten.

Waschmaschine und Trockner befanden sich unter einem kleinen Vorbau hinter dem Haus, der nur durch die Küche zu erreichen war. Doch zur Küche zu gelangen bedeutete, das Wohnzimmer zu durchqueren, in dem Cade saß. Ich öffnete die Badezimmertür einen Spaltbreit und rief Cades Namen.

Als er antwortete, sagte ich ihm, was ich brauchte. Er erhob sich von der Couch und stand kurz darauf mit einem Badetuch in der Hand vor meiner Tür. Ich öffnete weit genug, um meinen Arm herauszustrecken.

Als Cade mir das Handtuch reichte, bemerkte ich, dass er nicht mich ansah, sondern an mir vorbeischaute. »Wo sehen Sie hin?«

»Auf Ihr Spiegelbild.«

Ich fuhr herum und sah den Spiegel hinter mir. Bis zu diesem Moment hatte Cade lediglich meine Rückseite sehen können. Als mir bewusst wurde, dass ich ihm nun das ganze Programm bot, wurde ich rot und schlug schnell die Badezimmertür zu. Obwohl es mir peinlich war, war ich auch ein bisschen erregt. »So sollten Sie mich nicht sehen!«

Nachdem ich mich abgetrocknet, angezogen und dezent geschminkt hatte, humpelte ich aus dem Badezimmer. Als ich nach drei weiteren Schritten das Wohnzimmer erreicht hatte, sagte Cade: »Hinsetzen.«

»Warum?«

Er zog einen unbenutzten Elastikverband aus seiner Hemdtasche. »Ich muss Ihren Knöchel verbinden.«

Ich setzte mich. Er legte den Verband an. Ich hatte noch ein paar viel zu große Laufschuhe – ich hatte mich im Schlussverkauf vergriffen und sie nicht zurückgeben können –, und nun zog ich einen von ihnen über die Bandage. Als wir fertig waren, konnte ich etwas besser auf meinen Füßen stehen als zuvor.

Ich nahm meine Brieftasche und mein Notebook, und dann fuhr mich Cade in die Stadt. Er steuerte auf den Lehrerparkplatz zu und hielt mit seinem Pick-up so nah am Eingang wie möglich. Nachdem er den Motor abgestellt hatte, bot er an, mich hineinzubegleiten.

»Nein, danke«, sagte ich. »Wird schon gehen.«

»Rufen Sie mich an, wenn Sie fertig sind, dann hole ich Sie ab.« Cade reichte mir seine Karte.

»Ich denke, ich habe Sie schon genug in Anspruch genommen«, entgegnete ich. »Ich werde schon irgendwie nach Hause kommen.«

»Sie sind ein Dickschädel, oder?«, sagte Cade. »Gut, dass Sie wenigstens überall sonst schön weich sind.«

Ich lief jeden Tag, damit ich eben nicht *überall sonst* weich war. Ich wollte schon eine spitzfindige Bemerkung machen, hielt mich dann aber zurück. Schließlich hatte er mich nach meinem Unfall gerettet. Ich schob seine Karte in meine Brieftasche und stieg aus seinem Truck.

»Vielen Dank für Ihre Hilfe heute Morgen, Mr Garrett«, sagte ich. »Wenn ich mich irgendwie erkenntlich zeigen kann...«

»Ich denke, das hat Ihr Badezimmerspiegel schon getan«, sagte er und grinste, als ob er sich an jede Einzelheit meines Spiegelbilds erinnern könnte.

Ich starrte Cade für einen Moment an. Dann schlug ich die Autotür hinter mir zu und humpelte auf das Schulgebäude zu. Als ich vor dem Eingang hielt und einen Blick zurückwarf, tippte sich Cade mit einem Finger an den Rand seines Stetsons und nickte. Dann legte er den Gang ein und fuhr davon.

Obwohl ich oft an Cade dachte – daran, wie sich seine Hand an meiner Wade anfühlte, als er mein Bein hob, daran, wie sich meine Brüste an seinen Rücken drückten, als wir auf seinem Pferd zu seiner Ranch ritten, daran, wie mein ganzer Körper kribbelte, als er mich zu seinem Truck trug, und daran, wie peinlich es mir gewesen war, dass er mich nackt im Badezimmerspiegel gesehen hatte –, sah ich ihn erst wieder, nachdem das Schuljahr schon eine ganze Weile lief. Mein Knöchel war längst verheilt, ich hatte eine neue, sicherere Strecke für meinen Morgenlauf gefunden, und es hatte immer noch nicht geregnet.

Ich schob meinen Einkaufswagen durch das einzige größere Lebensmittelgeschäft der Stadt und sah unwillig auf die hohen Preise an der Auslage mit dem frischen Gemüse. Doch mir blieb nur das oder eine zweistündige Autofahrt zu einer besseren Einkaufsmöglichkeit in der nächstgelegenen kleinen Stadt. Als ich um die Ecke und in den Gang mit den Frühstücksflocken bog, wäre ich mit meinem Wagen fast gegen Cades jeansbedeckte Rückseite gestoßen. Vornübergebeugt stand er da und nahm etwas vom untersten Regalbrett, wobei sich seine Wrangler eng um seinen festen Hintern schmiegte. Ich zog die Luft zwischen den Zähnen ein und bewunderte den Anblick, bis sich Cade wieder aufrichtete und zu mir umdrehte.

Ein Lächeln erschien auf seinem wettergegerbten Gesicht. Er tippte sich an den Rand seines Stetsons. »Miss Amanda.«

»Mr Garrett.« Ich nickte ihm zu. Während ich sprach, wünschte ich mir, etwas anderes als meine Sportsachen zu tragen und mein Haar nicht nur zu einem Pferdeschwanz zurückgebunden zu haben.

»Hab gehört, dass Sie ziemlich beliebt bei den Kids sind.«

»Und wo wollen Sie das gehört haben?«

»Von ihren Eltern«, sagte er. Er nickte in Richtung meines Knöchels. »Wie ich sehe, ist alles wieder in Ordnung.«

»Ja, das stimmt. Vielen Dank«, entgegnete ich. »Scheint, Sie haben heilende Hände.«

»Dann haben Sie also keinen Grund, meine Einladung zum Cattlemen's Ball abzulehnen.«

»Wie bitte?« Ich lebte inzwischen lang genug in der Stadt, um zu wissen, dass der Cattlemen's Ball *das* gesellschaftliche Ereignis überhaupt war. An diesem einen Abend im Jahr kamen die reichsten Rancher und Geschäftsleute und Lokalpolitiker zusammen und jeder, der sonst den außergewöhnlich hohen Eintrittspreis zusammenkratzen konnte. Sie alle warfen sich in ihren Sonntagsstaat, um sich auf einer der Ranchs einen neu entdeckten oder bereits alternden Star der Country-Music-Szene anzuhören, zu tanzen, zu spielen, zu essen oder bei der Tombola mitzubieten, und das alles für einen guten Zweck.

»Ich habe noch keine Verabredung«, sagte Cade. »Und Sie auch nicht, wie ich aus gut unterrichteten Quellen weiß.«

In Kleinstädten gibt es keine Geheimnisse. »Ist das die Art, wie Sie eine Lady für gewöhnlich um ein Date bitten?«

»Nein, Ma'am, ist es nicht«, sagte er und grinste jungenhaft. »Gewöhnlich warte ich, bis sie am Straßenrand liegen und nicht weglaufen können.«

»Wie lange haben Sie denn darauf gewartet, dass man mich wieder von der Straße pustet?«

»Fast einen Monat«, sagte Cady.

»Und Sie waren sich sicher, dass mich niemand anders auf den Cattlemen's Ball einladen würde, bevor Sie die Gelegenheit hätten?«

Er antwortete mit einer Gegenfrage. »Haben Sie sich denn mit irgendwem getroffen, seit Sie in die Stadt gezogen sind?«

Ich schüttelte den Kopf, und die Spitze meines Pferdeschwanzes blieb auf meiner Schulter liegen. »Ich wurde nicht einmal gefragt.«

»Dafür gibt es einen Grund«, erklärte Cade. »Die Leute haben Sie in meinem Truck gesehen. Das ist so, als würden Sie mein Brandzeichen tragen.«

»Ihr Brandzeichen?« Ich stand nun ganz aufrecht und hob entrüstet die Brust.

»Sie können sich aufplustern, wie Sie wollen. So laufen die Dinge hier nun mal.«

»Kriegen Sie immer, was Sie wollen?«

»Fast immer«, antwortete er. »Ich kann Gott nicht dazu überreden, es regnen zu lassen und dieser Dürre ein Ende zu machen, aber ansonsten bekomme ich so ziemlich alles, was ich will.«

»Und warum glauben Sie, dass ich Ihre Einladung annehmen werde?«

Cade nahm den Stetson ab, beugte sie zu mir und hielt seinen Cowboyhut dabei so, dass wir vor fremden Blicken geschützt waren.

»Weil ich glaube, dass du mich genauso sehr willst wie ich dich«, flüsterte er, wobei sein warmer Atem an meinem Ohr mich erbeben ließ.

Ich hielt den Atem an, während heißes Verlangen durch mein Innerstes schoss und sich meine Nippel durch mein Baumwollshirt abzeichneten. Ich fuhr mir mit der Zungenspitze über die Lippen und atmete weiter, nachdem er einen Schritt zurückgetreten war.

Ich konnte nicht verleugnen, was so offensichtlich der Wahrheit entsprach, und so stimmte ich zu, Cade zum Cattlemen's Ball zu begleiten.

Ich war fertig, bevor der Pick-up-Truck die Auffahrt heraufkam und parkte. Als ich Cades Schritte auf der Veranda hörte, griff ich nach meiner schwarzen Handtasche und öffnete die Tür, noch bevor seine erhobene Hand geklopft hatte.

Mit großen Augen starrte er mich an. »Sie wollen das doch nicht wirklich anziehen, oder?«

Ich hatte mich für ein aufreizendes schwarzes Kleid entschieden, das viel Dekolleté zeigte, im Rücken tief ausgeschnitten war und sich bis zur Mitte der Oberschenkel eng an meinen Körper schmiegte. Das Haar hatte ich hochgesteckt, und ich trug eine auffällige Perlenkette mit dazu passenden Ohrringen sowie hochhackige Schuhe, die meine Beine noch ein kleines bisschen länger und schlanker wirken ließen, als sie ohnehin waren. »Warum nicht?«

»Ein Blick auf Sie in diesem Kleid, und allen Männern werden die Reißverschlüsse platzen.«

Ich musterte Cade von oben bis unten. Er trug seinen besten Stetson, ein glattes blau kariertes Westernhemd, dunkelblaue Wrangler mit einer messerscharfen Bügelfalte, einen breiten Ledergürtel, der von einer Schnalle in der Größe eines Dollarscheins gehalten wurde, und Cowboystiefel aus Schlangenleder.

Ich hatte das unbestimmte Gefühl, dass ich mein Outfit eher in der Futtermittelhandlung hätte suchen sollen, wo es tatsächlich eine große Auswahl an ranchtauglicher Bekleidung gab, doch ich sagte: »Ich nehme das als Kompliment.«

»Ja, Ma'am«, entgegnete er. »Bessere Komplimente gibt's von mir nicht.«

Er begleitete mich zu seinem frisch gewaschenen Truck, und eine halbe Stunde später bogen wir auf die lange Zufahrt der Bar-B-Dahl Ranch ein, die im nächsten Ort in südlicher Richtung lag. Das Feld zu unserer Linken war zum Parkplatz umfunktioniert worden und bereits zur Hälfte mit Trucks und SUVs gefüllt, als wir eintrafen.

Am Ende der Zufahrt übergab Cade die Schlüssel an einen Mitarbeiter und führte mich durch einen von Heuballen gesäumten Eingang in die Scheune, wo die meisten Aktivitäten des Abends stattfinden sollten. Er zeigte unsere Eintrittskarten einer älteren Frau mit einer enormen Haarpracht und noch mehr Busen, dann traten wir ein.

Die Scheune mit dem Sandboden war so groß wie eine Sporthalle. Ganz in unserer Nähe befanden sich Spieltische. In der linken hinteren Ecke gab es eine kleine Bühne, wo später am Abend die Musik spielen sollte, und davor gab es genügend Platz, um zu tanzen. In der anderen Ecke waren die Spenden für die Versteigerung aufgebaut. In der Mitte waren mehrere Tische zu einem Rechteck für das Buffet zusammengeschoben worden. Außerdem gab es in der Scheune mehrere kleine Barstände, an denen Wein und Bier ausgegeben wurde.

Die meisten Männer waren angezogen wie Cade, und viele Frauen ebenfalls. Und als wir das hintere Ende der Scheune ansteuerten, wurde mir schnell klar, warum Cowboystiefel hier die erste Wahl waren. Meine Absätze versanken im weichen Boden, als ich mir meinen Weg über den unebenen Untergrund zu den Tischen bahnte. Cade hielt mich fest am Ellbogen, damit ich nicht hinfiel.

Ich hörte, wie zwei Frauen über mich redeten, als ich an ihrem Tisch vorbeiging. Die eine sagte: »Sie ist nicht von hier, oder?«

»Mit Sicherheit nicht«, antwortete die andere. »Da hat sich der gute Cade wohl ein Yankee-Mädchen an Land gezogen.«

Als wir an unserem Tisch Platz nahmen, sah ich einige Tische weiter eine Lehrerin aus meinem Kollegium in Gesellschaft eines alleinstehenden Vaters einer meiner Schüler. Ich winkte ihr zu. Sie erwiderte meinen Gruß und winkte zurück.

Das Unterhaltungsprogramm des Abends bestritt ein Countrysänger, der in den Achtzigern und Neunzigern einige Hits gehabt hatte, aber seit der Jahrtausendwende nicht mehr in den Charts gewesen war. Er bot eine großartige Show, und als sie vorüber war, gingen wir ans Buffet. Wir aßen, tranken und spielten mit Spielgeld, bis die Lokalband die Bühne betrat. Dann begannen wir zu tanzen.

Ich wusste bereits, wie man in der Gegend tanzte. Schnell zeigte mir Cade noch einen einfachen Doppelschritt, und abgesehen von den Line Dances, die wir ausließen, tanzten wir beide den Rest des Abends über. Er war stark, seine Bewegungen sicher, und er führte mich über den Sandboden, als wären wir bereits unser Leben lang Tanzpartner. Ich war so angetan von Cade, dass mich meine unangemessene Kleidung und der Staub auf meinen teuren Schuhen nicht kümmerten, als schließlich der letzte Tanz begann.

Jemand dimmte das Licht in der Scheune, und die Band spielte das einzige langsame Lied des Abends. Cade zog mich in seine starken Arme und drückte meinen Busen an seine Brust. Mit seiner großen Hand auf meinem unteren Rücken zog er mich an sich, und schnell wurde mir bewusst, dass seine Gürtelschnalle nicht das einzige große Ding war, das sich zwischen uns befand.

Ich sah hoch in seine Augen und fuhr mir mit der Zungenspitze über die Lippen, um sie zu befeuchten. Cade sah es und beugte sich zu mir, bis seine Lippen auf meine trafen. Wir küssten uns, während wir tanzten, ohne einen Gedanken daran, dass sich Dutzende Menschen mit uns auf der Tanzfläche befanden und mehrere Hundert noch immer durch die Scheune flanierten. Als der Song endete, tanzten wir schon nicht mehr, sondern standen in der Mitte der Tanzfläche und küssten uns leidenschaftlich, völlig ineinander versunken.

Als es wieder hell wurde, lösten wir uns schnell voneinander. Mit heiserer Stimme sagte Cade: »Ich bring dich nach Hause. Jetzt sofort.«

»Je schneller, desto besser.« Auch meine Stimme klang rau.

Wir beeilten uns, zu den Autos zu gelangen, wo wir warten mussten, bis uns ein pickliger junger Mann Cades Wagen brachte. Auf der Fahrt zu meinem Haus schmiegte ich mich an Cade. Meine Hand lag auf der Innenseite seines Oberschenkels, während mein Handgelenk über die Wölbung unter seiner Wrangler Jeans strich. Wir waren so aufeinander fixiert, dass wir die gewaltigen Gewitterwolken gar nicht bemerkten, die sich in der Dunkelheit zusammenbrauten.

Wir schafften es kaum bis ins Haus. Die Tür schwang zurück, war aber noch nicht ganz geschlossen, als Cade mich wieder in den Armen hielt. Seine Hände lagen auf meinem Hintern, und er zog mich eng an sich, während seine Zunge in meinen Mund tauchte. Unser Kuss war hart und raubte mir den Atem.

Als er schließlich endete, drängte mich Cade einen Schritt zurück und öffnete den Verschluss, mit dem mein Kleid im Nacken befestigt war. Der Stoff glitt zu Boden und brachte meine bloßen Brüste mit ihren zusammengezogenen Aureolen und den geschwollenen Nippeln zum Vorschein und dann meine Hüften und das kleine rote Höschen, das ich trug. Als mein Kleid zu meinen Füße lag, stieg ich aus ihm heraus und streifte mir die Highheels von den Füßen.

Ich stand vor ihm mit nichts als meinen Perlen und dem Höschen.

Cade sank vor mir auf die Knie, schob die Daumen unter den Saum meines Höschens und zog es über meine Schenkel nach unten, bis es das letzte Stück von allein herunterfiel. Er beugte sich vor, und sein warmer Atem kitzelte an meinem krausen blonden Dreieck, als er sein Gesicht in meinem Schoß vergrub. Als seine Zunge über meine geschwollenen Lippen fuhr, stellte ich einen Fuß zur Seite, um meine Schenkel zu spreizen und mich für seine Zärtlichkeiten zu öffnen.

Cade legte seine großen Hände auf meinen Hintern und zog meinen Schoß an sein Gesicht. Dann schlüpfte seine Zunge in meine Öffnung. Ich war heiß, feucht und bereit, und ich stöhnte vor Lust, während seine Zunge immer wieder in mich drang. Dann fand er die feste Perle meiner Klit, sog sie zwischen seine Lippen und fuhr mit der Zunge darüber. Er leckte und saugte, leckte wieder, und mein Becken bewegte sich ruckartig und wie von selbst. Und dann kam ich heftig und presste meine Scham gegen sein Gesicht, als der Orgasmus mich überrollte.

Meine Pussy zuckte noch immer, als Cade aufstand, mich herumdrehte und über die Sofalehne beugte. Ich hörte, wie sich sein Reißverschluss öffnete, und dann drängte sich seine große Schwanzspitze gegen meine schlüpfrigen Pussylippen. Er nahm meine Hüften und schob sich nach vorn, bis er tief in mir versunken war. Er zog sich ein Stück aus mir heraus und trieb sich dann wieder hinein. Unter seinen kraftvollen Stößen rutschte die Couch über den Wohnzimmerboden.

Er hämmerte seinen großen Schwanz immer härter und tiefer in mich, bis er schließlich mit einem Aufbrüllen kam. Er presste sich fest gegen mich, bis er wieder zu Atem gekommen war und sein enormer Ständer aufgehört hatte zu zucken.

Nachdem sich Cade von mir gerollt hatte, zog ich ihm die Kleider aus und drückte ihn dann zurück auf die Couch. Ich beugte mich über ihn, nahm seinen Schwanz in den Mund und schmeckte uns, während ich seine Männlichkeit wieder zum Leben erweckte.

Dann schwang ich ein Bein über Cade und ließ mich auf ihn sinken. Ich griff mir seinen Stetson vom Kaffeetisch und setzte ihn mir auf den Kopf, während ich meinen gut aussehenden, wettergegerbten Rancher ritt. Meine Titten schwangen hin und her, bis er sie in seine großen Hände nahm.

Meine Nippel rieben gegen seine Handflächen, meine Pussy pulsierte um seinen breiten Schwanz, und ich gab ihm mit den Fersen die Sporen, als würde ich auf seinem Quarter Horse sitzen. Ich schloss die Augen, während ich ihn lang und hart ritt, und er hielt viel länger durch als beim ersten Mal.

Ich kam, und dann kam ich noch einmal, bevor sich Cade schließlich in mich ergoss. Er nahm meine Hüften und hielt mich ganz fest, doch er konnte nicht verhindern, dass meine Pussy ihn molk.

Ich holte tief Luft, öffnete die Augen und sah ihn an. Auf seinem Gesicht lag der gleiche leicht weggetretene Nach-dem-Sex-Ausdruck wie auf meinem vermutlich auch.

Dann hörte ich ein unerwartetes Geräusch und sah hoch. Meine unverschlossene Eingangstür hatte sich geöffnet. Jeder, der am Haus vorbeikam, hatte zusehen können, was wir getan hatten, und ich war froh, dass sich keiner von uns die Mühe gemacht hatte, das Licht einzuschalten. Wichtiger war jedoch, dass ich nun meinen Vorgarten sehen konnte und das, was das Geräusch verursachte.

Regen.

Himmlischer Regen.

Die Dürre hatte ein Ende.

Das galt für Texas und für mich.

Ich lächelte dem gut aussehenden Rancher zwischen meinen Schenkeln zu. Er zog mich an seine Brust und nahm mir den Stetson vom Kopf. Eng aneinandergeschmiegt lagen wir auf meiner Couch und sahen zu, wie sich der Regen in meinem Garten in Matschpfützen sammelte. Wir atmeten den frischen Geruch des Niederschlags ein und den unserer Körper und lauschten unserem Herzschlag, statt zu reden.

Ich hatte keine Ahnung, wie es für Texas ausgehen würde, doch ich wusste, dass das Yankee-Mädchen, das es hierher verschlagen hatte, für eine lange, lange Zeit keine Dürre mehr befürchten musste.

Gefesselt

Charlene Teglia

»Wenn ich *Blue Christmas* noch einmal hören muss, werde ich verrückt.«

Durch die vielen Auftritte vor Gericht klang Regan Morris' Stimme klar und fest, als sie sprach, und nicht so, wie sie sich fühlte.

Sie kam sich wie ein Kleinkind kurz vor einem Schreikrampf vor, überreizt durch den Hype um die Feiertage und die damit verbundenen Erwartungen. Wie ein Kind, das der Weihnachtsmann vergessen hatte. Von Anwälten wurde erwartet, dass sie sich wie Erwachsene benahmen. Und sie gab sich Mühe, obwohl sie sich tief in ihrem Inneren wie eine Fünfjährige fühlte, die dringend eine Umarmung brauchte und keine Bemerkungen darüber, wie viele andere Menschen sich ebenfalls schlecht fühlten.

»Ich dachte, geteiltes Leid ist halbes Leid«, sagte Nancy. Sie formte weiter Lebkuchenmännchen, unbeeindruckt von Regans Ankündigung, verrückt zu werden.

»Kummer mag keine kummervolle Gesellschaft«, entgegnete Regan bestimmt. »Kummer wäre lieber auf der anderen Seite des Fensters, wo all die glücklichen und hübschen Menschen sind, statt draußen bei der elenden Menge zu stehen.«

»Ich bin glücklich. Und hübsch«, sagte Nancy. Ihre gelassene Selbstsicherheit kam nicht von ungefähr. Nancy war wunderbar, sogar wenn sie in ihrer Küche stand und in einer alten Wrangler mit ausgefransten Hosenbeinen steckte. Über der Jeans trug sie einen weichen roten Samtpullover mit weißen Bündchen, der an jedem anderen lächerlich ausgesehen hätte, doch sie wie eine aus Frankreich eingeflogene Elfe erschienen ließ, die dem Nordpol etwas mehr Eleganz und Klasse verleihen sollte. Dunkle Haarsträhnen hatten sich aus ihrer lockeren Hochsteckfrisur gestohlen, doch bei Nancy sah das sexy und beabsichtigt aus statt unordentlich.

»Natürlich bist du das«, sagte Regan zerknirscht. »Tut mir leid, so habe ich es nicht gemeint.«

»Ich weiß, wie du es gemeint hast.« Nancy richtete sich auf dem Stuhl auf und legte ihr Teigmesser zur Seite. »Ich weiß, was das Problem ist. Du willst Aschenputtel sein. Du willst auf den Ball gehen. Und stattdessen sitzt du hier mit mir in der Küche herum. Das ist nicht richtig. Du solltest auf den Ball gehen.«

»War sehr viel Rum in den Rumkugeln?«, fragte Regan.

»Ja, aber das ist nicht der Punkt.« Nancys Aufmerksamkeit galt nicht mehr den Teigwaren, und aus langjähriger Erfahrung wusste Regan, dass sie sich nicht so schnell davon würde abbringen lassen. »Du bist mies drauf, weil du Single bist und die Feiertage kommen. Und es wird nicht besser dadurch, dass du hier bei mir und meinem Ehemann und unseren zweieinhalb Kindern hockst. Also wird deine gute Fee dich jetzt auf den Ball schicken.«

Regan war sich ziemlich sicher, dass nicht einmal Nancy in der Lage war, in der Wildnis Wyomings eine passable Tanzveranstaltung auf die Beine zu stellen. Sie stibitzte sich noch eine Rumkugel. »Ich teste sie nur aus Gründen der Qualitätsprüfung«, murmelte sie. Und auch wegen der betäubenden Wirkung ...

»Hör lieber auf damit.« Nancy hatte das Blech mit Lebkuchenmännern belegt, schob es nun in den Ofen und stellte die Eieruhr. »Ich kann dir was zum Anziehen und eine Kutsche leihen, aber fahren musst du schon selbst.«

Regan lachte.

»Nein, wirklich. Auf einer Ranch in der Nachbarschaft findet eine große Party statt. Ich sage Bescheid, dass du kommen wirst. Ein Gast mehr wird kein Problem sein. Hier draußen gibt es nie genug alleinstehende Frauen. Du kannst den Caddy nehmen, ich benutze ihn nie.«

Der Cadillac war ein Sprit saufendes Monster. Außerdem war er nicht für Schotterwege gemacht, geschweige denn für eine Fahrt über vereiste, schneebedeckte Schotterwege. »Langsam glaube ich, dass es dir wirklich ernst damit ist.«

»Ja, das ist es. Erinnerst du dich, als du nicht zum Abschlussball gekommen bist? Du musstest lernen und jobben, um Geld fürs College zu sparen. Damals hatte ich keine Gelegenheit, die gute Fee zu spielen, aber das mache ich jetzt wieder gut.«

Regans Kiefer klappte nach unten. »Der Abschlussball? Glaubst du etwa, dass mein Leben darunter leidet, dass ich nicht beim Abschlussball war?«

»Vielleicht. Ich war dort, du nicht. Wir haben unterschiedliche Prioritäten. Und im Augenblick machen dich deine Prioritäten nicht besonders glücklich. Warum solltest du sie also nicht ändern?« Nancy zog sie mit sich in den begehbaren Kleiderschrank und begann, in Kleiderhüllen zu wühlen. »Nein. Nein. Vielleicht. Nein ... oh, *ja*.«

Regan warf einen Blick auf das Kleid in der durchsichtigen Schutzhülle. »Nein.«

»Vertrau mir.« Nancy zog das Kleid aus der Hülle. Sie

schüttelte es aus, und eine gewaltige Menge grüner Taft füllte den Raum zwischen ihnen. »Es ist eins dieser Kleider, die man angezogen sehen muss.«

»Es sieht aus wie ein Kleid für den Abschlussball«, stellte Regan fest.

»Es ist von Dior. Aus meinen Tagen als Model. Zum Abschlussball hätten wir uns so etwas niemals leisten können.«

»Ich kann es mir jetzt noch nicht leisten.« Vorsichtig nahm Regan das Kleid in die Hand. »Neben den Schulden vom College habe ich noch welche von der Universität. Dazu kommt die Hypothek. Ich kaufe keine Ballkleider von Dior.«

»Und genau deswegen brauchst du eine gute Fee. Schau nur, die passenden Schuhe.« Nancy fischte einen vom Boden der Kleiderhülle und wedelte triumphierend damit herum.

»Keine Chance, dass ich in denen laufen kann«, sagte Regan.

»Die sind auch nicht zum Laufen. Sie sind zum Tanzen. Lass dir von einem Cowboy helfen, das Gleichgewicht zu halten, und es wird schon gehen. Komm schon, zieh dich um.«

Zwei Stunden später beschloss Regan, dass Nancys Plan durchaus seine Vorzüge hatte. Die Schuhe würden ihr zwar die Füße verkrüppeln, wenn sie sie nicht bis Mitternacht wieder auszog, aber der Cowboy, der gerade mit ihr Richtung Mistelzweig tanzte, half ihr nur zu gern dabei, sich in einer aufrechten Position zu halten. Normalerweise hatte er es mit widerspenstigen Stieren zu tun, da war eine zu dünne, überarbeitete Anwältin für ihn kein Problem.

»Mein Tanz«, sagte eine tiefe Stimme an ihrem Ohr, während hinter ihrem Rücken eine Hand auftauchte, um ihren Tanzpartner abzuschlagen.

Die Stimme klang vertraut. Regan erstarrte, als der Mann in ihr Blickfeld trat. Ein Mann, der sich für immer in ihr Gedächtnis gebrannt hatte – einer, den sie an diesem Tag niemals hier vermutet hätte. Er sah älter aus, kerniger, sein schwarzes Haar brauchte einen Schnitt, und sein Gesicht wurde von Augen beherrscht, die an einen Winterhimmel erinnerten, an dem ein Sturm heraufzog.

Travis oder Tate, oder wie auch immer sein Name war, gab diesen Tanz mit der gleichen guten Laune auf, mit der er sie hatte verführen wollen. Nun wechselte er zur nächsten Tanzpartnerin. Der Mann, der ihn ersetzte, würde seinen Platz bei Weitem nicht so bereitwillig wieder räumen.

»Regan.«

»Jonas.«

Sie begannen zu tanzen. Regan hatte keine Ahnung, was sie sagen sollte. Sie musste alle Konzentration darauf verwenden, nicht in ihren Schuhen umzuknicken, während der Mann, der wahrhaftig kein Prinz Charming war, sie fest in den Armen hielt und sicher durch den Raum führte.

Schließlich durchbrach sie das Schweigen. »Es ist lange her.«

»Tatsächlich? Kommt mir vor, als wäre ich erst gestern in diesem Hotelzimmer aufgewacht, ohne zu wissen, ob ich mit achtzehn Vater werde und ob ich jemals wieder von dir hören würde, falls es so wäre.«

Regan stolperte. »Verdammte Schuhe.«

»Ich hoffe, sie tun weh.«

Das war zu viel. Regan riss sich zusammen, was ihr nicht ganz leicht fiel mit einem Schuh, der an ihrem großen Zeh baumelte. Doch das Dior-Kleid half ihr, Haltung zu bewahren. So hoffte sie jedenfalls. »Das ist nicht der richtige Ort für dieses Gespräch.«

Ein aufziehender Sturm flackerte in seinen winterlich blauen Augen auf. »Da hast du recht.« Ohne ein weiteres Wort hob er sie von den Füßen und trug sie davon, fort von der sicheren Menge.

»Wo bringst du mich hin?«, fragte Regan und bemühte sich, unbesorgt zu klingen. Sie überlegte, ob sie ihn aufhalten sollte. Doch wenn er tatsächlich entschlossen war, ihr eine Szene zu machen, war es besser, dies im Privaten zu tun. Es war nicht, dass sie fürchtete, er könne ihr wehtun. Sie mit Worten verletzen und durcheinanderbringen vielleicht. Doch einer Frau wehzutun, das war definitiv nicht seine Art.

Als er nicht antwortete, war sie sich da allerdings nicht mehr ganz so sicher. Und noch weniger, als er sie in ein entferntes Schlafzimmer brachte, wo er sie aufs Bett setzte und ein Stück Seil aus dem Schrank holte.

»Whoa, Cowboy.« Regan wollte sich von ihm wegrollen, doch er hielt sie mit festem Griff und begann, das Seil mit einer Schnelligkeit um ihre Handgelenke zu wickeln, wie er es sonst beim Kälberfangen tat.

»Fesselspiele? Ist das dein Ernst? Wie wäre es mit einem einfachen *Hallo*?«

»Hallo, Regan.« Jonas unterbrach seine Arbeit nicht, machte einen Knoten und band das Seilende am Kopfteil des Bettes fest. »Das ist meine Art, um sicherzustellen, dass du nicht davonläufst, bevor ich mit dir fertig bin.«

»Ich bin auch beim letzten Mal nicht weggelaufen«, sagte Regan verärgert. »Aber du hast einen tiefen Schlaf.«

»Nicht so tief.« Jonas zog ihr die Schuhe aus, öffnete, das Fenster und warf sie hinaus in eine Schneewehe.

»Hey!«

»Du kannst nicht barfuß im Schnee davonrennen.« Jonas

verschränkte die muskulösen Arme vor seiner breiten Brust, als er auf sie hinabsah.

»Das waren nicht meine.« Regan stöhnte. »Sie gehören Nancy. Und es gibt sie nicht umsonst.«

»Nancy? Deine Freundin, die damals losgezogen ist, um ein Supermodel zu werden, bevor sie den Cowboy von nebenan geheiratet hat?«

»Ja.«

»Sie wird sie nicht vermissen.«

Damit hatte er wahrscheinlich recht. Regan wechselte das Thema. »Was machst du hier, Jonas?«

»Das ist meine Ranch.« Die Überraschung in ihrem Blick entging ihm nicht. »Hat Nancy dir das nicht erzählt?«

»Nein.« Regan hatte angenommen, dass er die Stadt für immer verlassen hatte, als er ging: Er war damals der böse Junge der Stadt gewesen. Erst jetzt wurde ihr bewusst, dass sie nie daran gedacht hatte, was aus Jonas als erwachsener Mann geworden sein mochte. In ihrer Erinnerung war er immer achtzehn geblieben. Der gefährliche Junge, nach dem sich alle Mädchen verzehrt hatten, und ein unerreichbarer Traum für ein flachbrüstiges Mädchen, das nichts als Bücher im Kopf hatte.

Ihr unerreichbarer Traum starrte noch immer auf sie herab, doch Regan war aus dem Gerichtssaal so manche Taktik gewöhnt und ließ sich dadurch nicht einschüchtern. Sie versuchte, sich in eine bequemere Position zu bringen, obwohl ihre gefesselten Handgelenke ihr dafür nicht viel Spielraum ließen. »Okay. Du willst reden. Also sprich.«

»Bin ich ein Vater, Regan?«

Er kam sofort auf den Punkt. »Nein. Ich habe die Pille genommen.«

»Du warst noch Jungfrau.«

Als ob sie das vergessen hätte. »Danke auch.« Regans Stimme klang trocken wie Winterluft. »Ich hatte trotzdem die Pille genommen, seit ich sechzehn war. Fünfzig Prozent der Schwangerschaften in diesem Land sind nicht geplant. Ich wollte nicht Teil dieser Statistik werden.«

Er starrte sie noch immer an, und sie wusste, was für ein Bild sie abgab, ausgestreckt auf der Matratze in einer Wolke aus grünem Stoff, der die grünen Punkte in ihren braunen Augen zum Vorschein brachte und die Illusion eines üppigen Dekolletés zauberte.

»Du bist nicht in die Statistik eingegangen.«

»Nein. Ist das alles?«

Sein Blick war finster. »Himmel, Regan. Ich habe dich mein ganzes Leben lang gekannt. Eines Tages hast du dich dann plötzlich entschlossen, mich wie einen wilden Bullen zu reiten, und am nächsten warst du verschwunden.«

»Ich war nicht verschwunden. Ich bin zur Schule gegangen. Du warst Rodeos reiten.« Sie hatten sich nicht wirklich gekannt. Sie hatten etwas *übereinander* gewusst, das schon. Aber sie lebten in verschiedenen Welten, und sie war sich dessen sehr bewusst gewesen.

»Du hast mir nicht gesagt, wohin du gegangen bist. Du hast keine Nummer zurückgelassen. Und Nancy hielt sich damals keine fünf Minuten im selben Land auf, sodass ich sie nicht fragen konnte.«

Regans Augenbrauen schossen in die Höhe. »Du wolltest wissen, wo ich bin?«

»Ja, das wollte ich«, brummte Jonas. Seine Augen nahmen einen eigentümlichen Glanz an. »Das will ich immer noch.« Er sah sie unverwandt an.

»Ich dachte, du wolltest reden«, erinnerte Regan ihn vorsichtig. Mit Worten kannte sie sich aus.

»Reden wird überbewertet.«

Als seine Lippen ihre fanden, beschloss Regan, dass er recht hatte. Warum sollte man Lippen für etwas anderes verschwenden als zum Küssen und dafür, ineinander zu versinken? Plötzlich wurde sie sich all ihrer angestauten Frustration und des unbefriedigten Gefühls tief in ihrem Inneren bewusst.

Und so tat sie es, und er erwiderte ihren Kuss mit der atemlosen Hitze, an die sie sich aus dieser lange zurückliegenden Nacht erinnerte, als sie alle Vorsicht in den Wind geschlagen und sich einer unvergesslichen Erfahrung hingegeben hatte.

Dennoch gab es einen Unterschied, denn Zeit und Erfahrung machten den Kuss stärker, verwegener und zugleich verführerischer als in der Vergangenheit.

Sie lachte leicht an seinem Mund.

Er wich ein Stück zurück. »Was ist?«

»Du bist besser darin geworden.«

»Du auch.« Seine zusammengezogenen Augen und der tiefe Klang seiner Stimme ließen darauf schließen, dass er darüber nicht unbedingt glücklich war.

Auch wenn es unsinnig war, gefiel ihr der Gedanke. »Lass sehen, worin du noch besser geworden bist.« Sie streckte ihre gebundenen Hände über ihren Kopf. »Ich bin deiner Gnade ausgeliefert.«

»Ich kenne keine.« Jonas war bereit, seine Worte mit Taten zu beweisen. Er küsste sie leidenschaftlich, bevor er leicht in ihre Unterlippe biss und dann mit den Zähnen die Linie ihres Halses entlangfuhr und sie dabei ein Stück weit anhob, sodass er den Reißverschluss ihre Kleides öffnen konnte, dessen Oberteil widerstandslos nach unten glitt. Kühle Luft ließen ihre bloßen Nippel hart werden, bevor Jonas einen von ihnen mit seiner rauen Handfläche bedeckte und den anderen in seinen hungrigen Mund nahm.

Regan stöhnte laut auf, als er mit Händen, Mund und Zähnen genug Hitze durch ihren Körper schickte, um draußen den Schnee schmelzen zu lassen. Sie bog sich ihm und seiner süßen Folter entgegen, während sie sich nach seinen Händen unter ihrem Rock und zwischen ihren Beinen sehnte, wo sie bereits feucht und bereit war. Aber sie konnte ihre Hände nicht benutzen, um ihn dazu zu bewegen, und das Bewusstsein, dass sie tatsächlich seiner Gnade ausgeliefert war, führte zu einer erotischen Spannung, die sie bei jeder Berührung und jedem Kuss spürte.

Jonas hob den Kopf und lehnte sich zurück, um ihr die Stoffmassen bis zur Taille hochzuschieben, sodass sie darunter und darüber nackt war bis auf den String, den sie trug. Er fuhr mit seinen Fingern unter das Höschen und riss es ihr vom Leib, dann sah er an ihr herunter, und ein kleines Lächeln spielte um seine Mundwinkel. »Du benutzt jetzt also Wachs, Regan.«

Sie wurde rot, ohne dass sie wusste, warum. »Alle machen das«, murmelte sie.

»Aber nicht komplett und auf die brasilianische Weise.«

Sie sah ihn mit verengten Augen an. »Nein? Woher weißt du dann, wie man es nennt?«

»Du hast es selbst gesagt. Ich bin besser geworden. Ich habe die letzten zehn Jahre nicht wie ein Mönch gelebt.« Er neigte den Kopf ein wenig zur Seite und betrachtete sie nachdenklich. »Ich frage mich, ob ich daran gedacht habe, die Tür abzuschließen.«

Doch anstatt nachzuschauen, öffnete Jonas den Reißverschluss seiner Hose und zog sich die Jeans über die Hüften nach unten. Regans Blick fiel auf seinen Schwanz, der sich bis zu seinem Bauchnabel erhob, vollständig erigiert. Er schien noch größer zu sein, als sie ihn in Erinnerung hatte. Sie fühlte ein sehnsüchtiges Ziehen, wollte ihn in seiner ganzen Länge und Breite in sich spüren.

Als sich Jonas zwischen ihre geöffneten Beine kniete und sich zu ihr herunterbeugte, erinnerte sie sich. »Die Tür.«

»Was ist damit?« Er küsste ihren Bauch, leckte ihren Nabel und küsste dann die weiche, nackte Haut oberhalb ihrer Klit.

»Du warst dir nicht sicher, ob du sie abgeschlossen hast.« Sie klang leicht außer Atem, während sie hin- und hergerissen war zwischen dem Wunsch, dass sein Mund sofort weiter nach unten wanderte, und dem Bedürfnis, sich zu vergewissern, dass niemand sie stören konnte.

»Das ist richtig.« Er leckte sie mit langen, langsamen Bewegungen, bevor er den Kopf hob, um ihr in die Augen zu sehen. »Jemand könnte hereinkommen und dich in deiner Blöße sehen, gefesselt und mit mir zwischen deinen Beinen.«

Ihr stockte der Atem bei seinen Worten.

»Ist das zu viel für dich? Sag mir, wenn ich aufhören soll.«

Schnell wog Regan die Risiken gegen die übermächtige Lust ab, die in ihr brannte. Wenn sie jetzt aufhörten, wäre dieser Moment für immer verloren und würde so nie wiederkehren. »Mach weiter. Bis – verdammt, hast du ein Kondom dabei?«

»Bist du etwa nicht vorbereitet?« Jonas leckte sie noch einmal, als würde er einen verbotenen Genuss kosten.

»Darauf nicht.«

»Ich schon.« Bei seinen Worten fühlte sie sich zwischen

Erleichterung und qualvoller Spannung hin- und hergerissen. Er legte seinen Mund auf ihre Klit und saugte vorsichtig, während seine Zunge sie so verwöhnte, dass sich Regan unter ihm aufbäumte. Es war unglaublich, aber nicht genug. Als er zwei Finger in sie stieß, war das alles, was sie brauchte, um zu kommen. Ihr Orgasmus überrollte sie wie eine gewaltige Flutwelle und ließ sie kraft- und atemlos zurück.

»Richtig so?« Er klang beinahe siegesgewiss, doch unter den gegebenen Umständen hatte er wohl ein Recht darauf.

»Um«, murmelte Regan zustimmend.

»Das hier wird dir noch besser gefallen.« Jonas warf ihr einen wissenden Blick zu, als er ein Kondom hervorholte und es über seinen Schwanz streifte, bevor er die Faust um die Wurzel schloss und die Spitze in die Nähe ihrer Öffnung brachte.

»All I Want for Christmas Is You«, spielte die Musik in der Ferne und erinnerte sie daran, dass die Party außerhalb des Schlafzimmers weiterging. Gleichzeitig wurde Regan bewusst, dass es genau das war, wonach sie sich gesehnt hatte: Jonas, der hart und heiß über und in ihr war.

Er stieß sich in sie, und mit einem Mal verschmolzen Vergangenheit und Gegenwart zu der einen Gewissheit: Sie wollte ihn. Wollte das hier. Es war verrückt gewesen, ihre Jungfräulichkeit einem wilden Rodeo-Helden zu schenken, genauso wie es nun verrückt war, sich hier zu lieben mit dem Haus voller Gäste. Es kümmerte sie nicht. Es war ihr damals egal gewesen und jetzt auch.

»Gott, ja«, stöhnte sie, als er begann, sich zu bewegen. Wieder küsste er sie voller Verlangen, und sie konnte sich an ihm schmecken. Ihre Muschimuskeln krampften sich um seinen Schwanz, während er in sie drang, sich wieder ein Stück zurückzog, um dann noch tiefer in sie zu stoßen. Sie bewegte sich in seinem Rhythmus, nahm begierig alles, was er ihr gab, und sehnte sich nach mehr. Er schob seine Hände unter ihre Pobacken, während er sie fast bis zur Bewusstlosigkeit fickte. Sie spürte, wie sein Schwanz zuckte, als sich Jonas mit einem heiseren Aufstöhnen in sie ergoss.

Dann ließ er sich auf sie fallen, und allmählich beruhigten sich ihre rasenden Herzen und sie kamen wieder zu Atem.

Er drückte sich von ihr hoch und gab ihr einen harten, schnellen Kuss. »Bin gleich wieder da.«

Sie blinzelte ungläubig bei dem Gedanken, dass er sie in diesem Zustand zurücklassen wollte, bis ihr klar wurde, dass er nur den Raum durchquerte, um das benutzte Kondom in den Mülleimer zu werfen. Er kehrte zu ihr zurück, und sein Blick wanderte über ihren Körper, als er seinen immer noch halb aufgerichteten Schwanz in der Boxershorts verschwinden ließ und sich wieder die Jeans überstreifte, bis nichts mehr darauf schließen ließ, was er gerade getan hatte.

»Jonas?« Sie zog an dem Seil, um ihn daran zu erinnern.

»Oh nein.« Er setzte sich neben sie auf das Bett und strich langsam mit der Hand über ihr nacktes Bein. »So schnell lasse ich dich nicht gehen. Erst will ich etwas wissen.«

»Was?«

John schloss die Hand über ihren haarlosen, glänzenden Schoß. »Warum ich?«

»Damals oder heute?«

»Beides. Aber lass uns mit damals anfangen. Du warst kein Rodeo Groupie, das auf einen schnellen Ritt aus war.«

»Davon hattest du einige, stimmt's?«

»Ja. Aber du hast mir nicht geantwortet.«

Regan atmete langsam aus. »Weil ich dich wollte.«

»Um der Erste zu sein?« Er sah sie fragend an. »Das ergibt überhaupt keinen Sinn. Du warst nicht der Typ, der flüchtigen Sex mit einem Kerl hat, mit dem du nicht einmal ausgehst.«

Sie hielt einen Moment inne, bevor sie antwortete. »Ich finde nicht, dass das alles so flüchtig war. Ich erinnere mich daran, dass ich Angst hatte, jemand würde die Polizei rufen. Wir waren nicht gerade leise, nicht einmal, bevor wir den Duschvorhang zerrissen haben und das Bett zusammenbrach.«

»Es war einiges, aber bestimmt nicht flüchtig«, stimmte Jonas zu. »Ich habe den Schaden bezahlt, und es war jeden Penny wert. Als ich dich damals nicht wiederfinden konnte, habe ich die Rechnung mit Dartpfeilen durchlöchert und deinen Namen verflucht.«

»Ich habe mich nicht wirklich versteckt«, sagte Regan und behielt den Rest für sich.

»Du hast ziemlich deutlich gemacht, dass du nicht von mir gefunden werden wolltest. Du hast dir genommen, was du wolltest, und dann bist du verschwunden. Und jedes Mal, wenn ich danach eine Geliebte hatte, ob für eine Stunde oder eine Woche, habe ich sie mit dir verglichen. Die Welt ist voller Frauen, Regan, aber nur eine davon bist du.«

Oh. Ja. Das meinte er also. »Ich fand es meistens befriedigender, zu masturbieren«, gab sie zu.

Er schloss die Augen und schüttelte den Kopf. Er sah aus, als hätte er Schmerzen. »Himmel, die Dinge, die du sagst und tust. Ich kann nicht glauben, dass du so cool aussiehst, als ob du gerade mal mit der Oberlippe zucken würdest, wenn du dich mit einem verschwitzten Cowboy herumrollst. Und dann bringst du mich dazu, bis an meine Grenzen zu gehen.«

»Gibt es denn Grenzen für dich?«

»Ja.« Er zog eine Hand zurück und ließ sie bloß und ohne seine Berührung zurück. »Eine davon ist, dass ich es nicht flüchtig mag. Ich will nicht nur einen heißen Fick, bevor du mich hier im Kalten stehenlässt und zurückkehrst, von wo auch immer du aufgetaucht bist.«

»Boston«, half sie ihm. »Und wenn du glaubst, dass es hier kalt ist, dann komm irgendwann mal dort vorbei.«

»Wenn du dort bist, werde ich das tun.«

Ihr stockte der Atem.

»Sag etwas«, brach es aus ihm heraus, während er sie ansah.

Ihr Mund öffnete und schloss sich wieder, bevor sie schließlich sagen konnte: »Du wirst *was* tun?«

»Es ausprobieren. Boston. Du und ich.«

»Du hast eine Ranch, um die du dich kümmern musst«, wandte sie ein.

»Und du hast deine Karriere. Aber das sind Details. Ich sage nicht, dass eine Fernbeziehung bis in alle Ewigkeit funktioniert, aber ich will herausfinden, ob das mit uns klappt.«

»Wie klappt?«, fragte Regan verwirrt.

»Bis in alle Ewigkeit.« Er sah sie herausfordernd an. »Bist du bereit dafür?«

Sie spürte, wie sich ein Lächeln auf ihrem Gesicht ausbreitete. »Ich bin zu allem bereit, was du dir vorstellen kannst.«

Sie schafften es nicht mehr, zur Party zurückzukehren. Und Regan war sich ziemlich sicher, dass es ihre gute Fee nicht überraschte, als sie um Mitternacht noch nicht wieder zu Hause war.

Ungezähmt

M. Marie

»Als Nächstes kommt Kennedy Rawlings!«

Dawson Conway blinzelte in die strahlende Mittagssonne und sah in Richtung Rodeo-Arena, als der Sprecher den Namen des nächsten Wettbewerbers nannte. Über die staubige Arena hinweg sah er seinen Boss und Mrs Rawlings in der Menge. Das Paar im mittleren Alter stand eng beieinander nahe der Startbox.

Selbst aus der Distanz konnte der junge Rancharbeiter ihnen die Anspannung anmerken. Jake Rawlings stand aufrecht und steif da. Es kam selten vor, dass es ein Ereignis in ihrer kleinen Stadt gab, bei dem sein ansteckendes Lachen nicht in der Menge zu hören war, doch heute stand er schweigend da, ohne die Spur eines Lächelns auf dem Gesicht. Jake Rawlings starrte in den Ring, doch Dawson wusste, dass er vor seinem inneren Auge nichts als das Chaos und Durcheinander nach dem Unglück vom vergangenen Jahr sah.

Neben Mr Rawlings beobachtete seine Frau nervös, wie das Pick-up-Team dem erfolglosen Reiter der letzten Runde aus dem Ring half. Ihre linke Hand krallte sich in den Stoff ihres Jeansrocks, während sich ihre rechte Hand um den Unterarm ihres Mannes klammerte. Molly Rawlings war eine kräftige, starke Frau, doch an diesem Tag suchte sie Halt und sah zerbrechlich und verletzlich aus.

In all den Jahren, die er auf der Rawlings Ranch arbeitete,

hatte Dawson sie nur ein einziges Mal so gesehen. Ihre damalige Schwäche hatte ihn zutiefst verstört, und als er sich nun daran erinnerte, musste er schnell zur Seite blicken.

Es würde ihm nicht guttun, wenn er sich heute an die Ereignisse von damals erinnerte.

Stattdessen konzentrierte er sich auf das übrige Publikum. In ihrer kleinen Stadt in der kanadischen Provinz Alberta hatte sich herumgesprochen, dass Kennedy in diesem Jahr wieder beim Frauenrodeo antreten würde, und das hatte viele Zuschauer angelockt.

Normalerweise kamen zu den Wettbewerben der Frauen kaum halb so viele Zuschauer wie zu den professionellen Rodeos, doch heute war der Veranstaltungsplatz zum Bersten gefüllt. Einige Zuschauer waren sicherlich gekommen, um Kennedy zu unterstützen, doch das Wispern, das auf ihren Namen folgte, und die Unruhe, die durch die Menge ging, verrieten Dawson, dass die meisten Zuschauer nur gekommen waren, um eine weitere Katastrophe zu sehen.

Um seinen Zorn nicht zu verraten, falls ihn die Rawlings oder einer der Veranstalter entdeckten, zog sich Dawson seinen abgetragenen Resistol über die Augen und verschränkte die Arme. Für die großen Rodeos heuerte ihn die Ranch gewöhnlich mit seiner gutmütigen Stute als Pick-up-Mann an, doch für ein Frauenrodeo hatten sie ihn noch nie gefragt, und er hatte es auch niemals angeboten. Mit hochgeschlagenem Jackenkragen und den Hut tief ins Gesicht gezogen stand er einfach nur in der südwestlichen Ecke der Koppel wie ein Wachposten bei der Arbeit, hielt Ausschau, wartete und sorgte sich.

Ein plötzlicher Moment der Stille, gefolgt von einer Welle aufgeregten Flüsterns kündigten ihren Auftritt an. Dawson schob den Rand seines Huts nach oben und sah, wie Kennedy auf der anderen Seite der Arena auftauchte. Wie alle Rawlings konnte man sie selbst in einer großen Menschenmenge unmöglich übersehen. Die Familie hatte eine einzigartige Art, sich zu bewegen, und auch Kennedys Schritte verrieten Selbstvertrauen, Furchtlosigkeit und einen wilden, unerschütterlichen Stolz.

Er grinste breit, als sie mutig quer durch die Menge ging. Die Schultern gestrafft, das Kinn kühn vorgestreckt, wiegten sich ihre Hüften bei jedem Schritt wie die einer echten *vaquera.* Mit neunzehn war Kennedy endlich in den langbeinigen, unbeholfenen Körper hineingewachsen, für den sie während ihrer Schulzeit gehänselt worden war. Sie war ein zähes, großes Mädchen von athletischer Gestalt. Genau wie das prämierte Vieh, das ihr Vater züchtete, hatte sie breite Schultern und war muskulös. Mit ihren rauen Manieren und ihrer herben Ausdrucksweise war sie bekannt dafür, mit ihrer Meinung nicht hinter dem Berg zu halten. Sie konnte hitzköpfig sein, und obwohl sie keineswegs leichtsinnig war, hatte sie eine starrköpfige Seite, die sich mit anderen messen wollte. Wie ihr Vater verfolgte sie die Ziele, die sie sich gesetzt hatte, mit Entschlossenheit und ging dabei bis an ihre Grenzen und manchmal auch darüber hinaus.

Es war ein Charakterzug, dem Jake Rawlings als junger Mann seine ersten Erfolg im Rodeo-Betrieb zu verdanken hatte. Und sie war die treibende Kraft hinter der Entscheidung der Kennedys, die Familientradition des Rodeo-Reitens weiterzuführen.

Ihre Liebe fürs Rodeo war dort, wo sie herkam, nichts Ungewöhnliches. Schon immer stammte eine große Anzahl von Teilnehmerinnen am Frauenrodeo aus ihrer Stadt, und eine

Handvoll dieser Mädchen nahm auch an Profi-Wettbewerben teil. Ihre Familie hätte sie sicherlich unterstützt, wenn auch Kennedy eine Profi-Karriere angestrebt hätte, doch sie hatte sich gegen die Vorstellung gesträubt. Bei den Profis gab es zu viele Einschränkungen. Frauen konnten nur an einer Handvoll Veranstaltungen teilnehmen, bei denen es sich meistens um Zeit-Disziplinen handelte. Auch wenn Kennedy ein Naturtalent beim Tonnenrennen und Team Roping war, schlug ihr Herz doch für etwas anderes.

Sie brannte für die Roughstock Events, die Punkte-Disziplinen, und blühte auf, wenn es riskant und gefährlich wurde und sie sich angesichts der rohen Stärke der Wildpferde und Bullen beweisen konnte.

Aus all diesen Gründen hatte Kennedy den Ruf, wild und furchtlos zu sein. Selbst ihre Eltern dachten so von ihr. Doch Dawson wusste es besser. Sie hatte kein so dickes Fell, wie sie vorgab.

Dawsons Gedanken wanderten zur vergangenen Nacht zurück.

Am Ende seiner Schicht hatte er noch einmal nach dem Vieh gesehen und war dann auf dem Weg zum Haupthaus gewesen, als ein Schatten vor ihm auf den Weg fiel.

Kennedy lehnte an einer Seite der Scheune ein paar Meter vor ihm, ohne zu lächeln.

Er hatte sich nicht weiter um ihren Gesichtsausdruck gekümmert. Die Tatsache, dass sie bereits so lange vor der Scheune gewartet hatte, dass ihre ungeduldigen Schritte eine ansehnliche Furche in der Erde hinterlassen hatten, sagte mehr über ihre Stimmung aus als ihr finsterer Gesichtsausdruck. Sie wollte ihn unbedingt sehen. Ihre Widersprüchlichkeit ließ Dawson lächeln. Sie kannten sich seit Jahren. Die sechs Jahre, seit er auf der Ranch arbeitete, plus zehn Jahre gemeinsame Schulzeit. Sie waren zusammen aufgewachsen.

Schon als Kind hatte sie ihre Gefühle hinter einer grimmigen Miene verborgen, doch er hatte sich davon nicht im Geringsten abschrecken lassen. Er hatte schon immer wissen wollen, was für ein Typ Mädchen sich hinter den harten Blicken und barschen Worten verbarg.

Er warf ihr ein fröhliches Lächeln zu und tippte sich an den abgenutzten Hut. »'n Abend, Miss Rawlings.«

Im abnehmenden Licht sah er, wie sie mit den Augen rollte, aber gleichzeitig ein wenig lächelte. »Halt die Klappe, Dawson«, grummelte sie, als sie an ihm vorbeiging und in die Scheune schlüpfte.

Der amüsierte Rancharbeiter drehte sich um und folgte ihr. Ihre Anwesenheit machte ihn neugierig, auch wenn er wusste, dass sein Gehaltsscheck und ein warmes Abendessen im Haus auf ihn warteten.

Er zog die Scheunentür hinter sich ins Schloss und betrachtete sie. Sie schien ruhelos und nervös. Ihre Schultern unter dem dünnen Flanellhemd waren angespannt, und sie hielt ihren Stetson in der linken Hand und schlug sich bei jedem zweiten Schritt zerstreut mit ihm gegen den Oberschenkel. Sie ging an den Boxen der Tiere vorbei und schien gar nicht zu bemerken, wie sich die Köpfe hoben und sie mit leisem Wiehern begrüßt wurde.

Leise folgte er ihr, wobei er jedes Tier, an dem er vorüberkam, streichelte. Langsam begann er, sich Sorgen zu machen. Normalerweise war Kennedy immer für die Tiere da, besonders für die Pferde. Als sie in der Kammer mit dem

Sattel- und Zaumzeug verschwand, beschleunigte er seinen Schritt.

Auf der Schwelle des kleinen Raums hielt er inne und sah, wie sie zur gegenüberliegenden Wand ging, stehen blieb und das Zaumzeug anstarrte, das ordentlich in einer Reihe hing.

»Suchst du etwas Bestimmtes?«, fragte er mit besorgtem Blick.

Sie sah über ihre Schulter, doch sie antwortete nicht. Sie starrten einander eine ganze Weile lang an, bevor Dawson ein persönlichere Frage wagte. »Willst du über morgen sprechen?«

Endlich kam Leben in Kennedys Augen. »Da gibt es nichts zu reden. Mir geht's gut!«, schnappte sie. Er konnte sehen, wie sich ihr Körper anspannte.

Das war es also, was ihr Sorgen machte. Dawson trat einen Schritt zurück, wie um sich zu entschuldigen, und hob beschwichtigend die Hände. »Tut mir leid, Ken. War nicht so gemeint. Ich wollte nur helfen.«

»Ich brauche keine Hilfe.« Ihre Stimme klang barsch.

Er nickte und lehnte sich gegen den Türrahmen. »'türlich nicht. Schließlich bist du ein Profi.«

Sie antwortete auf seinen neckenden Ton mit einem weiteren kurzen Schnauben, aber diesmal lag weniger Zorn in ihrem Blick, als sie ihn ansah.

Er wusste, wohin ihre Gedanken wanderten. Der Sturz im vergangenen Jahr hatte sie alle geschockt, aber niemanden mehr als Kennedy selbst. Als sie damals aus der Startbox kam, saß sie stark und aufrecht auf dem Bronco. Sie presste die Schenkel fest gegen das Pferd und zählte dann von acht herunter. Der erste Sprung des Broncos beeindruckte sie nicht im Geringsten, und sie grinste selbstsicher – doch nicht lange.

Mit dem zweiten Buckeln verlor sie den Halt. Sie hatte die Zügel verloren und instinktiv mit der freien Hand in die Mähne des Tiers gegriffen. Sie wusste, dass sie sich damit disqualifizierte, doch selbst mit dieser unzulässigen Handlung schaffte sie es nicht, ihr Gleichgewicht wiederzugewinnen. Als der Bronco kraftvoll nach hinten austrat, warf er sie ab.

Sie landete unsanft im Dreck.

Die Pick-up-Männer stürmten in den Ring, und der Rodeo-Clown lenkte das aufgebrachte Pferd ab, bevor es auf sie trampeln konnte. Er lockte den Wallach zum Ausgang, wo er beruhigt und schnell in die Startbox zurückgebracht wurde. Auf der anderen Seite der Arena kniete der verantwortliche Arzt neben Kennedy, die reglos auf dem Bauch im Staub lag.

Während die Rawlings durch das Gatter und die Arena zu ihm liefen, rutschte Dawson das Herz in die Hose. Er wischte sich die verschwitzten Hände an seiner Jeans ab, und während sie alle auf den Krankenwagen warteten, übernahm er die undankbare Aufgabe, Kennedys Eltern davon zu überzeugen, dass alles gut werden würde.

Zwei Tage später wachte Kennedy im Krankenhaus auf. Sie hatte eine Gehirnerschütterung, einen gebrochenen Arm und eine Reihe gebrochener Rippen. Unter den ängstlichen Blicken ihrer Mutter war sie in den folgenden Monaten langsam wieder auf die Beine gekommen. Ihr Vater wusste, dass sie zu ehrgeizig war, um mit einer so glanzlosen Vorstellung abzutreten, und hatte ihr deshalb zögerlich zurück in den Sattel geholfen. Sobald sie körperlich dazu in der Lage war, hatte sie das Training wieder aufgenommen.

Nun, ein Jahr später, war sie fit und in der Lage, wieder anzutreten, doch ihr Selbstvertrauen war noch immer durch den Unfall beschädigt. Nun waren es weniger als vierundzwanzig Stunden, bis sie in die Arena zurückkehren sollte, und er konnte sehen, wie sie mit Selbstzweifeln und ihrer Angst zu kämpfen hatte.

Mit sanfter Stimme, mit der er sonst nervöse Pferde beruhigte, flüsterte er: »Ich will nur helfen, Kennie.«

Sie richtete den Blick auf ihre staubigen Stiefel und seufzte. »Ich muss nur meinen Kopf freibekommen, damit ich nicht ans letzte Mal denke«, gab sie leise zu. »Ich brauche eine Ablenkung.«

Als sie die Augen wieder hob, blickte sie ihn direkt und ernst an. »Willst du mir wirklich helfen, Dawson?«

Das laute Jubeln der Menge riss Dawson aus seinen Gedanken und holte ihn in die Gegenwart zurück. Er schaute gerade noch rechtzeitig hinüber, um zu sehen, wie sich das Gatter öffnete und Kennedy in einem Wirbel aus angespannten Muskeln, wehendem Haar und stampfenden Hufen aus der Startbox geschossen kam. Alle Augen waren auf sie gerichtet.

Als Zugeständnis an ihre ängstlichen Eltern ritt sie in diesem Jahr nicht ohne Sattel. Sie saß auf einer Spezialanfertigung und hielt die einfachen Zügel fest in der Hand. Ihre freie Hand zeigte hoch über ihren Kopf Richtung Himmel.

Als ihr Pferd zum ersten Sprung ansetzte, presste sie ihre Beine fest zusammen.

Als Dawson sah, wie sie den Kiefer vorschob, während sie versuchte, sich trotz des Buckelns oben zu halten, erinnerte er sich daran, wie sie ihren Kiefer in der Nacht zuvor, als er ihr seine Hilfe angeboten hatte, auf die gleiche Weise bewegt hatte.

Ihr Gesicht war wie eine starre Maske gewesen, als sie ihn anstarrte und herauszufinden versuchte, ob er sein Angebot ernst meinte. Dann nickte sie und machte einen Schritt auf ihn zu. »Zieh dein Hemd aus«, forderte sie ihn auf.

Als Dawson nicht sofort die Hände hob, um seine Knöpfe zu öffnen, zog ihn Kennedy ungeduldig an seinem Arbeitshemd in den Raum. Sie ignorierte seine schwachen Proteste, drückte ihn mit dem Rücken gegen die nächstliegende Wand und presste sich an ihn.

Anders als die anderen Mädchen, die sich ihm in der Vergangenheit angeboten hatten, fühlte sich Kennedys Körper fest und kräftig an, als sie sich gegen ihn drängte.

Mit rauen Händen zog sie ihm das Hemd aus der Hose und dann hastig über den Kopf.

Für einen Moment konnte er nichts sehen und fluchte, dann hörte er Kennedy auflachen. Während er eilig sein Hemd auszog, sah er zu ihr hin, doch sein Lächeln verschwand, als ihm bei ihrem Anblick die Kinnlade nach unten fiel.

Mit den Händen in den Hüften und einem unverändert ernsten Gesichtsausdruck, erwiderte sie seinen Blick – oben ohne. Ihre Bluse lag auf dem Boden zwischen ihnen.

Sein erster Gedanke war, wie blass ihre Haut unter dem T-Shirt war. Fasziniert sah er, wie sich im Nacken und an den Oberarmen deutlich die Grenze abzeichnete, wo normalerweise ihre Kleidung begann. Seine Augen wanderten über die blasseren Körperpartien, über ihre kleinen, aber festen Brüste und ihre muskulöse Taille. Für einen Moment blieb sein Blick dort hängen, bevor ihm auffiel, dass sie nun schon etwas zu lange schwiegen.

Als er in ihr Gesicht sah, lag in ihren Augen etwas Hartes und Herausforderndes. Doch die Art, wie sie langsam die Arme hob, um sie über der Brust zu verschränken, verriet zugleich ihre Verletzlichkeit.

Dawson wusste, dass er seine Worte vorsichtig wählen musste und dass klebrig-süße Komplimente bei ihr nicht funktionieren würden.

Er grinste frech und nickte in ihre Richtung. »Hübsche Sommersprossen«, zog er sie auf.

Ihre Anspannung entlud sich. »Halt die Klappe!«, schnappte sie, doch ihre Augen leuchteten, als sie ihn zu Boden schubste.

Die Menge hielt den Atem an, als der Bronco wild buckelte. Dawson wurde aus seinen Gedanken gerissen und sah alarmiert in die Arena, doch Kennedy blieb im Sattel. Sie war entschlossen, ihren Ritt zu Ende zu bringen, genauso wie sie es in der Nacht getan hatte.

Sie griff nach seiner Gürtelschnalle, und er tat es ihr hastig nach. Er hatte seine Stiefel und Jeans mit den Füßen abgestreift und sich gerade ausgezogen, als sie sich neben ihn auf den Boden sinken ließ. Sie atmeten beide schwer, als sie mit gespreizten Beinen auf ihn stieg.

Ohne jede Ankündigung griff Kennedy nach unten zwischen ihre Körper und nahm ihn fest in ihre raue Hand. Dann führte sie seinen Schwanz in ihre Öffnung.

Als er sie nun reiten sah, durchlebte Dawson noch einmal ihre Begegnung aus der Nacht zuvor. Der Bronco kam hart auf dem Boden auf, und der Mann erinnerte sich an sein Hochgefühl, als sie ihn auf einen Stapel Pferdedecken gestoßen hatte.

Als sich ihre Schenkel um das buckelnde Pferd pressten, zog es in seinem Unterleib, wo sie ihn mit ihren gespreizten, kraftvollen Schenkeln umklammert hatte. Die Kette um seinen Hals hatte ihr als Zügel gedient, während sich ihre Hüften und Beine in einem wilden Rhythmus bewegt hatten.

Es war einfach wunderbar gewesen. Ihre Pussy war eng und heiß, doch sie war nicht so feucht, wie man es angesichts ihres aggressiven Interesses hätte vermuten können. Kennedys Pussy hielt ihn fest, und die mangelnde Feuchtigkeit sorgte für eine Reibung, die ihn auf einen schmalen Grat zwischen Lust und Schmerz trieb.

Sie roch nach Schweiß, Stricken und Pferden. Ihr Körper war fest, und ihre Hände waren schwielig.

Als er nach oben griff und ihre Brüste drückte, seufzte oder stöhnte sie nicht, wie es seine vorherigen Freundinnen getan hatten. Sie fluchte obszön, die Lippen zu einem wilden Lächeln verzogen, und stieß ihre Hüften hart nach unten gegen ihn.

Er stöhnte laut auf, während sie ihre zahllosen Bronco-Ritte nachahmte, sich über seinem harten Ständer aufbäumte und wieder herunterkam. Ihre Augen brannten vor Verlangen, und ihre enge Pussy gab ihn nicht frei. Doch als sie langsam feuchter wurde, wurden ihre Bewegungen geschmeidiger.

Er griff nach ihren Hüften, um ihr zu einem gleichmäßigeren Rhythmus zu verhelfen, und konnte beobachten, wie ihre kleinen Brüste bebten. Die harten, rosa Nippel waren zu verlockend, um sie zu ignorieren.

Er umschloss sie mit einer Hand, während sie ihn immer noch mit all ihrer Wildheit ritt. Ihre Körper waren von einer dünnen Schweißschicht bedeckt. Ihr Atem ging nun schwerer. Dann hob sie eine Hand. Ihr Rücken war durchgedrückt, und ihre Bewegungen wurden langsamer, als ein leises Wimmern aus ihrem Mund drang. Ihre Augen waren geschlossen, und sie schien völlig in sich selbst gefangen zu sein.

Er sah sie an, fasziniert davon, wie alle ihre Ecken und Kanten schmolzen, bis schließlich süße Wellen der Lust durch ihr heißes Inneres rollten.

Er hatte sich nicht getraut, sie zu umarmen, doch er war glücklich, dass ihre Anspannung und ihre Sorgen verschwunden waren, lange bevor sie gemeinsam zum Höhepunkt kamen. Als es so weit war, ließen sie sich auf die kratzigen Decken sinken, zitternd vor Anstrengung und ihren Gefühlen.

Dawson rollte sich zur Seite und sah ihr in die Augen. Kennedy war zu erschöpft für Spielchen und erwiderte seinen Blick voller Ehrlichkeit. Die Gefühle, die sich ungefiltert in ihren Augen spiegelten, trafen ihn mitten ins Herz: Furcht, Sorge ... Verlangen.

Er griff nach ihrer Hand und drückte sie. »Ich liebe dich, Kennedy.«

Sie rollte mit den Augen, als sie sich auf dem Rücken ausstreckte und sich die Arme unter den Kopf schob. »Ich will das jetzt nicht hören. Ich will mich entspannen.«

»Und wie sieht es morgen aus?«, neckte er sie und biss ihr ins Ohrläppchen.

Knurrend hatte sie sich auf ihn gerollt und drückte mit ihren Hüften gegen seine. Als sie ihn küsste, war es kein zärtlicher Kuss, sondern als würde sie ihm ein heißes, wildes Brandzeichen aufdrücken. Als sie den Kopf hob, verzogen sich ihre Lippen zu einem selbstsicheren Grinsen. »Wenn ich gewinne, kannst du es mir sagen«, versprach sie.

Als er sie nun in der Arena beobachtete, während der letzten Sekunden ihres Ritts, entspannte er sich. Es war so ein großer Unterschied zwischen der Anspannung und nervösen Energie, die sie in der vergangenen Nacht geplagt hatten, und ihrem heutigen Verhalten. Sie war in der perfekten Verfassung für einen Ritt: Ihr Körper war locker, ihr Geist zielgerichtet, und unabhängig vom Ergebnis würden ihr Selbstvertrauen und ihr Stolz angesichts ihrer schnörkellosen Darbietung wiederhergestellt sein.

Dawson grinste und begab sich zum nächstgelegenen Gatter, als die Menge in wilden Jubel ausbrach. Er brauchte nicht die Worte aus dem Lautsprecher zu hören, um zu wissen, dass sie gewonnen hatte.

Der Rancharbeiter

Sedona Fox

Die Solt Ranch war ein Filetstück unter den Anwesen Montanas. Weil es mit seiner Gesundheit bergab ging und er keine Söhne hatte, die die Ranch hätten übernehmen können, freute sich John Solt über das Angebot, das ihm ein reicher Geschäftsmann aus Nevada per Brief unterbreitete. Forsythe hatte sein Vermögen während des Goldrauschs in Kalifornien gemacht und suchte nun nach einer solideren Form der Geldanlage. Wie jeder gute Investor wusste auch Forsythe, dass Goldadern jederzeit versiegen konnten, aber die Viehzucht eine Aufgabe für Generationen war. Das Einzige, was John Solt und einem Verkauf im Wege stand, war seine Tochter. Dickköpfig und eigensinnig, wie sie war, wollte sie nichts von dem Angebot wissen.

»Das ist unser Zuhause, Vater. Wie kannst du nur daran denken, es zu verkaufen?«, fragte Charlene, die sich vor Zorn kerzengerade hielt. »Ich kann mich darum kümmern, wenn du mir nur eine Chance geben würdest.«

»Eine Ranch zu führen ist keine Aufgabe für eine Frau«, sagte John. »Es braucht den Geschäftssinn eines Mannes, damit die Arbeiter ihn respektieren. Außerdem wäre es kein normaler Verkauf. Die Zukunft unserer Ranch hängt allein von dir ab, Charlene.«

Etwas in seiner Stimme ließ sie misstrauisch die Brauen zusammenziehen. »Was soll das heißen?«

Ihr Vater räusperte sich, und sie sah die Angst in seinen Augen, als er ihr den zweiten Teil des Angebots eröffnete. »Forsythe schickt uns einen Mitarbeiter, der den Wert des Landes bestimmen soll ... und auch deinen«, fügte er mit leiser Stimme hinzu. »Er hat um deine Hand angehalten. Er will sich niederlassen und glaubt, dass die Verbindung mit dir bei der Übernahme der Ranch hinsichtlich der Arbeiter von Nutzen sein könnte.«

In Charlenes zornigen Augen brannten ungeweinte Tränen. »Dann bin ich also nur ein weiteres Geschäft? Etwas, das man wie Vieh verkauft? Wie kannst du so etwas auch nur in Erwägung ziehen? Ich dachte, dir liegt etwas an mir.«

»Charlene, nur aus Liebe zu dir denke ich über diesen Heiratsantrag nach. Ich möchte sicher sein, dass für dich gesorgt ist, wenn ich einmal sterbe. Dieser Mitarbeiter trifft morgen ein, und ich erwarte, dass du dich tadellos benimmst, während er hier ist. Und bitte, zieh dir etwas Weiblicheres an. Du kannst hier nicht in Hosen und Stiefeln herumlaufen und so tun, als wärst du einer meiner Arbeiter.«

»Vater! Wie kannst du mir das antun?« Sie versuchte, die Tränen zurückzuhalten. »Ich möchte keinen fetten, aufgeblasenen Geschäftsmann heiraten. Wahrscheinlich ist er noch dazu alt und potthässlich. Warum sonst würde er einen so unglaublichen Vorschlag auf dem Postweg machen?«

»Bitte, tu es für mich.« John klang niedergeschlagen. »Du weißt doch noch gar nicht, wie Forsythe wirklich ist. Vielleicht ist er der Richtige.«

Sie seufzte, während ihr eine einzelne Träne über die Wange rann. »Höchstens für dich, Vater.«

Charlene flüchtete unter Tränen der Verzweiflung in ihr Zimmer. Dort suchte sie in der Zederntruhe am Fuße ihres

Bettes nach Kleidungsstücken, die die Zustimmung ihres Vaters finden würden. Nachdem sie sich für ein tiefblaues Kleid entschieden hatte, legte sie auch Unterwäsche für den nächsten Tag zurecht: Korsett, Unterröcke und Strümpfe. Sie hasste jedes einzelne Teil davon. Die Wäsche engte sie ein und ließ sie schwach erscheinen. Nachdem sie gebadet und ihr Nachthemd angezogen hatte, flocht sie ihr langes braunes Haar und starrte auf ihr Bild im Spiegel.

Charlene hatte gedacht, dass ihr mit kaum zwanzig noch etwas Zeit blieb, um ihre Jugend zu genießen. Doch sie hatte sich getäuscht. Nun würde sie aufgrund ihres Vermögens zum Besitz eines Mannes werden, den sie noch nie gesehen hatte.

Nach einer unruhigen Nacht zog sich Charlene an und traf ihren Vater am Frühstückstisch. Sie hatte sich große Mühe mit ihrem äußeren Erscheinungsbild gegeben, um ihm zu gefallen, und sogar ihr Haar zu einem losen Knoten gebunden und mit einem gebogenen Knochenkamm festgesteckt. Was den Rancharbeiter und seinen Auftraggeber betraf, war ihr egal, was sie über sie dachten. Sie war fest entschlossen, sich bei jeder Gelegenheit davonzustehlen, um ihrer alltäglichen Arbeit auf der Ranch nachzugehen. Sollte der Mitarbeiter sie dabei entdecken, umso besser.

Vielleicht würde er Forsythe dann zutragen, dass die Frau, die er im Sinn hatte, unkontrollierbar und viel zu jungenhaft war. Doch fürs Erste schnürte sie das Korsett so sehr ein, dass sie kurzatmig und nicht in der Lage war, viel zu essen. Nichts wünschte sie sich mehr als ein Messer, um sich der quälenden Unterwäsche zu entledigen.

»Du siehst heute Morgen wunderschön aus.« John lächelte wohlwollend. »Ich danke dir. Ich weiß, wie sehr du es verabscheust, diese Dinge zu tragen.«

»Ich tue es nur für dich, Vater«, murmelte sie und wagte es nicht, ihm ins Gesicht zu sehen, da sie sonst wieder in Tränen ausgebrochen wäre.

Als Forsythes Mann bei ihnen ankam und an den Koppeln vorbeiritt, gab es große Aufregung. John und Charlene standen auf der Veranda und erwarteten ihn. Charlenes Nerven waren zum Zerreißen gespannt, dazu kam das Kleid, in dem sie zu ersticken drohte. Als er näher kam, konnte sie erkennen, dass sein Pferd nicht nur den Reiter, sondern auch mehrere staubige Satteltaschen trug sowie ein aufgerolltes Seil über der rechten Flanke. Der Reiter selbst trug über seiner Denimhose abgenutzte Lederchaps, ein hellbraunes Hemd und darüber einen Ölmantel in einem dunkleren Braun. Sein Cowboyhut beschattete seine Augen, und man konnte seinen Gesichtsausdruck nicht erkennen.

Er brachte sein Ross zum Halten, schwang sich aus dem Sattel und stieg die Stufen hinauf, um ihren Vater zu begrüßen. Charlene musterte ihn aufmerksam: ein gewöhnlicher Rancharbeiter. Als er seine Lederhandschuhe auszog, sah sie an den Schwielen an seinen Handflächen, dass er ein hart arbeitender Mann war. Auch die kräftige Statur verriet jahrelange körperliche Arbeit. Was Charlene jedoch erstaunte, war seine Größe. Sein Vater war mit knapp ein Meter achtzig größer als die meisten, doch neben diesem Mann mit seinen mehr als ein Meter neunzig wirkte er klein.

Nachdem er den Hut abgenommen und seine Handschuhe hineingestopft hatte, streckte er John die Hand entgegen. »'n Morgen, Mr Solt. Ich bin Jesse Broadwell, Mr Forsythes Vorarbeiter.«

Seine tiefe Stimme klang leicht schleppend und jagte Charlene einen ungewohnten Schauer über die Wirbelsäule.

»Guten Morgen, Mr Broadwell. Das ist meine Tochter Charlene.«

Er drehte sich zu ihr und schenkte ihr ein entwaffnendes Lächeln. »Ma'am«, sagte er mit einem Nicken. Dann fügte er an sie und ihren Vater gerichtet hinzu: »Bitte, nennen Sie mich einfach Jesse.«

Er hatte sie unverwandt angesehen, während er sprach, und Charlene konnte nicht anders, als ihn anzustarren. Sie wusste, dass das unhöflich war, aber sie konnte nichts dagegen tun. Jesses blondes Haar war gerade lang genug, um ihm in die erstaunlich blauen Augen zu fallen. Seine Haut war golden gebräunt, und er hatte die charmantesten Lachfältchen, die sie jemals gesehen hatte. Seine Bartstoppeln ließen ihn wild aussehen, nahmen ihm jedoch nichts von seiner Jugendlichkeit. Sie schätzte, dass er nicht älter als achtundzwanzig war.

»Haben Sie schon gefrühstückt, Jesse?«, fragte John, der Charlenes unpassendes Benehmen gar nicht zu bemerken schien.

Schließlich wendete Jesse den Blick von ihr ab und sah wieder zu dem Mann, der mit ihm sprach. »Wenn es Ihnen recht ist, Sir, würde ich mich gern sofort mit den Abläufen auf der Ranch vertraut machen. Mr Forsythe wird in einer Woche hier eintreffen und erwartet dann einen umfassenden Bericht. Deshalb will ich so schnell wie möglich mit der Arbeit beginnen.«

»Selbstverständlich«, erwiderte John mit einem Lächeln. Doch Charlene konnte eine Spur von Enttäuschung in seiner Stimme hören. Nur eine Woche, und über das Schicksal seiner Ranch und die Zukunft seiner Tochter wäre entschieden.

Den Rest des Vormittags verbrachten John und Charlene damit, gemeinsam mit einigen erfahrenen Rancharbeitern Jesse die Ranch zu zeigen. Charlene beobachtete ihn verstohlen, wann immer sie glaubte, dass er es nicht bemerkte. Doch ein oder zwei Mal trafen sich ihre Blicke, und sie hätte schwören können, dass auch er sie in diesen Momenten betrachtete. Dann wurde sie rot, doch nicht, weil es ihr peinlich war. In seinem Blick lag ein Feuer, bei dem sie sich vorstellte, wie sie sich gegen seine bloße Brust drückte, während seine Lippen ihren Hals entlang bis zum Ansatz ihres Korsetts wanderten.

Zu Mittag aß er mit den Arbeitern, um sie und ihre Aufgabenbereiche kennenzulernen. Für Charlene war es so das Beste. Sie hätte es vor Aufregung nicht ertragen können, das Mahl mit Jesse zu teilen. Den Rest des Tages verbrachte Jesse damit, auf der Ranch mitzuarbeiten wie alle anderen auch. Selbst das Abendessen ließ er dafür ausfallen.

John bestand darauf, das Charlene Jesse das Essen in seine Unterkunft brachte, obwohl sie sich sträubte. Erst als ihr Vater sagte, dass er müde wäre und sich nun zurückziehen würde, gab sie schließlich nach. Doch dabei lag ihr vor allem seine Gesundheit und nicht Jesses Appetit am Herzen. Sie wünschte sich so sehr, aus den unbequemen Kleidern herauszukommen und mit den Arbeitern zu sprechen. Sie wusste genau, dass diese allen Klatsch über den Neuankömmling mit ihr teilen würden. Stattdessen tat sie, was man ihr gesagt hatte, und marschierte mit einem Korb voll Essen zu dem kleinen Nebengebäude, das als Gästequartier diente.

Die Tür war ein Stück weit geöffnet, und sie konnte ihn im Schein der Lampe sehen. Er stand mit dem Rücken zu ihr an der Waschschüssel, um sich nach einem harten Tag zu rasieren. Er trug weder Hemd noch Stiefel, nur ein Paar saubere Hosen. Sie sah, wie seine Muskeln bei jeder Bewegung des scharfen Messers deutlich in seinen Schultern und in seinem Rückens arbeiteten.

Nach einem Moment hielt er inne, und ihre Augen trafen sich im Spiegel. Jesse wusch sich das Gesicht und drehte sich dann um, während er sich mit einem Handtuch abtrocknete und ihm feuchte Haarsträhnen in die Stirn fielen.

Plötzlich fühlte sich ihr Korsett unglaublich eng an, und sie bekam kaum noch Luft. *Großer Gott*, dachte Charlene, *kein Mann hat das Recht, so gut auszusehen*. Ihre Augen wanderten über seine Brust bis zum Hosenbund hinunter, der tief und viel zu verlockend auf seinen Hüften saß. Seine Brust war ebenso golden gebräunt wie sein Gesicht – er musste ziemlich oft ohne Hemd arbeiten. Sie konnte ihn sich gut bei der anstrengenden Rancharbeit vorstellen, wenn ein Hauch von Schweiß auf seinen Muskeln lag.

Hitze kroch ihr ins Gesicht, und ihr wurde schwindelig. »Ich … ich habe Ihnen Abendessen gebracht«, brachte sie mühsam hervor. Warum schien die Luft nur so dünn? Sie schaffte es kaum noch, sie in ihre Lungen zu ziehen. Sie machte einige Schritte vorwärts und stellte den Korb auf den Tisch.

Jesse schloss die Tür und machte einen Schritt auf sie zu. »Geht es Ihnen gut?«, fragte er. »Sie sehen außer Atem aus.«

»Alles in Ordnung … es ist nur …« Der Raum schien vor Charlenes Augen zu verschwimmen. »Verdammtes Korsett … ich kann nicht …« Sie wollte sagen, dass sie keine Luft bekam, doch sie war sich nicht sicher, ob die Worte tatsächlich über ihre Lippen kamen, bevor alles um sie herum dunkel wurde. Sie hätte schwören können, dass sie fühlte, wie sich starke Arme um sie legten und verhinderten, dass sie zu Boden fiel.

Jesse trug Charlene zum Gästebett und legte sie vorsichtig darauf. Schnell knöpfte er ihr Kleid an der Vorderseite auf, griff nach seinem Messer auf dem Nachttisch und durchtrennte die Korsettschnüre. Er hatte nie verstanden, warum sich Frauen mit solch unbequemen Kleidungsstücken quälten, und zu oft gesehen, wie sie unter dem Diktat der Mode litten. Die Frau vor ihm schien sich vom ersten Augenblick ihres Treffens an unwohl gefühlt zu haben, und er fragte sich, ob sie normalerweise praktischere Kleidung trug. Das gesunde Leuchten ihrer Haut verriet ihm, dass sie ihre Tage nicht mit einer Stickarbeit im Schatten verbrachte.

Nun, nachdem das Korsett gelockert war, ging ihr Atem leichter. Jesse konnte nicht anders, als die Hand an ihre Wange zu legen, als er sie ansah. Er versuchte sich einzureden, dass er es nur tat, um sicherzustellen, dass sie nicht irgendeine Art von Fieber quälte. Plötzlich ertappte er sich dabei, wie er mit dem Daumen über ihre Unterlippe strich. Ihre Haut war wie Seide, und er fragte sich, ob sich ihr Haar ebenso weich anfühlte. Ihr Lippen waren leicht geöffnet, und es erschien ihm wie eine Einladung, sie zu küssen, doch er hielt sich zurück, als ihre Augenlider flatterten und sich dann langsam über ihren braunen Augen öffneten.

»Wie fühlen Sie sich, Miss Solt?«

»Charley«, flüsterte sie. Sprach sie im Wahn? Ihr Blick war immer noch ein wenig glasig. Oder verwechselte sie ihn mit jemandem? Er war verwirrt.

»Jeder nennt mich Charley«, fuhr sie fort. »Außer Vater.«

Ihr Blick wanderte durch den Raum und zurück zu ihm, und ihre Gedanken schienen klarer zu werden. »Was ist passiert?«

»Sie sind ohnmächtig geworden«, sagte Jesse, und ein leichtes Grinsen hob seine Mundwinkel. »Warum ihr Frauen darauf besteht, Korsette zu tragen, ist mir ein Rätsel.«

Charlene blickte an sich herunter und sah ihr geöffnetes Kleid und die zerschnittenen Korsettbänder. Als sie begriff, was geschehen war, setzte sie sich schnell auf und versuchte, sich zu bedecken. Mit der Bewegung kam sie seinem Gesicht ein ganzes Stück näher. Gott, wie gut der Mann roch. Nach Leder und Seife.

»Sie sollten es lieber noch einige Minuten ruhig angehen lassen«, sagte er. Das Lächeln verschwand von seinem Gesicht, und seine Stimme klang nun etwas tiefer.

Während er sprach, kam er ihr noch näher, und sie konnte seinen warmen Atem auf ihren Lippen spüren. Wieder fühlte sich Charlene, als könne sie kaum atmen, und sie schloss die Augen. Doch dieses Mal wusste sie, dass es nicht am Korsett lag.

Jesses Mund legte sich sanft auf ihren. Als sie die Lippen öffnete und sich ihre Zungen berührten, durchfuhr sie eine Hitze, die sich in ihrem ganzen Körper ausbreitete. Sie ließ ihre Hände über seine Brust gleiten, die so fest und männlich war und durch die jahrelange Arbeit geformt, bei der er das Vieh mit dem Lasso zu Boden zwang. Unwillkürlich musste sie daran denken, wie es wohl wäre, wenn er stattdessen *sie* zu Boden warf und voller Leidenschaft mit ihr ringen würde.

Sie fuhr ihm mit den Händen durchs Haar und zog ihn näher an sich heran, während sich ihr Kuss vertiefte. Jesse strich ihr über die Seiten und lockerte das Korsett dabei noch weiter. Er zog ihr den Kamm aus dem Haar, sodass es ihr über die Schultern fiel. Zärtlich spielten seine Finger mit ihren seidigen Locken.

Jesse unterbrach den Kuss nur, um mit seinen Lippen ihren Hals entlangzufahren und sanft daran zu knabbern. Charlene entfuhr ein kleiner Seufzer der Lust. Er öffnete die Verschlüsse des Kleidungsstücks, das sie beide erst in diese Situation gebracht hatte. Vielleicht war ein Korsett doch keine so schlechte Erfindung, fuhr es ihr durch den Kopf.

Während er ihre Brüste von den harten Fischbeinstäbchen befreite, wanderten seine Küsse nach unten, und er schlang den Arm um ihre Taille, als sie sich ihm entgegenbog. Seine freie Hand stahl sich unter ihre Röcke, folgte dort der Kurve ihres Beins und strich leicht über die Innenseite ihres Schenkels. Verzweifelt hoffte Charlene, dass er weiter nach oben wandern würde, um sie von der Spannung zu befreien, die sich zwischen ihren Beinen aufgebaut hatte.

»Du bist wunderschön, Charley«, flüsterte er zwischen seinen Liebkosungen.

Ein einfaches Kompliment, doch es brachte sie mit einem Schlag zurück in die Wirklichkeit. Sie erstarrte.

Jesse lehnte sich zurück und blickte sie an. »Was ist los?«

»Wir können das nicht tun«, keuchte Charley. »Mein Vater hat deinem Boss meine Hand versprochen.«

»Ohne dass du die Möglichkeit hast, ihn vorher kennenzulernen?« Sein Gesichtsausdruck war ausdruckslos.

»*Dich* kenne ich auch kaum«, antwortete sie. »Wo ist der Unterschied? Und ich bin mir sicher, dass dein Boss sein *Eigentum* in einwandfreiem Zustand haben will.«

Tief in ihrem Inneren wusste sie, dass es da einen großen

Unterschied gab. Sie fühlte sich unglaublich angezogen von dem Mann vor ihr, während sie den Mann, der in wenigen Tagen eintreffen würde, womöglich verabscheute. Doch solche Gedanken durfte sie nicht zulassen. Sie musste sich an den Wunsch ihres Vaters halten, der sich um ihr Wohlergehen sorgte. »Es tut mir leid, aber ich kann nicht.«

Charley drängte sich an ihm vorbei und hielt ihr Kleid an der Vorderseite zusammen, während sie die Tür aufriss und in die Nacht hinaus Richtung Haupthaus flüchtete.

Jesse folgte ihr bis zur Schwelle, wo er sich gegen den Türbalken lehnte und ihr nachblickte. Er seufzte schwer und rückte die unbequeme Wölbung zur Seite, die gegen seine Hose drückte. Das würde eine lange Woche werden.

In den folgenden Tagen verzichtete Charlene auf ihre Kleider zugunsten praktischerer Kleidung. Sie brauchte die harte Arbeit, um sich von den Gedanken an diese erste Nacht abzulenken. Es brachte nichts, sich nach einem Mann zu verzehren, den sie nicht haben konnte. Schlimm genug, dass Jesse auf der Ranch bleiben würde, wenn der Handel schließlich unter Dach und Fach war.

Es schien, als könnte sie Jesse ebenso wenig entkommen wie ihrem bevorstehenden Schicksal. Hinter jeder Ecke tauchte er auf, als schien er auf sie zu warten, und bei den wenigen Gelegenheiten, wenn sie ihn zufällig berührte, brachte er die Flamme in ihr erneut zum Lodern.

Jesse leistete ihnen auf Einladung ihres Vaters hin sogar bei den Mahlzeiten Gesellschaft. John wollte mehr über den Mann wissen, der die Ranch übernehmen würde, und Jesse war seine einzige Informationsquelle.

Der Rancharbeiter beschrieb Forsythe als einen vollkommenen Gentleman in all seinen Unternehmungen. Aber natürlich würde jeder loyale Mitarbeiter solche Dinge sagen. Manche Andeutungen in Jesses Erzählungen hinterließen bei Charlene jedoch den Eindruck, dass er ihnen etwas verschwieg. Es schien, als würde er sich für das schämen, was er sagte. Außerdem konnte er ihrem Blick nicht standhalten, und das machte ihr Sorgen.

Am Abend, bevor Forsythe eintreffen sollte, stellte sie Jesse an der Türschwelle des Gästehauses zur Rede. Wieder war sein Oberkörper nackt, denn er war gerade dabei, sich den Staub des Tages abzuwaschen. Ihr Timing war perfekt.

»Wie ist Mr Forsythe *wirklich*?«, fragte sie ohne Umschweife. Gleichzeitig spürte sie, wie ihr die Kehle eng wurde, so verwirrt war sie.

Er drehte sich zu ihr um, und es schien, als würde sich die erste Nacht wiederholen. Nur dass sie nun eine Bluse, Hosen und eine Weste trug statt der Kleidung, die man von ihr erwartete, wenn der Geschäftsmann am nächsten Morgen eintreffen würde.

»Er ist so, wie ich es gesagt habe«, antwortete Jesse, der die Brauen neugierig in die Höhe gezogen hatte, als er auf sie zukam. »Du wirst schon sehen. Er wird dir alles geben, was du brauchst oder dir wünschst. Er hat sehr viel Glück mit seinen Investitionen gehabt.«

Heißer Zorn machte sich in Charlene breit. »Sein Geld ist mir egal! Ich will es nicht«, brach es aus ihr heraus. »Alles was mir wichtig ist, habe ich bereits. Ich liebe es, auf der Ranch zu arbeiten. Wird er mir das erlauben? Oder muss ich die brave Ehefrau sein, Kleider tragen und Partys ausrichten? Ich möchte, dass mein Vater glücklich ist, aber er wird es nicht sein, wenn ich es nicht bin. Und ich werde nicht glücklich sein! So nicht. Und ich will ...«

Sie hielt inne, erschrocken über das, was ihr beinahe herausgerutscht wäre. Sie drehte sich um und ging zurück in Richtung Haus. Nach einigen Schritten nahm sie für den Bruchteil einer Sekunde einen Schatten wahr, dann spürte sie, wie sich etwas um ihre Arme und ihre Taille zog und sie fast aus dem Gleichgewicht brachte und stürzen ließ. Als sie sich wieder gefangen hatte, begriff sie, dass Jesse sie mit seinem Lasso eingefangen hatte. Langsam zog er am Seil und zwang sie so zurück auf die Türschwelle.

Als sie im Haus war, schloss er die Tür und hielt sie an den Armen fest. Er drückte sie gegen die Wand, und seine bloße Brust war so nah, dass sie die Hitze spürte, die von ihm ausging.

»Sag mir, Charley«, sagte er heiser. »Was willst du sonst noch?«

Ihre Augen weiteten sich und ihre Lippen öffneten sich ein Stückchen, als er mit einem Finger ihren Hals entlang und über die Schwellung ihrer Brust fuhr und schließlich seine Hand auf ihre Brust legte. Sanft strich er über den Stoff, der ihre Nippel bedeckte. Sie hatte das Gefühl, als würde heiße Lava in ihren Schoß fließen, und sie konnte sich kaum noch daran erinnern, was er sie gefragt hatte. Er drückte sich gegen sie, und an ihrem Bauch spürte sie seine Erregung.

»Sag mir, was du willst, Charley«, flüsterte er an ihrem Ohr, und sein Atem umschmeichelte ihr Kinn.

»Ich will dich«, antwortete sie seufzend. »Wird er mir das geben?«

Er zog sich ein Stück zurück und sah sie mit seinen fesselnden blauen Augen an.

»Du hast mich ... jetzt.« Ohne ihr Zeit für eine Entgegnung zu lassen, küsste er sie und ließ seine Zunge dabei in ihren Mund gleiten.

Dieses Mal hielt sie sich nicht zurück und begegnete ihm mit ebenso viel Leidenschaft wie er ihr.

Jesse knöpfte ihr die Weste auf und streifte sie über ihre Schultern, bis sie mit seinem Lasso auf den Boden fiel.

Die Arme befreit, strich Charley mit ihren Händen erst über seine muskulöse Brust, dann über seinen Rücken und schließlich hinunter zu seinem Hintern. Sie zog seine Hüften noch näher zu sich und konnte spüren, wie sein Schwanz härter wurde.

Ein tiefes Stöhnen drang aus Jesses Kehle. Er zog ihr die Bluse aus der Hose und ließ gerade lange genug von ihr ab, um ihr das Kleidungsstück über den Kopf zu ziehen. Es fiel zu Boden, und er nahm sie bei den Hüften, um seinen festen Schwanz gegen ihren Schoß zu drücken. Ihre Nippel richteten sich auf, als sie über seine Haut rieben. Der Stoff, der noch zwischen ihnen war, sorgte für ein köstliches Kitzeln, das Charlene noch feuchter werden ließ.

Jesse, der ihre Erregung spürte, wanderte mit seinen Küssen zu ihren vollen Brüsten, nahm einen Nippel in den Mund und saugte fest daran, während er den anderen mit seinen Fingern liebkoste. Es fehlte nicht viel, und sie wäre gekommen.

Charlene schnappte nach Luft und schlang ihre Beine um seine Hüften, drückte den Rücken durch und rieb sich an seiner zuckenden Erektion. Nun störten sie auch die letzten Stücke Stoff, die sie noch trugen.

Jesse hob sie auf seine Arme und trug sie zum Bett, wo er sich über sie beugte. Wieder wanderte sein Mund zu ihrem, dann hob er erst ihr eines Bein, dann das andere, um ihr die Stiefel auszuziehen. Er glitt ein Stück an ihrem Körper hinunter, wo er ihr die Hose aufknöpfte und sie ihr mit einer geschmeidigen Bewegung abstreifte. Dann zog er sich selbst die Hose aus und fuhr mit den Händen langsam ihre Beine hinauf. Seine stahlharte Rute strich gegen ihre zarte, samtweiche Haut. Und allein Jesses Anblick sorgte dafür, dass Charley noch feuchter wurde. Sie wollte seinen mächtigen Schwanz in sich haben, wollte spüren, wie er sie ganz ausfüllte. Doch er drang nicht in sie ein, und das bereitete ihr eine so unerträgliche Qual, dass sie glaubte, sterben zu müssen.

»Bist du sicher, dass du es wirklich willst? Wenn wir jetzt weitermachen, gibt es keinen Weg zurück.«

Sein besorgter Blick reichte aus, um ihren Entschluss zu festigen. Er wusste ebenso gut wie sie, was passieren würde, wenn Forsythe merkte, dass sie nicht mehr unberührt war. Aber es war ihr egal.

»Wenn ich schon für den Rest meines Lebens unglücklich und an jemanden gebunden sein soll, für den ich nichts empfinde, so will ich diese eine Nacht des Glücks haben. Ich möchte, dass du der Erste bist«, sagte sie ruhig.

Der Hauch eines Lächelns flog über seine Lippen.

»Du kannst sehr überzeugend sein. Ich verspreche dir, dass ich sanft sein werde.«

Er griff zum Nachttischchen und zu einer glänzenden Stiefelspore. Bevor sie ihn danach fragen konnte, begann Jesse, leicht mit der Spore über ihre Brüste zu fahren und ihre aufgerichteten Knospen zu kitzeln. Er fuhr die Linien ihrer Rippen und ihres Bauchs nach und versetzte sie in einen Zustand zwischen Lachen und Stöhnen. Als er sich weiter nach unten bewegte, strich Jesse über das zarte Fleisch ihrer

Schenkel und folgte seinem Weg mit einer Spur von zärtlichen Küssen. Langsam öffnete er ihre Beine und ließ das kühle Metall über ihre feuchte Spalte gleiten.

Charlene bäumte sich unter der süßen Folter auf, als er mit unterschiedlichem Druck immer wieder über ihre Klit fuhr. Bevor sie Erlösung fand, ließ Jesse die Spore zu Boden fallen, senkte sich auf sie und drückte seinen Mund auf ihren Schoß. Seine Zunge spielte mit ihren Lippen. Er saugte und knabberte an ihnen und ließ erst einen, dann zwei Finger in sie gleiten. Sie konnte ihrer Erregung nicht länger standhalten und schrie auf, am ganzen Körper zitternd.

Noch bevor sie sich wieder sammeln konnte, hatte sich Jesse auf sie geschoben und schob die Spitze seines harten Schwanzes gegen ihre Öffnung. Dann glitt er langsam in sie hinein, bis er beinahe ganz in ihr war. Er wartete, bis sich Charlene an seine Länge gewöhnte. Nachdem der anfängliche Druck nachgelassen hatte, presste sie sich gegen ihn. Sie wollte alles, was er ihr zu geben vermochte. Er zog sich fast ganz aus ihr heraus, bevor er erneut in sie stieß. Sie spürte ihre Anspannung steigen.

Jesse fasste unter ihren Hintern und hob sie an, sodass sich ihre Leiber eng aneinanderschmiegten, als er härter in sie stieß. Er zog den Rhythmus an, erst nur leicht, dann mit wachsender Intensität. Sein Schambein rieb gegen ihren Schoß, wobei er die Bewegungen seines Mundes nachahmte. Charleys Muskeln spannten sich um ihn, und wie von Sinnen trieb sie ihn an, damit er nicht aufhörte, immer wieder in sie zu stoßen. Gemeinsam schrien sie schließlich ihre Befriedigung heraus, und Charley spürte, wie Jesses zuckender Schwanz in ihr explodierte. Erschöpft fielen sie in das Laken, wobei sich ihre Körper noch immer nicht voneinander trennen konnten.

Während der folgenden wenigen Stunden, die ihnen blieben, genossen sie einander wieder und wieder voll zärtlicher Leidenschaft. Doch als es dämmerte, wusste Charley, dass sie zum Haus zurückkehren und sich auf Forsythe vorbereiten musste. Während sie sich anzog, brannten Tränen in ihren Augen.

Jesse schob ihr das Haar aus dem Nacken und küsste ihren zarten Hals, als sie ihre Stiefel anzog.

»Ich wünschte, er wäre du«, sagte sie mit erstickter Stimme, als sie sich aus seinem Griff wand.

Sie rannte hinaus, bevor er sie zurückhalten konnte.

Am Morgen stand Charley mit ihrem Vater und Jesse auf der Veranda, als sich ein Pferdefuhrwerk näherte. Sie konnte Jesse nicht in die Augen sehen, und beim Anblick der einzigen Person auf dem Wagen wurde ihr schlecht.

Wie versprochen hatte sie sich ebenso gekleidet wie an jenem ersten Tag. Sie hatte jedoch den Kamm nicht finden können, und so trug sie ihr Haar offen.

Jesse hatte seinen Sonntagsstaat an, wie Charley vermutete. Er sah unglaublich gut aus. Der Mann, der den Wagen fuhr, war jedoch übergewichtig und mochte um die fünfzig sein. Genau, wie sie vermutet hatte. Charley hätte weinen mögen.

»Sie sind gut in der Zeit, William«, begrüßte Jesse ihn fröhlich.

»Kaum zu glauben, aber die Züge waren tatsächlich pünktlich.« Der Mann grinste. »Ich gebe zu, dass mich Ihre schnelle Entscheidung verwundert hat, Mr Forsythe. Ich dachte, Sie würden sich entweder eine weitere Woche Zeit nehmen oder

Ihre Meinung ganz ändern. Das Telegramm war eine ziemliche Überraschung.«

Charley sah Jesse erstaunt an.

»Was soll ich sagen, William. Ich weiß, ob etwas gut ist, wenn ich es sehe«, antwortete er und sah Charley dabei direkt in die Augen.

»Mr Solt? Charley? Erlauben Sie mir, Ihnen meinen Buchhalter William Canton vorzustellen.«

»Du bist Forsythe?«, brachte Charlene hervor.

Er ging auf sie zu. »Dein Vater wusste, dass du nichts von meinem Angebot halten würdest. Wir stehen seit Monaten in Kontakt. Er fand es das Beste, wenn du mich kennenlernst, bevor ich dir sage, wer ich tatsächlich bin. Broadwell ist der Mädchenname meiner Mutter. Ich benutze ihn, wenn ich Aufmerksamkeit vermeiden will.

Ungläubig starrte sie ihn an. Als er ihre Reaktion sah, zuckte er unwillkürlich zusammen. »Charley, bitte sag etwas.«

Tränen rannen ihr über das Gesicht. Seine Schultern entspannten sich, und er hob die Hände, um ihr Gesicht zu umfassen und ihr die Tränen fortzuwischen. Sie legte die Hände auf seine Brust und fühlte etwas Hartes in seiner Hemdtasche. Es war ihr Kamm. Er hatte ihn bei sich getragen. »Du bist alles, was ich mir gewünscht habe«, flüsterte sie.

Sie schlang die Arme um seinen Nacken, und er hob sie hoch, legte seinen Mund auf ihren und trug sie zum Gästequartier.

»Nun«, sagte John zu William, »ich vermute, der Rest ist nur noch Formsache.«

Lachend gingen die beiden Männer ins Haupthaus.

Kleinstadt-Schönheit

Lissa Matthews

»Was zum Teufel hast du dir dabei gedacht, Bethann?«

»Ich dachte mir, dass diese kleine Schlampe besser die Finger von meinem Kerl lassen sollte.«

Tommy seufzte und versuchte, ein Lächeln zu unterdrücken. Er musste streng mit ihr bleiben. »Du kannst nicht in der Stadt herumlaufen und dabei mit deinem Gewehr herumfuchteln. Sonst sperrt der Sheriff dich ein. Um Himmels willen, Bethann, er ist mein Boss!«

»Es hat ihn nur gestört, weil es sein süßes Prinzesschen ist, auf die ich gezielt habe.« Sie schnaubte. »Das und weil ihn jemand gerufen hat. Wenn ich herausfinde, wer das war, mache ich Kleinholz aus ihm.«

Tommy schüttelte den Kopf und musterte die Frau hinter den schwarzen Eisenstäben. Sie saß auf einer Bank an der hinteren Zellenseite, hatte die Arme vor der Brust verschränkt und das rechte Bein über das linke geschlagen. Bethann Pritchard kochte vor Wut.

Er liebte sie schon sein Leben lang – und sie ihn, und niemals in ihren achtzehn gemeinsamen Jahren hatte sie sich so benommen.

Er schob die Arme durch die Stäbe und verschränkte die Hände. »Warum bist du auf einmal so eifersüchtig?«

»Eifersüchtig? Du denkst, ich bin eifersüchtig?« Bethann schoss in die Höhe und kam über den Betonboden auf ihn zu, bis sich ihre Nasen fast berührten. »Mit Eifersucht hat das nichts zu tun, Tommy Martin.«

»Womit dann? Was ist in dich gefahren?«

Trotzig schob sie das Kinn vor, doch es war nur Show. Er konnte die zornigen Tränen in ihren Augen sehen. »Du magst sie, und ich bin es leid, dass sie um etwas herumscharwenzelt, das ihr nicht gehört. Es ist Zeit, dass sie dahin zurückgeht, woher sie gekommen ist.«

Hätte er es nicht mit eigenen Augen gesehen, Tommy hätte es nicht geglaubt. Bethann schmollte. »Ich mag jeden, Baby.« Ihrem ärgerlichen Grummeln nach zu urteilen, war das überhaupt nicht das, was sie hören wollte.

Sie trat gegen einen der Gitterstäbe, und Tommy machte gerade noch rechtzeitig einen Schritt zurück. »Ich sehe doch, wie du sie anschaust.«

Tommy schob seinen Cowboyhut zurück, um sie besser betrachten zu können. Und auch sie sollte ihm bei diesem Gespräch in die Augen schauen können. »Und wie schaue ich sie an?«

Bethann senkte den Blick und bohrte mit ihrer abgewetzten Stiefelspitze in einem Loch auf dem Boden herum. »Als ob du sie haben willst«, murmelte sie.

Skeptisch sah er sie an. »Ist das alles?«

Ihr Kopf schoss so schnell in die Höhe, dass Tommy beinahe nach hinten taumelte. »Ist das alles? Ist das nicht genug?«

»Nun, um ehrlich zu sein, habe ich schon etwas mehr als das erwartet. Das reicht jedenfalls nicht aus, um am helllichten Tag mit der doppelläufigen Flinte deines Vaters über die Hauptstraße zu marschieren und die Leute zu erschrecken.«

»Jeder in dieser Stadt kennt mich, und ich habe niemanden erschreckt. Nun, bis auf sie. Ich mag es nicht, wie du auf ihren Arsch in diesen kurzen abgeschnittenen Shorts starrst und auf ihre winzigen T-Shirts. Ein Wunder, dass sie überhaupt was trägt. Wenn sie nackt wäre, bräuchte man mehr Fantasie.«

Er betrachtete sie, kaute auf der Innenseite seiner Wange herum und musste sich gehörig zusammenreißen, um nicht zu grinsen. »Also bist du eifersüchtig, weil ich auf ihren Arsch gucke, was *tatsächlich* schwer zu vermeiden ist, wenn sie ihn mir ins Gesicht streckt. Ober ist es, weil du auch noch mal so jung sein willst?«

»Du verdammter Hurensohn.«

»Deine Augen funkeln noch grüner als sonst, Schätzchen.« Als er ihren Blick sah, war Tommy verdammt froh, dass das Zellengitter sie voneinander trennte. Er kannte Bethanns Temperament nur zu gut, und er war froh, dass sie ihn in diesem Moment weder mit Tritten noch Schlägen erreichen konnte.

Bevor er weitersprach, trat er einige Schritte zurück. »Ich war es, der den Sheriff gerufen hat.«

»Du hast was?«, fragte sie, und ihre Stimme klang dunkel und bedrohlich.

Dafür würde er büßen müssen, wenn sie wieder auf freiem Fuß und mit ihm zu Hause war. Daran ließen ihre zu schmalen Schlitzen zusammengekniffenen Augen keinen Zweifel, aber das hatte er vorher gewusst. »Ich habe ihn angerufen und ihm gesagt, dass er dich holen soll.«

»*Du*? Du hast dafür gesorgt, dass er mich ins Gefängnis steckt?«

Obwohl sie noch immer mit dieser leisen, tiefen Stimme

sprach, die jeden, der sie kannte, das Fürchten lehrte, schien er weder ängstlich noch reumütig. »Ja, ich.«

»Warum?«

»Es ist seine Tochter, auf die du eifersüchtig bist und wegen der du die Waffe mit dir herumgeschleppt hast. Du bist völlig übergeschnappt.«

Sie lächelte spöttisch. »Du weißt nicht, wovon du redest, aber wart nur ab. Wenn ich erst hier raus bin, werde ich ...«

Gott, war sie angepisst. Es gab keine Frau sonst, die ihr das Wasser reichen konnte. »Nein, wir werden das klären, solange du hier drin bist. Ich habe nicht vor, jedes Mal, wenn sich mir eine Frau auf Armeslänge nähert, einen solchen Eiertanz aufzuführen. Wir werden das jetzt und hier regeln.«

»Da gibt's nichts zu regeln.«

»Natürlich gibt es das nicht.«

Sie schnalzte mit der Zunge und sah zur Seite. Es dauerte einige Sekunden, bevor sie wieder sprach. »Schon begriffen. Du willst mich einfach nicht mehr.«

»Wovon sprichst du?« Die Frau schien den Verstand verloren zu haben.

Sie drehte den Kopf, um ihn kurz anzusehen, und in diesem Moment konnte er die Furcht und Verletzlichkeit in ihren schönen Augen erkennen. Bethann war niemals verletzlich, hatte nie Angst vor irgendetwas oder irgendwem. Sie hätte es, ohne mit der Wimper zu zucken, mit dem Teufel persönlich aufgenommen, aber irgendetwas hatte ihr an diesem Kampf den Spaß verdorben. Etwas hatte ihr Furcht eingeflößt.

»Du willst mich nicht mehr, Tommy. Das sehe ich. Du arbeitest die ganze Zeit über oder gehst mit den Jungs aus. Du starrst die Tochter des Sheriffs an wie ein Verhungernder ein saftiges Steak, obwohl sie mehr als zehn Jahre jünger ist als du.«

Er war wie vor den Kopf geschlagen. »Ich weiß wirklich nicht, wie du darauf kommst, dass ich dich nicht mehr will. Ich liebe dich, Bethann. Habe ich immer. Und ich verstehe nicht, warum du jetzt an mir zweifelst.«

»Und warum bist du dann nie da?«

Das verrückte Gen, mit dem sich die Menschen aus dem Süden brüsteten, musste einige Generationen übersprungen haben und nun bei Bethann wieder zum Vorschein gekommen sein. Es wollte ihm einfach nicht in den Kopf, warum sie sich so verdammt unvernünftig benahm. »Ich bin in dieser Woche nicht mehr fortgewesen, als in jeder anderen Woche auch. Einmal in der Woche spiele ich Poker, einmal gehe ich bowlen. Und am Wochenende spiele ich Baseball. Das habe ich immer schon getan, und das weißt du. Also erzähl mir keinen Blödsinn, dass ich nie zu Hause bin.« Er holte tief Luft. »Und was Wie-heißt-sie-noch-gleich betrifft: Wenn du sehen könntest, wie ich dir hinterhersehe, würdest du überhaupt nichts infrage stellen. Du bist die Einzige für mich.«

Sie schluckte hart, und ihre Augen füllten sich mit Tränen. »Warum heiratest du mich dann nicht?«

Er hielt kurz inne und sortierte seine Gedanken, bevor er weitersprach. »Heiraten? Wer hat was vom Heiraten gesagt?«

»Genau. Du willst mich nicht heiraten. Warum nicht?«

Er bemühte sich, die Fassung zu bewahren und sich nicht anmerken zu lassen, wie verloren er sich in diesem Gespräch fühlte. »Wir haben nie auch nur über Heirat gesprochen.«

Bethann stampfte mit dem Fuß auf. »Ich weiß. Und ich will wissen, warum nicht.«

»Himmel, Frau, ich weiß nicht, warum. Wir leben zusammen, wir schlafen zusammen. Wir tun all das, was verheiratete Menschen tun. Vermutlich habe ich gedacht, dass wir auch so glücklich sind.«

Sie stemmte die geballten Fäuste in die Hüften. »Tommy Martin, du weißt verdammt gut, dass ich immer mit dir leben wollte, mit Kindern und einem weißen Holzzaun im Garten. Nun, ich habe zwar den Zaun, aber keine Kinder und auch keinen Ring. Warum willst du mich nicht heiraten?«

Tommy nahm den Hut ab und fuhr sich mit der Hand durch das Haar. Er konnte nicht leugnen, dass er verwirrt war. Wie er ihr gesagt hatte: Sie führten dieses Leben schon seit dem Tag, als sie die Highschool abgeschlossen hatte. Zusammen. Für immer.

Er hätte ihr so viele Kinder geschenkt, wie sie wollte. Ihr verdammt noch mal alles gegeben, aber sie hatte ihm niemals gesagt, dass sie heiraten wollte. Jeder in der Stadt wusste, dass sie ein Paar waren und dass sie auch als solches sterben würden. Sicher redeten einige Leute darüber, wie sie in Sünde zusammenlebten und dafür irgendwann in der Hölle enden würden, aber er hatte nie auf sie gehört. Und er hätte nicht geglaubt, dass Bethann es tat. Vielleicht hatte er sich geirrt.

Schließlich lebten sie in einer Kleinstadt, wo sich jeder um die Angelegenheiten der anderen kümmerte.

»Lass mich das klarstellen. Du denkst also, dass ich jemand anderes will, weil ich dich noch nicht geheiratet habe? Und das, obwohl wir niemals über das Thema Heirat gesprochen haben?«

»Nein. Ich sage, dass du mich nicht mehr willst.« Sie biss sich auf die Lippe. »Tust du es? Eine andere wollen?«

»Guter Gott. Und das alles nur, weil irgendwelche Mädchen mit ihren Allerwertesten wackeln wie die Gänse?«

»Ich habe nicht ihren Körper«, grummelte sie. »Und ich muss selbst zugeben, dass sie heiß ist.«

»Nein, du hast nicht ihren Körper. Du hast deinen, und den kenne ich Zentimeter für Zentimeter, jede Kurve, jede Vertiefung. Und ja, sie ist heiß. Genau wie eine Menge anderer Collegegirls, aber das heißt nicht, dass ich scharf auf sie bin. Himmel, Baby, alles was ich will, bist du.«

Sie streckte ihr Kinn nach oben. »Langweilst du dich mit mir?«

Sie schien kein verdammtes Wort von dem zu hören, was er sagte. »Wie kommst du darauf? Wer hat was von Langeweile gesagt?« Erschöpft atmete er aus und lehnte sich dabei dicht an die Gitterstäbe. »Du springst von einer Sache zur nächsten. Ich weiß einfach nicht genau, was du eigentlich willst, Bethann. Ich liebe dich. Ich liebe dich, seit ich zehn Jahre alt bin. Ich weiß, dass ich den Rest meines Lebens mit dir verbringen will, seit dem Tag, als du in die Schule gekommen bist, an der Hand deiner Mutter, und so süß und ängstlich ausgesehen hast. Ich habe dich nie wieder ängstlich gesehen seit diesem Tag – bis jetzt.«

Ihre Lippen zitterten. »Ich will dich nicht verlieren, Tommy. Nicht an ein Möchtegern-Cowgirl.«

»Du wirst mich nicht verlieren«, sagte er sanft. »Und was das Angucken betrifft, okay, ja, ich gucke. Das heißt aber nicht, dass ich ihr an die Shorts will. Himmel, ich beschwere mich auch nicht darüber, wenn du den Cowboys und Rancharbeitern hinterhersiehst.«

Sie spürte, wie ihr das Blut in die Wangen schoss, und er wusste, dass sie ihn verstanden hatte. Zum ersten Mal in ihrer langen Beziehung war jemand aufgetaucht, der sich für das interessierte, was Bethann als ihren persönlichen Besitz betrachtete. Es war nicht so, dass er keinen anderen Frauen gefallen hätte. Aber sie alle wussten, dass er zu Bethann gehörte und dass nichts und niemand das ändern würde. Das kleine Mädchen des Sheriffs ... sie wusste das nicht, und selbst wenn sie es gewusst hätte, hätte es sie nicht gekümmert.

Sie hatte Interesse an ihm, und Bethann kam damit nicht zurecht. Nun redete sie Unsinn, sprach von Heirat und Sicherheit.

Er wusste, dass es nichts mit ihrer Beziehung zu tun hatte, wenn sich Bethann nach den Cowboys umdrehte. Er wusste, dass sie ihm gehörte und nie mehr als einen Blick riskieren würde. Und tief in ihrem Inneren wusste auch sie, dass er sich nicht herumtrieb. Doch aus irgendeinem Grund hatte diese Sache sie verunsichert.

Aber irgendwie gefiel sie ihm auch so. Heiß und besorgt und eifersüchtig. Nicht weil sie zutiefst traurig schien, sondern weil sie bereit war, alles zu tun, um das, was sie verband, zu beschützen.

Es war egal, dass ihr Haar ein wildes Durcheinander und ihre Bluse zerknittert und nicht überall richtig geknöpft war oder dass ihre Shorts zu viel von ihren strammen, gebräunten Beinen zeigte. Ein paar Stunden im Knast und sie kam ihm schärfer vor denn je.

Er musterte sie von Kopf bis Fuß, nahm jeden wundervollen Zentimeter von ihr in sich auf. »Weißt du, alle werden darüber reden, dass du im Gefängnis sitzt.«

Sie schnaubte und warf ihr Haar zurück. »Sie hätten gar nichts zu reden, wenn du nicht den Sheriff gerufen hättest.«

»Das stimmt. Aber verdammt, Bethann, du bist wie eine

Zeitbombe, seit dieses Mädchen in der Stadt ist, und das muss aufhören. Du hast das arme Ding zu Tode erschreckt.«

»Dann soll sie ihre Finger von dir lassen. Das habe ich dir schon gesagt.«

Er wusste, dass er das Gespräch abbrechen sollte, weil es sich im Kreis bewegte, doch sie sah so verdammt süß aus mit ihrem geröteten Gesicht und den Augen, die vor Zorn sprühten. »Es ist nicht so, dass ich sie dazu ermutigt habe«, murmelte er und wusste, dass er damit nur Öl ins Feuer goss.

»Du hast sie aber auch nicht entmutigt«, erwiderte sie schnippisch.

»Geht es also doch darum? Du bist eifersüchtig? Gib's doch endlich zu.«

»Wenn du einen Ring am Finger hättest, würde sie nicht so um dich herumstreichen.«

Tommy senkte den Kopf, damit sie sein Lächeln nicht sehen konnte. Er fischte die Zellenschlüssel aus seiner hinteren Hosentasche und hielt sie vor ihr in die Höhe, bevor er den Schlüssel ins Schloss schob.

Ihre Augen wurden groß. »Den hast du die ganze Zeit über bei dir gehabt? Und du lässt mich erst jetzt raus? Wenn ich dich in die Finger kriege ...«

»Du wirst gar nichts tun«, sagte er, sanft und stark, als er in die kleine Zelle trat. Er ging auf sie zu, bis sie die Gitterstäbe in ihrem Rücken spürte. »Jetzt hör mir mal zu, Baby, und zwar richtig.« Er nahm ihre Hände, erst die eine, dann die andere, und drückte sie gegen die Stäbe über ihrem Kopf. »Lass sie dort, bis ich dir sage, dass du sie wieder runternehmen kannst. Verstanden?«

Sie nickte mit großen Augen, die ihn fragend ansahen. Er wusste, dass sich sein Auftreten von einer Sekunde zur anderen verändert hatte, doch er hätte all seine Ersparnisse darauf verwettet, dass sie deshalb bereits mehr als feucht zwischen den Beinen war.

Er ließ ihre Arme los und begann, ihr die Bluse aufzuknöpfen. Soweit das noch nötig war. Knopf für Knopf, bis die Bluse weit offen war. Ihre vollen, schweren Brüste füllten verlockend ihren Spitzen-BH, und so sehr er sich nach ihrer bloßen Haut sehnte, fuhr er mit den Fingerspitzen lediglich am Rand des Stoffes entlang.

Bethann erbebte und stöhnte auf, als er sich ihren Nippeln näherte. Er wollte sie berühren und mit ihnen spielen, doch er hielt sich zurück. »Ich will keine andere Frau«, begann er mit sanfter Stimme und sah ihr in die Augen, während er mit den Fingerspitzen ihre Seiten entlang nach unten und dann über ihren Bauch fuhr. »Nicht die Tochter des Sheriffs. Nicht Maxine vom Diner. Nicht Dixie vom Gebrauchtwagenhändler.« Er ließ den Knopf ihrer Shorts aufspringen und spürte, wie ihr Bauch zitterte. »Ich will dich, Bethann. Und nur dich.« Als Nächstes wanderten seine Hände zu ihrem Reißverschluss und öffneten ihn. »Du willst heiraten? Ist gut. Ich werde dich heiraten, bevor das Rathaus heute schließt. Du willst Kinder? Darum werden wir uns gleich jetzt kümmern. Du willst mir dein Brandzeichen aufdrücken? Du musst es mir nur sagen, und du darfst dir die Stelle aussuchen.«

Er glitt mit der Hand vorn in ihre Shorts und fand, was er erwartet hatte: Sie war feucht und glühend heiß. Sie stöhnten beide auf, als sein Finger über ihre Klit strich, bevor er in sie drang. »Ich lass dich nicht hängen, nur weil irgendein neues Mädchen in der Stadt ist. Und es ist mir egal, wie heiß sie ist. Du gehörst zu mir und ich zu dir.«

Die letzten Worte sprach er mit den Lippen an ihren, bevor

er sie küsste. Sie schob ihren Körper gegen ihn. Seine Hand lag auf ihrer Hüfte, und schon erforschte seine Zunge ihren Mund, wie es sein Finger mit ihrer Pussy tat.

Er spielte mit ihrer Zunge und saugte und knabberte an ihr. Sie ließ es geschehen. Die Art, wie sie auf ihn reagierte, war einzigartig, und umgekehrt war es genauso. Er wollte sie in diesem Moment genau wie bei jenem ersten Mal, als sie sich von ihm küssen ließ. Er hatte darauf gewartet, dass sie bereit für ihn war und alt genug. Er hatte gewartet, doch sie hatte sich ihm öfter angeboten, als er zählen konnte. Und ihr feuriges Temperament, das sie ihn bei jeder Zurückweisung spüren ließ, war ebenso heiß wie ihre Leidenschaft, als er endlich nachgab.

Sie hatte sich ihm so unverblümt an den Hals geworfen, dass es ihm den Atem verschlagen hatte, damals und an jedem weiteren Tag seitdem. Sie gab ihm alles, und er würde sie niemals betrügen.

Gerade jetzt bekam er von ihr alles, was er wollte. Sie stellte sich auf die Zehenspitzen, um ihre Möse gegen seine Hand zu drücken, doch dann stand sie wieder auf den Füßen und versuchte, ihren Orgasmus zurückzuhalten, von dem er wusste, dass er sich bald nicht mehr aufhalten ließe.

Tommy küsste sie so leidenschaftlich, das sie vor Schmerz aufschrie, dann ließ er von ihr ab. Schweigend beobachtete er, wie sie nach Luft rang, als sich ihre Lippen wieder öffneten. Mit der freien Hand schob er ihre Shorts nach unten und sie bewegte sich so, dass sie ihr bis zu den Knöcheln rutschten und dann über ihre Schuhe. Sie kickte die Hose mit dem Fuß zur Seite.

»Also, wie sieht's aus, Liebling? Heiraten noch vor fünf Uhr?«

»Du ...« Sie schnappte nach Luft und blinzelte angestrengt. »Meinst du das ernst?«

Er ließ die Knöpfe seiner Levis aufspringen und holte seinen Schwanz heraus, der hart wie Stahl war. Das Blut pulsierte durch den aufgerichteten Schaft, und seine Eier waren angespannt. Er wollte unbedingt in ihr sein.

Er legte eines ihrer Beine um seine Taille, und mit seinem honiggetränkten Finger schob er seinen Schwanz vor ihre Öffnung. Ihre Blicke versanken ineinander, als er sich langsam nach oben drückte und sich mit einem Ruck seiner Hüften tief in sie stieß. »Ich würde niemals Witze machen, wenn's ums Heiraten geht.« Mit einem einzigen festen Stoß drängte er gegen ihre heißen Wände, die sich wie ein Handschuh an ihn schmiegten. »Ich gehöre dir und nur dir, Bethann.«

Er drückte sie so lange gegen die Gitterstäbe, dass sie auch das andere Bein heben und die Schuhe hinter seinem Rücken verschränken konnte. Dann, während er sich mit den Händen an den Stäben neben ihrem Kopf festhielt, bewegte er sich so in ihr, dass sie sich im perfekten Winkel zueinander befanden. Er trieb sich in sie, hob die Hüften und versenkte sich ganz in ihr, während sich ihre Pupillen weiteten und ihr Hunger zunahm.

So mit ihr zusammen zu sein war niemals langweilig und ließ ihn immer mit Haut und Haaren abtauchen. Seine Liebe für sie war grenzenlos – genauso wie sein Verlangen. Für ihn war es Liebe auf den ersten Blick gewesen, und dieses Gefühl hatte ihn niemals verlassen.

Sie holte scharf Luft und versuchte mühsam, einen Schrei zu unterdrücken. Er kannte sie und wusste, wogegen sie ankämpfte. »Lass es geschehen, Baby. Wir sind allein hier.

Niemand wird dich hören«, murmelte er und knabberte an ihrer Unterlippe.

»Sie werden es hören. Sie ... sie wissen immer, wenn wir ...«

Sie war sich dessen sicher. Die Menschen in der Kleinstadt wusste immer, wenn sie an Plätzen zur Sache kamen, die dafür eigentlich nicht vorgesehen waren. Die Erinnerung daran ließ ihn noch härter werden, schneller stoßen, lauter stöhnen.

Auf der Kirchenempore während der Chorprobe.

Im alten Baumhaus unten am See vor dem Gemeindepicknick.

Erst vor wenigen Monaten am 4. Juli. Gott, da hatte man sie mit nackten Hintern dabei erwischt, wie sie es auf einem Traktorsitz getrieben hatten. Und es war egal, dass es sich um seinen eigenen Traktor gehandelt hatte ...

»Ich mag es, wenn die Leute es wissen, Schatz.« Er knabberte an ihrem Kinn entlang bis hinauf zu ihrem Ohr. »Und du liebst es auch«, flüsterte er und biss sie ins Ohrläppchen.

Sie drängte sich gegen ihn und rief seinen Namen, als ihre Pussy begann, sich zuckend um seinen Schwanz zusammenzuziehen.

Ihre Armmuskeln waren angespannt, und sie hielt sich so fest an den Stangen über ihrem Kopf fest, dass ihre Fingerknöchel weiß hervortraten.

Er liebte es, sie zu beobachten, wenn sie kam. Die Art, wie sie ihre Schenkel gegen seine Taille presste, wie sie seinen Schwanz in sich festhielt, wie ihre Muskeln ihn molken und ihn dazu brachten, sich ebenfalls fallen zu lassen und davonzufliegen. Ihre Absätze bohrten sich in seinen Hintern, und er beugte sich vor, um sie so fest zu küssen, als wolle er ihre

Seligkeit und ihre Lust trinken. Dieser Kuss und sein stahlharter Schwanz waren Beweis genug, wie sehr er sie brauchte.

»Lass die Stangen los«, flüsterte er an ihrem Mund, denn er wollte fühlen, wie sie sich ganz an ihn klammerte.

Sie ließ die Arme fallen und fuhr mit ihnen über seine Schultern. Sie ließ ihren Mund über seine Wange gleiten und vergrub ihr Gesicht an seinem Hals. »Ja«, sagte sie, während sie zärtlich an ihm knabberte und sein Gesicht mit kleinen Küssen bedeckte.

»Ja?« Für einen Moment wusste er nicht, was sie meinte.

»Heirate mich.«

Sein Schwanz stieß in ihre Pussy, als er spürte, wie ihn eine Welle des Glücks durchströmte. Er fickte sie, nahm sie mit jeder Faser seines Körpers in Besitz. Sie hielt ihn fest mit ihren Armen und Beinen umschlungen und schmiegte sich an ihn.

»Fragst du mich?« Es kümmerte ihn nicht wirklich, ob sie ihn fragte oder es ihm mitteilte. Er stand kurz davor zu kommen, und es fiel ihm schwer, überhaupt einen klaren Gedanken zu fassen. Schon bald würde er sich nur noch stöhnend in ihre heiße Nässe ergießen können.

»Das tue ich.« Sie hob den Kopf und nahm sein Gesicht in ihre Hände. »Willst du mich heiraten, Tommy?«

Und das gab ihm den Rest. Er hatte nicht geahnt, dass der Gedanke daran, die Frau zu heiraten, mit der er sein Leben verbrachte und die er von ganzem Herzen liebte, eine solche Wirkung auf ihn haben würde, aber warum auch nicht. Er nickte, während heißes Sperma durch seinen Schwanz und in sie schoss. »Ja«, keuchte er, und die schmerzhaften Wonnen seines heftigen Orgasmus raubten ihm den Atem, und er musste die Augen schließen.

Er hatte nicht gewusst, dass es das war, was er wollte, bis sie ihn gefragt hatte. Er drückte sie fest genug gegen die Zellenstangen, dass es Abdrücke auf ihrem Rücken hinterlassen würde. Doch es war ihm egal. Er würde ihre Schmerzen schon lindern.

Sie küsste ihn zärtlich auf die Nasenspitze und lächelte. »Ich liebe dich, Tommy«, sagte sie leise an seinem Ohr.

»Und dafür danke ich Gott, Baby.« Keuchend rang er nach Luft. Sie kicherte, und er lächelte in ihr Haar. »Ich liebe dich auch. Keine Eifersucht mehr?«

Bethann seufzte dramatisch. »Also ich weiß nicht. Der Versöhnungssex war ziemlich gut. Gar nicht so übel, es im Gefängnis zu treiben.«

Tommy lachte und setzte sie langsam auf dem Boden ab. »Das war's. Jetzt können wir das also auch von unserer Liste streichen.«

»Glaubst du, dass die Leute reden werden?«, fragte sie ihn mit einem Grinsen, während sie ihre Kleider ordnete.

»Yeah, die Leute werden reden. Wir werden es definitiv in die Morgenausgabe schaffen.« Er steckte seinen feuchten Schwanz zurück in die Jeans und knöpfte sie zu. »Bethann?«

Sie sah zu ihm hoch, sanft und befriedigt und wunderschön zerzaust. »Ja?«

»Meinst du das ernst? Mit dem Heiraten?«

»Ja. Sobald wir hier raus sind, geht es ab ins Rathaus.«

Er trat einen Schritt zur Seite und machte eine ausladende Armbewegung in Richtung Zellentür. »Nun, dann geh du voran.«

Bethann zog die Nase kraus und streckte ihm die Zunge raus. »Mach ich doch immer.«

Tommy lachte und bückte sich, um seinen Hut aufzuheben, den sie auf den Boden geworfen hatte. Richtig, das machte sie immer, und genau dafür war sie in ihrer kleinen Stadt bekannt. Sie ging ihren eigenen Weg, machte ihr eigenes Ding, und das, seitdem sie siebzehn war. Er hatte von Anfang an an ihrer Seite gestanden, und er würde bis zum Ende dort bleiben.

Er setzte sich den Hut auf und folgte ihr mit großen Schritten. Er wollte nicht zu spät zu seiner eigenen Hochzeit kommen.

Der Sturm

Tahira Iqbal

Der Sturm bricht mit ganzer Kraft herein, heftige Böen, die über das Land fegen, und gewaltige Regenmassen, die sich aus einem wilden, grauen Himmel ergießen.

»Bei diesem Wetter solltest du wirklich nicht fahren, Candace!«, sagt meine Freundin von der überdachten Veranda her.

Ich wische ihre Besorgnis beiseite, halte mir die Jacke über den Kopf und renne zu meinem Wagen.

»Mir wird schon nichts passieren, Renee!«, rufe ich über das Grollen des Donners hinweg. »Danke für das Mittagessen!«

Nass bis über die Knöchel starte ich den SUV, den ich mir von meinem Vater geliehen habe. Mein eigener Wagen ist in der Werkstatt, seit ich ein verdächtiges Klappern unter der Motorhaube gehört habe. Ich schalte die Scheibenwischer an, die eifrig über die Windschutzscheibe fahren, aber gegen den starken Regen kaum etwas ausrichten können.

Ich winke Renee zu und hoffe, dass sie es sehen kann. Dann lenke ich den Wagen den Weg entlang zur Straße.

Es war eine gute Idee, mir den SUV zu leihen, aber abseits der Hauptstraße unterwegs zu sein ist alles andere als gut. Wassermassen schlagen gegen die Karosserie des kraftvollen Fahrzeugs, als ich durch eine überflutete Senke in der Straße fahre. Der Motor röhrt bedrohlich, weil ihn das Regenwasser zu ersticken droht.

»Komm schon, Baby ...« Vorsichtig gebe ich Gas, und mein Herz schlägt wild gegen meine Rippen, als der Wagen langsam aus den Wassermassen steigt. Bis weit in die Ferne zucken Blitze über den Himmel und geben den Blick auf bedrohliche schwarze Wolkenberge frei.

Ich bin noch etwa zwölf Kilometer von meiner Wohnung in der Stadt entfernt, als mein Handy klingelt. Ich schalte die Freisprechanlage ein. Die Verbindung ist schlecht, doch ich kann hören, wie die Stimme meines Vaters durch die Leitung knattert.

»Alles in Ordnung«, falle ich ihm ins Wort und hoffe, dass er mich versteht. »Ich bin auf dem Weg nach Hause.«

»... Straße steht einen halben Meter unter Wasser ... Geh nicht ...«

»Straße? Welche Straße? Ich kann dich nicht verstehen.«

»Bleib bei Renee ...«, sagt er. »... nicht sicher ... unter ...« Es knistert noch lauter. »... halber Meter Wasser ...«

Als ein gewaltiger Blitz über den Himmel zuckt, ist die Verbindung plötzlich unterbrochen. Ich versuche, einen Sinn in den Satzfetzen meines Vaters zu finden, und mir wird klar, dass es wirklich besser wäre, zu Renee zurückzukehren. Während ich noch nach einer Stelle suche, wo ich wenden kann, lenkt mich eine schnelle Bewegung vor der Windschutzscheibe ab.

»Was zum Teufel ...?«

Pferde stürmen in Panik auf mich zu. Hinter ihnen kann ich einen beschädigten Zaun erkennen. Intuitiv reiße ich das Lenkrad nach links herum, um ihnen auszuweichen, gleichzeitig trete ich mit aller Kraft auf die Bremse. Der SUV schleudert über die Wassermassen auf den Straßenrand zu, und schon rase ich einen Hügel hinab.

»Oh Gott ...« Der Airbag öffnet sich mit einem Knall, als ich schließlich zum Stehen komme. Mein Kopf wird mit Gewalt nach hinten geschleudert. Der Schlag ist so heftig, dass ich Sternchen sehe, und was noch besorgniserregender ist: Ich sehe, wie die Motorhaube im Wasser versinkt.

Angestrengt mache ich mich am Sicherheitsgurt zu schaffen, während ich das dringende Bedürfnis verspüre, die Augen zu schließen. Ich verspüre einen Anflug von Panik, als ich in eine Bewusstlosigkeit gezogen werde, gegen die ich mich nicht wehren kann. Das Letzte, was ich sehe, ist Blut, das mir in die Augen läuft.

Arme – stark, verlässlich und nass – greifen nach mir und ziehen mich hoch, befreien mich aus meiner quälenden Bewegungslosigkeit.

»Alles in Ordnung. Ich hab dich.« Noch immer prasselt Regen auf das Wagendach wie auf eine Trommel. Der Geruch von überhitztem Metall liegt in der Luft. Er ist beißend und kratzt in meiner Kehle.

»Was ist passiert?« Ich huste.

»Du hattest einen Unfall.« Die Stimme klingt männlich, tief, entschlossen und ausgesprochen vertraut.

»Brent ...?«, flüstere ich. »Bist du das?«

»Halt dich an mir fest, Liebling.« Er drückt mich gegen seine Brust, um mich vorsichtig aus der Fahrerkabine zu heben.

Meine Arme gehorchen und schlingen sich um seinen Nacken. Für einen Moment blendet mich ein Blitz, doch dann sehe ich in seine Augen, die mit ebensolcher Kraft zu leuchten scheinen.

»Ich hab dich«, sagt er wieder.

Mit Leichtigkeit führt Brent mich dann den Abhang hinauf, wobei er ein Sicherungsseil benutzt, das ihm jemand von der Straße über uns herunterwirft. Wir steigen langsam und gleichmäßig hinauf, seine Stärke kommt mir angesichts des Sturms beinahe übermenschlich vor. Schnelles Hufgeklapper auf dem Straßenbelag, scharfes Wiehern voller Furcht von der zerstreuten Herde.

Ich stehe auf den Füßen, und Brent stützt mich mit seiner Hand unter meinem Ellbogen.

»Langsam.«

Ich schaue hoch und in die wilden Blitze, die um uns herum über den Himmel zucken. Die Regentropfen auf meiner Wunde stechen schmerzhaft.

»Du bist in Sicherheit.« Seine Hand streicht mir sanft die nassen Haarsträhnen aus dem Gesicht.

Ich schaue den Abhang hinab auf den Wagen. Die Kühlerhaube ist zertrümmert und die Fahrerkabine voller Wasser.

»Jetzt ist alles in Ordnung.«

Ich bin von Ehrfurcht erfüllt, wegen des Sturms, des Unfalls und weil ich meinen Ex nach so langer Zeit und unter diesem furchtbar dunklen Himmel wiedersehe.

Bevor ich etwas sagen kann, geben meine Knie nach, und ich sacke zusammen. Brent fängt mich in seinen Armen auf, bevor ich auf der Straße aufschlage.

Als ich wach werde, liege ich in einem Bett, nackt und mit Kopfschmerzen, dass mir fast der Schädel platzt. Ich taste nach dem Verband über meinem Haaransatz, während sich meine Augen an das gedämpfte Licht im Zimmer gewöhnen. Langsam setze ich mich auf und atme mit langen, tiefen

Zügen gegen die aufsteigende Übelkeit an. Ich halte mich an den Laken fest, gewärmt von dem knisternden Feuer, das auf der anderen Seite des Raums brennt.

Oh Gott, ich habe schon in diesem Bett gelegen, doch noch nie allein.

Ich schlage die Decke zurück und mache mich auf den Weg ins Badezimmer, wobei ich meine Beine zwingen muss, mir zu gehorchen und mich zu tragen.

Als ich die Wunde an meiner Schläfe sehe, verziehe ich das Gesicht. Eine blutunterlaufene Prellung, die an meinem Schlüsselbein beginnt, zieht sich bis zur rechten Hüfte hinunter. Der Sicherheitsgurt hat mir das Leben gerettet ... genau wie Brent.

Die Tür öffnet sich. Ich suche nach einem Handtuch, ziehe mir ein Badetuch um den Körper und wage mich hinaus.

Zwei Meter perfekte Männlichkeit mit sturmgrauen Augen starren mich an, als wäre ich eine Erscheinung.

Brent trägt verwaschene Jeans und den Ledergürtel, den ich ihm an unserem ersten gemeinsamen Weihnachten geschenkt habe. Sein Hemd ist aus weißer Baumwolle. Ich weiß, wie es sich unter meinen Fingerspitzen anfühlt, weich vom vielen Tragen, mit dem erdigen Geruch von harter Arbeit, aber vor allem nach dem Designerduft, den er ebenfalls in jenem Jahr von mir bekommen hat.

»Du solltest dich ausruhen.«

Ich kann nicht antworten, fasziniert von dem Mann, in dem so viel natürliche Autorität steckt.

»Ich wollte dich in einer der Scheunen unterbringen, aber wir haben noch eine ganze Reihe kurzfristige Buchungen erhalten. Wegen des Sturms konnten die Touristen die Stadt nicht verlassen.«

Ich nicke verständnisvoll. Brents Mutter hat die alten Scheunen auf ihrem Besitz zu Fünf-Sterne-Gästehäusern umbauen lassen, die den größten Teil des Jahres ausgebucht waren.

»Und wer hat mich ausgezogen?«, frage ich, nachdem wir eine Weile geschwiegen haben.

Er weicht meinem Blick nicht aus, und sein Haar glänzt im Licht. »Es ist nicht so, dass ich dich noch nie nackt gesehen hätte.«

»Brent ...«, beginne ich.

»Was zum Teufel hast du dir eigentlich gedacht?« Seine Stimme klingt mit einem Mal hart. »Bei diesem Sturm hättest du niemals unterwegs sein dürfen.«

Unwillkürlich muss ich daran denken, wie er kurz zuvor mit mir zurück zur Ranch gefahren ist. Ich war aufgewacht, musste an den furchtbaren Unfall denken und hatte mich mit einem Seufzer an seinem muskulösen Oberarm festgehalten. Der Gedanke, dass mir der einzige Mann, den ich je geliebt habe, das Leben gerettet hatte, berührte mich.

Ich spüre, wie mir die Tränen in die Augen steigen.

Er scheint zu ahnen, was in mir vorgeht, und sagt mit sanfter Stimme: »Beruhige dich. Mom wird uns blitzschnell was zu essen machen. Kein Wortspiel beabsichtigt.«

Ich lache leise und bin froh, dass die Spannung gebrochen ist. »Ich brauche was zum Anziehen ...?«

Ein Lächeln erscheint auf seinen Lippen, als sein Blick über meine nackten Schultern gleitet. »Hier. Deine Sachen sind noch in der Wäsche.« Er reicht mir eines seiner Hemden aus dem Schrank.

Als ich neben der Spiegelkommode stehe und es anziehen will, bemerke ich ein gerahmtes Foto von Brent und mir, wie wir uns umarmen und uns das Feuerwerk zum 4. Juli anschauen. Ich fahre mit der Fingerspitze über das Glas. Mein Abzug des Fotos liegt in einem Wandschrank in meinem Gästezimmer vergraben.

Steif und unter Schmerzen mache ich mich auf den Weg die Treppe hinunter, wo es nach frisch gebackenem Brot riecht und Mrs Williams so tut, als wäre ich nicht seit fast sechs Monaten aus ihrem Leben verschwunden.

»Gott sein Dank ist dir nichts Schlimmeres passiert. Dein Vater weiß, dass du hier bist, also mach dir darum keine Sorgen.« Ein gewaltiges Donnergrollen ertönt, und der Wind rüttelt an den Fensterläden. »Ich habe ihm versichert, dass es dir gut geht und er nicht zu kommen braucht. Der Mann war außer sich vor Sorge.«

»Ist das Wetter da draußen immer noch so schlimm?« Sie fährt mit einer sanften Berührung über meine Augenbraue, dass mir die Tränen kommen. Sie ist immer so nett zu mir gewesen.

»Setz dich, Liebes, und iss etwas.«

An der Hintertür ist ein Klopfen zu hören, und Mrs Williams Aufmerksamkeit richtet sich auf den Rancharbeiter, der mutig genug ist, vom Hof zum Haupthaus zu kommen.

»Nimm dir, was immer du brauchst.« Sie greift nach ihrer wetterfesten Jacke. »Ich bin gleich wieder da.«

Ich bediene mich an dem hausgemachten Brot und schenke mir eine große Tasse heißen, süßen Tee ein. Ich schließe die Augen. Kopfschmerzen quälen mich, doch ich genieße den Geschmack des Brotes und das Bewusstsein, dass ich noch einmal Glück gehabt habe.

Als ich die Augen wieder öffne, steht Brent vor mir und sieht mich an.

»Wie fühlst du dich?«

Ich nicke vorsichtig und hebe mein Brot hoch. »Besser. Das hilft.«

Er schneidet sich auch ein Stück ab und verteilt eine ordentliche Portion Erdnussbutter darauf.

»Ich hoffe, du hast nichts dagegen, aber ich habe mir Socken von dir geborgt und …«, ich werde rot, »… Boxershorts.«

Er lehnt sich gegen die Anrichte, statt sich hinzusetzen. »Die haben dir schon immer besser gestanden als mir.« Brents Worte schicken einen Hitzestrahl in meinen Unterleib, auch wenn das Blödsinn ist.

Eine seltsame Stille macht sich zwischen uns breit und wird schließlich durch ein heftiges Blitzen und dann ein gewaltiges Donnern gebrochen, das ich bis in den Bauch spüren kann.

Plötzlich klopft Mrs Williams gegen das Glasfenster zur Hofseite, um Brent auf sich aufmerksam zu machen. Er greift nach seiner Jacke und stürzt ohne ein Wort nach draußen.

Schweren Herzens gehe ich nach oben zurück. Dann stehe ich vor dem Bett, in dem ich aufgewacht bin, und starre es nervös an, als könne es mich beißen. Doch dann überwältigt mich die Erschöpfung, und lege ich mich hin und weine mich in den Schlaf.

Etwa eine Stunde später werde ich wach, weil ich spüre, dass jemand im Zimmer ist. »Brent?« Ich blinzle im Licht der Lampe.

»Alles in Ordnung. Schlaf wieder ein.«

»Was ist passiert? Du bist ja völlig durchnässt!«

Schnell knöpft er sich das Hemd auf und zieht es aus. Ich sehe seinen Körper, dessen Kurven von der harten Arbeit wie gemeißelt sind. »Der Blitz ist in eine der Scheunen eingeschlagen.«

»Ist jemandem was passiert?«

Er greift sich etwas aus dem Kleiderschrank, öffnet dann seine Gürtelschnalle, und ich habe einen Frosch im Hals, als er schließlich im Badezimmer verschwindet.

»Es ist kein Feuer ausgebrochen«, berichtet er durch die Tür. »Alles in Ordnung.«

Als er zurückkehrt, trägt er nur eine Trainingshose, und seine wunderbare Brust ist nackt. Es ist, als würde sich tief in mir drin ein Knoten lösen, und ich muss daran denken, wie ich mit den Händen über seine Haut gefahren bin und sein Gewicht für Stunden auf mir gespürt habe.

»Du hast dein Leben riskiert«, flüstere ich.

Er zuckt mit den Schultern, als wolle er sagen: »Keine große Sache.«

»Brent ... du hast mir das Leben gerettet.« Ich werfe die Bettdecke zurück und stelle mich vor ihn hin, streiche über sein nasses Haar und folge mit meinen Fingern den Tropfen, die über seinen stoppeligen Kiefer rollen.

Er stöhnt auf und legt seine Hand auf meine, um sie aufzuhalten. »Tu das nur, wenn es dir ernst ist. Als wir uns getrennt haben, Ace ...«

Das Shirt, das ich trage, reicht mir nur bis zur Mitte des Oberschenkels, und ich führe seine Hand darunter, bis er meinen Hintern umfasst, während seine harte Erektion gegen meinen Bauch drückt. »Ich liebe es, wenn du mich so nennst.«

Brent fährt mit der Hand in mein Haar, legt seinen Mund auf meinen, und sein Kuss lässt mich fast verbrennen, als seine Zunge in mich dringt.

Viel zu früh weicht er ein Stück zurück. »Aufs Bett. Jetzt.«

Ich stolpere rückwärts auf das Laken, während er die Tür mit dem Fuß zudrückt und dann abschließt.

Er liegt zwischen meinen zitternden Beinen, und seine Lippen finden meinen Mund. Seine Hand verschwindet in den Boxershorts, doch diesmal vorn, und während er langsam reibt, werde ich immer feuchter.

Ich stöhne vor Lust, doch er verändert weder Tempo noch Druck seiner Bewegungen. Mein Orgasmus kündigt sich wie ein langsamer Ritt in höchste Höhen an, bevor ich schließlich explodiere.

Ich falle zurück, schlage gegen das Kopfteil des Bettes.

»Vorsichtig, Liebling. Ich will, dass du auch den Rest der Nacht wach bist.« Ein wundervolles Lächeln liegt auf seinen Zügen, auf die das Licht der kleinen Lampe fällt.

Ich schmiege mich an seine kräftige Schulter. Längst sind meine Nippel vor Erregung hart und stehen vor.

Er zieht mir das Shirt hoch und über den Kopf, dann widmet er seine Aufmerksamkeit einem Nippel, und er schließt seinen Mund darum. »Wunderschön, wie früher.«

Ich fahre ihm mit den Händen durch das Haar, als seine Lippen meinen Körper hinabwandern bis zu meinem Bauchnabel. Seine Finger fahren unter den Bund der Boxershorts und ziehen sie nach unten.

Er küsst die weiche Haut auf der Innenseite meines Schenkels und lässt mich vor Erwartung beben, während er mich ganz auszieht.

Sanfte Küsse brennen in meinem Schoß, als sich Brent aufrichtet, um sich seine Hose abzustreifen und mir endlich seine unglaubliche Erregung zu zeigen.

»Als ich dich im SUV gesehen habe ... ich dachte ...« Seine Augen glänzen, als er mit den Fingern über die Wunden fährt, die der Sicherheitsgurt auf meiner Haut hinterlassen hat. Vorsichtig schiebt er sich auf mich.

Langsam und zärtlich streichle ich über seine Wangen und öffne meine Beine, damit wir den Platz haben, den wir brauchen. »Jetzt hast du mich ... Hier bin ich.«

Brent fasst nach unten an seinen Schwanz, um in mich zu gleiten. Als er in mir ist, hält er für einen Augenblick inne, genau wie ich, und genießt es, wie perfekt wir schon immer zueinandergepasst haben.

Ich lege die Hand auf seinen muskulösen Rücken, und er beginnt, sich in mich zu stoßen, kräftig und sicher, denn er weiß, dass ich seinen Rhythmus immer geliebt habe und dass er mich vor Lust um den Verstand bringt.

Wir reden nicht, denn es gibt keinen Grund, uns mit Worten einzuheizen. Schweigend lieben Brent und ich uns.

»Lass die Augen offen«, sagt er. »Ich will sehen, was ich so sehr vermisst habe.«

Er kommt tief in mir, als ich von einem weiteren unglaublichen Höhepunkt davongetragen werde, der mir den Atem aus den Lungen drückt.

Später, als ich mich an Brents Brust schmiege, kann ich seinen ruhigen Herzschlag hören. Er hat Kerzen angezündet, weil der Sturm die Stromversorgung unterbrochen hat.

»Das letzte Mal, dass ich dich gesehen habe, war an Dukes Hochzeit.« Brents Finger spielen mit meinem Haar.

»Ich weiß.« Ich denke daran, wie ich mich gefühlt habe, als Brents Bruder Renee geheiratet hat. Ich war ihre Brautjungfer und Brent sein Trauzeuge, und Brent und ich hatten uns erst einen Monat zuvor getrennt.

»Ich habe mich von dir ferngehalten.«

»Das haben wir beide. Wir wollten ihnen nicht den Tag verderben.«

Er reibt sanft über die Innenseite meines Handgelenks. »Es

hat mich fast umgebracht, als wir zusammen tanzen mussten.« Er küsst meine geschundene Stirn, und ich genieße die Berührung.

»Es war furchtbar«, sage ich mit einem übertriebenen Seufzer. »Du bist mir die ganze Zeit auf die Zehen getreten.«

Ich spüre, wie Brents tiefes Lachen in meinem Körper vibriert.

»Weißt du, ich habe mir oft vorgestellt, du wärst hier«, sagt er ruhig.

Ich drehe mich auf die Seite und sehe ihn an.

»Ich habe mir vorgestellt, wie ich dich so berühre, wie du es magst . . .« Seine Hände verschwinden unter dem Laken und legen sich sanft zwischen meine Beine.

Sein Blick ist auf mich gerichtet, und es wird still zwischen uns. Seine Fähigkeit, zu schweigen und dennoch alles unter Kontrolle zu haben, hat mich immer fasziniert. Oft hatte ich Brent vom sicheren Haus aus dabei beobachtet, wie er Pferde zuritt . . . seine Geduld, seine tiefe Hingabe und absolute Entschlossenheit richtet sich nun ganz und gar auf mich.

»Warum zum Teufel sind wir auseinandergegangen, Ace?« Er beugt sich vor, um mich sanft zu küssen.

»Ich hatte Angst«, flüstere ich leise.

»Wovor, mein Liebling?«

»Vor dem hier. Vor der . . .« Tränen steigen mir in die Augen.

Brent lächelt. ». . . der Liebe?«

Ich atme aus und spüre, wie mir eine seltsame Last von den Schultern fällt. »Kannst du das verstehen?«

Er nickt. »Ich habe darauf gewartet, dass du zu mir zurückkommst – auch wenn ich gern darauf verzichtet hätte, dass du mich dabei zu Tode erschreckst.«

»Brent ...« Wieder spüre ich seine Lippen auf meinen und genieße seine zärtliche Hand zwischen meinen Beinen. Meine Nerven sind zum Zerreißen gespannt, doch dann komme ich und komme, und die Wellen der Lust schlagen über mir zusammen.

Er lässt mir keine Zeit, Atem zu schöpfen, als er sanft meine Beine spreizt und in mich eindringt. Wir lieben uns bis tief in die Nacht.

Ich erwache im ersten Licht der Morgendämmerung. Brent liegt hinter mir, sein Arm über meiner Hüfte. Es ist eine beschützende, angenehme Berührung. Vorsichtig schiebe ich seinen Arm zur Seite, um mich von ihm zu lösen.

Nachdem ich geduscht habe, kehre ich ins Zimmer zurück. Brent ist wach. Er sitzt und hat den Oberkörper gegen das Kopfteil gelehnt.

»Guten Morgen.« Er hebt die Laken und gibt den Blick auf seinen wunderbaren Körper frei. Er drückt mir einen Kuss auf die Lippen, bevor er im Badezimmer verschwindet.

Keine Minute später höre ich, wie die Dusche ausgeht. Gedankenverloren will ich nach meinem geliehenen Shirt greifen, halte jedoch in der Bewegung inne, als ich seine Hand auf meiner Hüfte spüre.

»Das brauchst du nicht.« Er greift nach dem Knoten, mit dem ich das Badetuch um meinen Körper befestigt habe, löst ihn und wirft das Tuch aufs Bett. »Hier ...« Er nimmt meine Hände, legt sie auf die Kommode mit dem Bild, das ich nun ansehen kann, ohne dass mein Herz schmerzt.

Das Gefühl, als sich sein großer, kräftiger Körper gegen mich drückt und er in mich eindringt, lässt mich die Hände um seinen Nacken legen, damit wir uns so nah wie möglich sein können. Es ist mir egal, dass die Prellung über meiner

Brust gegen seine stärker werdenden Stöße mit einem scharfen Schmerz protestiert.

Brent umfasst meine Brüste mit den Händen und reibt die Nippel zwischen seinen Fingern, während es heiß aus ihm herausströmt und ich gegen einen Orgasmus ankämpfe, der so stark ist, dass ich die Augen schließen muss.

Eine Stunde später höre ich aus der Behaglichkeit des Bettes aufmunternde Rufe von draußen. Ich wickle das Laken um mich herum und folge dem Geräusch bis zum Fenster.

Brent steht neben dem offenen Stalltor, und Pferde rasen an ihm vorbei auf das weite, sonnenüberflutete Land. Am blauen Himmel zeigt sich nicht ein einziges Wölkchen. Brent wirbelt ein Seil durch die Luft, um die Tiere anzutreiben, damit sie davonlaufen und die nötige Bewegung bekommen.

Ich entdecke Mrs Williams mit einem Clipboard in der Hand, wie sie mit einem Rancharbeiter spricht, der auf einer Leiter steht und die Sturmschäden an den Dachschindeln begutachtet. In der Ferne ist eine Gruppe von Männern dabei, den Zaun zu flicken, durch den die Pferde am Vortag ausgebrochen und mir vor den Wagen gelaufen sind.

Aus einem Gefühl heraus dreht Brent sich zum Fenster um und tippt mit dem Finger an die Krempe seines Huts. Sein Lächeln ist ebenso breit wie meins. Er reicht das Seil an einen anderen Cowboy weiter, springt über den Zaun und läuft auf das Haus zu.

Augenblicke später steht er vor mir, zieht mir das Laken weg und drängt mich zurück zum Bett.

Ich greife zu seinem Gürtel und spüre das kühle Metall auf meiner Haut. »Ace«, sagt er sanft. »Ace.«

Und etwas in mir verschiebt sich und springt genau an die richtige Stelle.

Kalt erwischt

Nena Clements

»Haut ab!«

Schreie und Gekreische zerrissen die friedliche Nachmittagsruhe. Reece blickte von dem Zaundraht hoch, den er gerade zog, und sah gerade noch eine Person, die schnell wie der Blitz den Hügel hinabschoss. Mit fuchtelnden Armen rannte sie geradewegs auf den See zu. Dann sprang sie ins Wasser, und seine Neugier war geweckt.

Reef ließ das Werkzeug fallen und lief die hundert Meter bis zum See, wobei er sich unterwegs die Arbeitshandschuhe auszog. Das unruhige Wasser glänzte in der Nachmittagssonne, als plötzlich eine Frau die Wasseroberfläche durchbrach.

»Lacy Wills, was zum Teufel machst du da?«

Sie trug alte Arbeitshosen und ein altes Männerhemd. Fast wie ein Junge hatte sie ausgesehen, als sie so den Hügel heruntergerannt kam, abgesehen von ihren Kurven.

Wasser floss aus ihren haselnussbraunen Locken und ihrer Kleidung, als sie aus dem See herausstieg. Das nasse, dünne Hemd klebte ihr am Körper, sodass sich ihre Figur darunter abzeichnete. Die Jungenhosen waren zu weit für ihre schmale Taille und hingen tief auf ihren wohlgerundeten Hüften und ihrem festen Hintern.

Reece stockte der Atem. Alle Tagträume, die ihm Lacy während des vergangenen Jahres beschert hatte, schienen ihn plötzlich einzuholen. Er spürte, wie ihm das Blut in die Lenden schoss, ohne dass er etwas dagegen tun konnte. Lacy war noch schöner, als er es sich vorgestellt hatte.

Sie warf den Kopf zurück, damit ihr das Wasser nicht ins Gesicht laufen konnte und strich ihr Haar zurück. Er versuchte noch immer, sein plötzliches Verlangen in den Griff zu bekommen, als sie die Augen öffnete und ihn direkt ansah.

»Was starrst du so, Reece?«

Verdammt. Hitze schoss ihm in die Wangen. Er sollte nicht auf die beste Freundin seiner Schwester schielen. Aber ihr Körper sollte sich auch nicht so benehmen, zum Teufel auch. Er zwang sich, nicht an sich herunterzublicken, um nach seiner Erektion zu sehen.

»Hab mich nur gefragt, warum du den Hügel heruntergerannt bist und dabei wie eine Wilde geschrien hast. Und warum bist du so angezogen?«

Sie schüttelte den Kopf und brachte damit Teile ihres Körpers in Bewegung, auf die er nicht sehen sollte.

»Ich wollte an den Honig im Bienenstock in der großen Eiche. Auf die kann ich nicht im Sonntagskleid klettern. Ich hatte gerade einen Finger im Honig, als sie mich angegriffen haben.« Sie fuchtelte über ihrem Kopf in der Luft herum. »Siehst du sie nicht?«

Erst jetzt fiel ihm auf, dass einige Bienen in der Nähe herumschwirrten.

»Also mit dem Sprung in den See wolltest du sie abhängen. Verstehe. Komm raus, Lacy. Jetzt bist du sicher.« Reece machte einen Schritt auf sie zu und streckte ihr die Hände entgegen.

»Ich komm allein raus.«

Sie hielt ihre Hose an der Taille fest, begann zum Ufer zu

waten – und war im nächsten Moment im Wasser verschwunden. Vielleicht war es nur eine Kuhle auf dem Boden des Sees, doch Reece wollte kein Risiko eingehen. Mit Stiefeln und allem sprang er ins Wasser.

Gemeinsam mit Lacy kam er wieder an die Oberfläche, die Hände um ihre schmale Taille gelegt. Ihr Körper war viel zu nah. Ihre runden Rehaugen blickten ihn an, als seine Füße auf dem glitschigen Grund Halt suchten.

Reece wurde sich bewusst, dass seine Hand durch das Treiben im Wasser nun unmittelbar unter ihrer linken Brust lag. Absolut unangemessen, und die einfache Berührung reichte, um seinen Schwanz hart wie einen Rammbock werden zu lassen.

Doch er konnte die Hand nicht sofort dort wegnehmen. Lacy paddelte noch im Wasser, ihre Füße etwa auf Höhe seiner Knie, und wenn er sie nun anders festhalten wollte, würde er sie dabei erst einmal mit all ihren verlockenden Kurven an seine Brust und seinen Unterleib drücken müssen. Der Himmel wusste, dass das keine gute Idee war. Verdammt. Nicht jetzt.

Ihr Körper gab unter seinen Händen nach. Rehaugen trafen seinen Blick, und ihre schmalen Hände griffen nach seinen Armen, und plötzlich schwiegen sie beide. Er sah, wie sich eine zarte Röte über ihre sonnengebräunten Wangen ausbreitete, was nicht an ihrem unfreiwilligen Tauchgang liegen konnte.

»Ist alles in Ordnung?«, fragte Reece, um die Spannung zu brechen.

»Das wird es, wenn du mich runterlässt.« Auf ihren Wangen lag nun ein noch tieferes Rot.

»Nur wenn du mir versprichst, nicht zu ertrinken.« Vorsichtig ließ er ihre Füße auf den Boden hinab und nahm die Hand von der sinnlichen Kurve ihres Brustansatzes. Als Lacy ihre vollen Lippen zu einer schmalen Linie verzog und eine Braue in die Höhe zog, grinste er.

Dass sie sich nun tiefer im Wasser befand als zuvor, machte die Sache für ihn nicht leichter. Der untere Teil ihres Hemds trieb nach oben, und die oberen Knöpfe öffneten sich und gaben den Blick auf den zarten Stoff ihrer Unterwäsche frei, die sich verführerisch an ihr Dekolleté schmiegte. Sein Blick wanderte über jeden Zentimeter ihres Körpers, den er sehen konnte. Ihre üppigen Kurven weckten das Feuer in ihm.

Nachdem sie wieder fest auf beiden Füßen stand, nahm Reece die Hände von ihrer Taille.

Da legte Lacy die Finger um sein Handgelenk und zog mit aller Kraft an seinem Arm. Die überraschende Bewegung riss ihn von den Füßen. Bevor sein Kopf im Wasser versank, umspielte ein süffisantes Grinsen ihren Mund.

»Was zum Teufel soll das?« Er spuckte, als er wieder an die Oberfläche schoss. »Ich habe nur versucht zu helfen, Lace. Kein Grund, mich zu ertränken.«

»Ich habe dich nicht um Hilfe gebeten.« Sie hatte die Hände in die Hüften gestemmt, und ihr Atem ging heftig. Ihre braunen Augen blitzten ihn an.

Reece versuchte, Boden unter die Füße zu bekommen, was bei dem Wasser in seinen Stiefeln nicht ganz einfach war. Er hatte sich noch nicht wieder ganz aufgerichtet, als sich Lacy in seine Richtung stürzte. Was hatte sie vor?

Auf ihrem Gesicht lag dasselbe Lächeln wie immer, wenn sie ihrem Bruder Thad einen Streich spielen wollte. Das verhieß nichts Gutes.

Reece hob eine Augenbraue, als sie näher kam. Er kannte

ihre Spielchen. Eine Feder hätte ihn umhauen können, wenn ihn Lacy am Hemd packen und sich gegen ihn lehnen würde. Ihre Schokoladenaugen suchten seinen Blick, wanderten dann weiter zu seinem Mund. Sein Mund wurde trocken, als sie ganz nah kam und mit ihrer rosa Zunge über ihre Unterlippe fuhr, bevor sie ihm vorsichtig einen Kuss auf den Mund hauchte.

Ein tiefes Stöhnen kam drang seiner Kehle, als sie sich wieder zurückzog. Sie schmeckte nach Honig und roch nach feuchten Wildblumen. Ein schüchternes Zucken ihres Mundwinkels und ein Funkeln in ihren Augen verrieten, wie viel Vergnügen ihr die Sache machte.

Instinktiv legte Reece die Arme um ihre Schultern und zog sie an sich. Lacy ließ ihn gewähren, schmiegte sich an ihn und hob ihr Gesicht. Er beugte sich zu ihr, und sein Mund schloss sich über ihren warmen Lippen, und er küsste sie leidenschaftlich. Die Berührung schien die feuchte Haut seines Körpers zu versengen, und er hätte schwören können, dass Dampf von den Wassertropfen aufstieg.

Für Reece gab es in diesem Moment nichts anderes mehr als Lacy und wie ihre Hände über seinen muskulösen Rücken glitten und sich ihre Finger in seine Schultern gruben. Sie presste sich an ihn, und er spürte den süßen Druck ihrer Kurven gegen seine feste Brust und ihre weiche Haut, als seine Hände unter ihr Hemd fuhren.

Sie küsste ihn mit gleicher Leidenschaft, hart und fordernd. Als seine warme, weiche Zunge ihren Mund erforschte und mit ihrer zu spielen begann, stöhnte auch sie wie zur Antwort. Der Griff um seine Schultern wurde fester, und in ihm wuchs die Erregung, als sich der Geschmack von Honig mit dem von Lacy verband.

Unter der Wasseroberfläche schlang sich ein schlankes Bein um seine nasse Jeans, während sich Lacy an ihm nach oben zog. Reece legte die Hände um ihren Po und hob sie an.

Gott, er war gestorben und in den Himmel gekommen. Wie sonst konnte es sein, dass sich Lacy Wills um ihn wand wie eine Schlange um einen Baum.

Lacy klammerte sich an Reece, als hinge ihr Leben davon ab. Erst als sich der Nebel der Lust in ihrem Kopf zu klären begann, wurde ihr bewusst, dass sie sich um diesen Mann geschlungen hatte, als wäre er eine mächtige Eiche. Doch sie hatte keine andere Wahl gehabt, als sie sah, wie er aus dem Wasser an die Oberfläche kam. Jeder einzelne Muskel hatte sich unter dem nassen Hemd abgezeichnet, das ihm am Körper klebte. Wassertropfen funkelten auf seinen gebräunten Armen, und selbst die Brusthaare, die aus seinem Hemdkragen lugten, ließen sie vor Verlangen erbeben.

Mit einem Mal war sie sich all der Jahre bewusst, die sie Reece McCord nun schon kannte und schätzte. Sie war die jüngere Schwester seines besten Freundes, und sie hatte schon immer gedacht, dass er wie einer dieser griechischen Götter aussah, über die sie in der Schule gelesen hatte.

Heute war er ein fleischgewordener griechischer Gott. Das sandfarbene Haar klebte ihm an der hohen Stirn. Goldgrüne Augen glänzten, als er sich das Teichwasser aus dem Gesicht wischte. Ihr erster Impuls war es, sich wie üblich über ihn lustig zu machen. Doch etwas in ihr hatte *klick* gemacht, und all die Andeutungen und Zeichen, die der Mann ignoriert oder einfach nicht bemerkt hatte, ließen sie sich nur noch mehr nach seiner Aufmerksamkeit sehnen. Diese Gelegenheit dürfte sie nicht verschenken. Lacy griff danach, mit beiden Händen und dem größten Teil ihres Körpers.

Als sie mit dem Mund über seinen strich, war sie sich sicher, dass sie Reece mit einer Feder hätte umwerfen können. Seine Knie schienen unter der Berührung ihrer Beine nachzugeben. Sie konnte kaum glauben, welche Wirkung sie auf ihn ausübte, als Reece sie mit solcher Verzweiflung an sich drückte, als wolle er sie nie wieder loslassen. Nicht dass sie etwas dagegen gehabt hätte. Zwei lange Jahre voller Flirtversuche, niedergeschlagener Augen und Knuffe in den Arm – jeder Mann bei gesundem Verstand hätte da bemerkt, wie sehr sie ihn mochte … zumindest ansatzweise.

Nichts, was sie versucht hatte, hatte irgendeine Wirkung gezeigt. Sie war Thads kleine Schwester, und sie vermutete, dass Reece einfach nichts anderes in ihr sah.

Doch heute war es anders.

Heute wollte sie ihm zeigen, dass sie eine Frau war. Es *musste* ausgerechnet an dem Tag sein, an dem sie Thads Hosen und sein formloses Hemd für ein Lausbubenabenteuer angezogen hatte – die Jagd nach wildem Honig. Den wilden Schopf haselnussbrauner Locken hatte sie sich mit einem Lederband zurückgebunden. Sie war nicht einmal mit einer Bürste hindurchgefahren, bevor sie das Haus verlassen hatte.

Und nun küsste Reece sie mit solcher Inbrunst und einem solchen Hunger, dass sie vor Freude hätte ohnmächtig werden können. Ihre Zunge spielte mit seiner, und seine großen Hände hielten sie auf seinen schlanken Hüften. Ihre Füße hatte sie hinter seinem Rücken verschränkt.

»Oh, Reece.« Sie schnappte nach Luft, als sie für einen kurzen Moment voneinander ließen.

»Lacy«, murmelte er. Die Stirn an ihre gepresst, sah er sie an. »Thad wird mich umbringen.«

»Thad hat hiermit nichts zu tun, Reece.« Sie fuhr ihm mit den Händen durchs Haar und zog seinen Kopf noch näher an sich heran.

»Oh doch«, erwiderte Reece. »Er hat mir gesagt, dass ich die Finger von dir lassen soll.« Seine Hände fuhren über ihren Rücken.

»Du hast mich nicht angefasst. Ich habe dich angefasst.« Sie hauchte Küsse auf seine gebräunten Wangen.

Kleine Lachfalten zeigten sich in seinen Augenwinkeln, als er ein Stück zurückwich und sie anlächelte. »Nicht dass ich nicht schon seit Jahren daran gedacht hätte, Lacy.«

»Wie konntest du mich so an der Nase herumführen?«

Sie nahm sein hübsches Gesicht in ihre Hände und bedeckte seinen Mund mit zärtlichen Küssen. Dann küsste sie seine Nase, seine Wangen, sein stoppeliges Kinn, küsste ihn bis hinunter zu seinem Adamsapfel.

»Bring mich an Land, Reece«, sagte sie, an seinen Hals geschmiegt, durch den das Blut pulste.

Reece hob sie hoch, während sie ihre Arme um seinen Nacken schlang und sich noch fester an ihn schmiegte. Ohne Anstrengung watete er zum grasbewachsenen Ufer. Seine muskulöse Schulter rieb gegen ihre Brüste, und das raue Gewebe ihres Hemdes reizte ihre aufgerichteten Nippel.

Reece kniete sich auf den Boden, Lacys Beine noch immer um sich geschlungen. Er setzte sie auf weichem Frühlingsgras ab, neben einer mit Geißblatt überzogenen Hecke. Über den gelben Blüten, die einen süßen Duft verströmten, summten die Bienen. Lacys köstlicher Mund und ihre weiche Gestalt erfüllten jeden Zentimeter seines Körpers mit Verlangen.

Flinke Finger machten sich an seinen Hemdknöpfen zu schaffen. Er wollte nichts mehr, als endlich nackt zu sein und sich in ihr zu verlieren. Doch die Tatsache, dass sie Thads kleine Schwester war, dröhnte wie eine laute Stimme in seinem Hinterkopf und über die Lust hinweg.

»Lacy. Was machst du da?« Er hielt ihre Hand fest und begegnete ihrem fragenden Blick. »Wir können das nicht tun.«

Ihre Augen wurden schmal vor Ärger. Mit zarten Fingern fuhr sie ihm unter dem Hemd durch das Brusthaar, während sie gespannt seine Reaktion abwartete.

Reece holte scharf Luft, verfluchte den stetigen Blutstrom in seine Lenden und kämpfte darum, die Kontrolle zu bewahren.

»Sag mir, dass ich damit aufhören soll«, flüsterte sie gegen sein Kinn. »Sag mir, dass du es nicht ebenso sehr willst wie ich, Reece.«

Er blickte in die Tiefen ihrer Schokoladenaugen. Augen, die voller Verheißung waren. Augen, in denen er sich verlieren wollte.

Herr im Himmel. Seine Entschlossenheit verschwand. Er war Lacy Wills ausgeliefert, was auch immer die Konsequenzen sein mochten.

Reece gab sich ihren geschmeidigen Lippen hin, saugte und knabberte an ihrer Unterlippe. Süßes Flüstern drang aus ihrer Kehle, während sie die restlichen Knöpfe seines nassen Hemdes öffnete, bis ihre warmen Handflächen über seinen flachen Bauch wandern konnten. Sein Rücken bog sich ihren Nägeln entgegen, als er seine Lenden vorsichtig zwischen ihre Schenkel schob.

»Oh, Lacy.« Reece stützte die Ellbogen so auf, dass ihr Kopf und ihre Schultern zwischen seinen Armen lagen.

Sie öffnete ihr Haar und lächelte ihn an. Ihre Locken lagen wie ein haselnussbraunes Meer um ihren Kopf herum. Sie war wunderschön.

Was für vollkommene Unschuld und absolutes Vertrauen. Das konnte er unmöglich ausnutzen.

Lacy schob ihre Arme unter seine Brust und öffnete die Knöpfe ihres eigenen Hemdes. Reeces Kopf sagte ihm, dass er sie daran hindern sollte, doch die Worte wollten ihm nicht über die Lippen kommen. Er folgte jeder ihrer Bewegungen, während sie Stück für Stück ihre cremeweiße Haut entblößte.

»Lacy, das sollten wir nicht tun.« Er nahm ihre Hände in seine, um ihr Einhalt zu gebieten, doch dann zögerte er.

Ihre Augen leuchteten, als sie das Baumwollhemd über den Ansatz ihrer Brüste schob. Mit einem Griff streifte sie die Träger ihres Unterhemdchens ab. Ihre dunklen, aufgerichteten Knospen betörten ihn. Reece stöhnte leise und rollte sich auf die Seite. Er legte ein Bein über ihres, während seine Hand über die weiche Kuhle in ihrem Bauch wanderte und über die Kurven ihrer Hüfte.

Sie fühlte sich wie Seide an. Er umschloss ihre Brust mit einer Hand. Beim leichtesten Druck stockte ihr der Atem. Er liebkoste das weiche Fleisch unter seinen Fingern.

Guter Gott, sie anzufassen war das Paradies für ihn.

Reece konnte die Versuchung, die von ihrer Brust ausging, kaum ertragen. Er sah ihr in die halb geschlossenen Augen, in denen sich ihr Vergnügen spiegelte, und senkte den Kopf, um an einem der dunklen Nippel zu saugen und ihn mit der Zunge zu umkreisen. Er sog ihn tief zwischen seine Zähne und freute sich darüber, wie ihr Körper sich sanft gegen seinen drückte und vor Anspannung bebte.

Er schob ein Bein zwischen ihre und rieb mit dem Knie gegen ihren Schoß. Lacy presste ihre Lippen auf die Kuhle unterhalb seiner Kehle. Wieder schienen Flammen durch ihn hindurchzuschießen, und Reece begann, sich mehr vor sich selbst zu fürchten als vor Thads Zorn.

Flink öffnete sie die Knöpfe seiner Hose, und bevor er wusste, wie ihm geschah, lag ihre Hand auf seinem Schwanz. Er holte tief Luft, um sich zu beruhigen, während das Blut aus seinem Kopf direkt in seine Lenden zu schießen schien. Wieder ließ ihn die sanfte Berührung ihrer Hand aufstöhnen. Sie war der Himmel auf Erden, und sein Köper wusste das. Guter Gott, wenn er sie jetzt nahm, würde er wahrscheinlich auf der Stelle vor Lust sterben.

»Oh, Reece.« Lacy seufzte, während ihre Hand über seinen Schwanz strich. »Das hätte ich mir nie erträumt.«

»Was denn, Süße?« Er bedeckte ihre schwellenden Brüste mit Küssen, und seine Hände strichen warm über die Kurven ihrer Hüfte bis zu ihren Brüsten. Sie war wundervoll.

»Dass er so groß ist.« Ihre Finger umschlossen ihn, und jeder Muskel ihres Körpers war angespannt, als ihre Hand an seinem Schwanz nach oben strich.

»Himmel, Lacy. Tu das nicht. Du machst, dass ich gleich komme, aber ich bin noch nicht so weit, jetzt noch nicht.« Er vergrub das Gesicht in ihrer Halsbeuge und badete in ihrem Duft, bis sie ihren Griff lockerte.

Ihre Hand wanderte von seinem Schwanz zu seinem Hosenbund, und er spürte ihre Wärme, als sie ihm den nassen Stoff über den Hintern und die Schenkel hinunterzog.

Sie hob den Kopf ein Stück und grinste, als die Hose über seine Knie nach unten rutschte. Mit etwas Mühe befreite er sich von seinen Stiefeln und Socken und kickte dann die

Hose von sich, während er sich gleichzeitig das Hemd auszog. Dann widmete er sich den Knöpfen ihrer Hose. Es war fast ein Wettkampf, wer sie schneller öffnen konnte. Lacy riss fast einen Knopf ab, als sie Hose und Slip herunterzog, um ihr Dreieck aus dunklen Locken und den Ansatz ihrer schlanken Schenkel zu entblößen.

Reeces Mund wurde trocken, als sein Blick über ihren Körper glitt. Sie lag auf dem grünen Gras, auf ihren Ellbogen aufgestützt, und sah ihn mit ihren großen braunen Augen erwartungsvoll an. Er beugte sich über sie, wobei er sich mit beiden Armen abstützte. Thad würde ihn umbringen für das, was er mit Lacy machen wollte. Sein Verstand wusste, dass er einen Rückzieher machen sollte, doch Lacy streckte die Hand aus und zog ihn zu sich herunter.

Ihre Berührung war unmissverständlich und fordernd. Er konnte es ihr nicht versagen und wollte es auch sich selbst nicht versagen. Er spürte einen brennenden Hunger in sich.

Reece ließ sich auf Lacys Körper sinken. Haut auf Haut. Sein Blut kochte, und sein Herz hämmerte. Er konnte kaum atmen aus purer Freude darüber, Lacy Wills berühren zu dürfen, ihren ganzen Körper. Ihre Brüste drückten sich heiß und weich gegen seine Brust. Ihre Schenkel strichen über sein raues Haar. Lacy stöhnte unter der Hitze seiner Haut. Jedes Tröpfchen Feuchtigkeit zwischen ihnen schien bei der geringsten Berührung zu verdampfen.

Sein Körper drückte sie vorsichtig in das weiche Gras. Sie bewegte die Schenkel und öffnete sich für ihn. Reece hielt den Atem an, als er spürte, wie ihr schlankes Bein an der Außenseite seines Beins entlangstrich bis über seinen Hintern. Sein Schwanz lag im weichen Haar ihres Schoßes. Die Berührung ließ die Spannung in ihm steigen. Er wusste nicht, wie er es noch länger aushalten sollte. Lacy unter ihm und um ihn herum. Er musste wirklich gestorben und im Himmel sein.

Lacy schlang die Arme um seinen Hals. Ihre Hände gruben sich in sein Haar, und ihre vollen Lippen bedeckten seine Kehle und seinen Kiefer mit Küssen, bis sie schließlich seinen Mund erreichten. Sein Herz schlug hart gegen seine Rippen, und nur in seinem Schwanz pochte es noch heftiger.

Ruhig, ganz ruhig, versuchte er sich zu bremsen. Reece wollte sie nicht drängen. »Bis du dir sicher, dass du das willst?«, murmelte er zwischen den Küssen.

Ihre braunen Augen sahen zu ihm hoch. Lust und Verlangen standen in ihnen – dasselbe Verlangen, das er während des ganzen letzten Jahres verspürt hatte. Nun kam es mit solcher Kraft an die Oberfläche, dass er betete, sie möge ihn nicht um Zurückhaltung bitten.

»So sicher wie noch nie in meinem Leben, Reece McCord.«

Sie drückte sich mit dem Becken gegen seinen langen, harten Schwanz. Er holte tief Luft, um das Inferno, das in ihm wütete, unter Kontrolle zu bekommen. Während er sich auf einen Ellbogen stützte, die Hüfte ins Gras gedrückt, fuhr Reece mit der Hand über ihren flachen Bauch und genoss die seidige Wärme ihrer Haut. Seine Finger fanden den süßen Ort zwischen ihren Schenkeln. Er spürte, wie sie sich unter seiner Berührung anspannte.

Er beugte sich vor, und seine Lippen hauchten einen zärtlichen Kuss auf ihre Braue. »Es ist in Ordnung, Liebling. Entspann dich.«

»Ich habe keine Angst vor dir, Reece.« Lacys rosafarbene Mundwinkel lächelten, als sie sich seiner Hand entgegenbog. »Berühr mich überall, bitte.«

»Ich werde dich überall küssen, Liebling.«

»Mmm. Das wäre auch schön.« Ihre braunen Augen schlossen sich, und sie räkelte sich wohlig unter ihm.

Sein Herz machte einen Sprung. Sie wollte ihn. Lacy Wills wollte ihn. Reeces Herz machte einen übermütigen Satz. Er wollte sie so sehr, wollte Lacy allein. Wenn auch sie ihn wollte, dann würde er ihr die Sterne vom Himmel holen.

Reeces Hand glitt zwischen ihre Lippen, und ein Stöhnen drang aus seiner Kehle. Er spürte ihre Feuchtigkeit, als er mit einem Finger in sie glitt. Sie bog sich seiner Berührung entgegen, während sie voller Wonne ihre Nägel in seine Schultern grub. Lust lag in ihrer Stimme, als ihn ihr leises Stöhnen einlud, seine Entdeckungsreise fortzusetzen. Ohne sich darüber bewusst zu sein, öffnete Lacy ihre Schenkel für ihn.

Oh Gott. Er hätte jederzeit in sie eindringen können, so hart und erregt wie er war. Doch welches Vergnügen würde ihr das verschaffen? Reece wollte, dass sie es genauso genoss wie er und die Schönheit in dem sah, was sie gerade teilten.

Seine Hand strich sanft über ihre Lippen, während sein Daumen gegen ihre kleine Perle drückte. Die Berührung ihrer Klit trieb sie in seine Hand, und sie seufzte laut vor Verlangen. Himmel, was für einen Kick ihm dieses Geräusch gab.

»Gib mir mehr, Reece. Ich brauche mehr.«

»Langsam, Lacy. Du willst doch nicht, dass ich es überstürze, oder?«

»Ja! Oh bitte, ich will dich ganz.«

Reese glitt mit einem zweiten Finger und etwas fester in sie, um sie zu öffnen. Erleichtert stellte er fest, wie sie auf ihn reagierte und sich unter seiner Berührung entspannte.

»*Jetzt*, oder ich mach es mir selbst.«

Reece musste ein Lachen unterdrücken. »Ich kann dir einfach nichts abschlagen.«

Er rollte sich auf sie, wobei er mit den Ellbogen, die er rechts und links neben ihrem Körper absetzte, den größten Teil seines Gewichts abfing. Unsicher sah Reece sie an. Doch sie kam ihm einladend entgegen. Lacy hatte die Augen geöffnete und verbarg nicht, dass dieser Moment etwas ganz Besonderes für sie war. Ihre Augen versanken in seinen und drängten ihn in wortlosem Staunen weiter.

Lacys Beine wanderten hinauf zu seinen Hüften und umschlangen ihn. Sie verschränkte die Füße und zog ihn fest an sich.

Mit einem leichten Stoß drang er in sie ein. Warme Feuchtigkeit umschloss ihn, als ihn ein Gefühl intensiver Leidenschaft durchflutete. Wäre er nicht schon auf Knien gewesen, hätte ihn Lacy nun dazu gebracht. Während die Anspannung in ihm weiter stieg und es in seinem Schwanz und seinen Eiern pulsierte, begann er, mit langsamen, tiefen Stößen seinen unstillbaren Durst auf Lacy zu löschen.

Lacy hing an ihm und bog sich ihm bei jedem Stoß entgegen. Falls er ihr wehtat, so zeigte sie es nicht. Sie wand sich unter ihm und zeigte eine Leidenschaft, wie Reece es von keiner anderen Frau kannte.

Ihr Körper drückte sich fest an ihn und zeigte ihm so, dass ihr Verlangen ebenso groß und unermesslich war wie sein eigenes. Reece stöhnte aus tiefster Kehle, als er sich in ihr bewegte, bis er schließlich die Hüften fest gegen ihren geschmeidigen Körper drückte und so innehielt. Die wundervoll weiblichen Geräusche, die aus ihrem Mund drangen, trieben ihn auf den Höhepunkt zu, genauso wie die ihn umschlingenden Beine und der Druck ihrer Finger in seinen Schultern.

In diesem Moment kam Lacy zum Orgasmus, und ein stummer Schrei flog über ihre Lippen. Ihr Körper klammerte sich an ihn, pulsierte und zuckte. Noch ein Stoß, und Reece spürte, wie die Welt um ihn explodierte, als auch er endlich Befriedigung fand. Sein Griff wurde noch fester, und er zog sie eng an sich. Tief sog er Lacys Duft und den des Grases ein, während sein Körper steif wie ein Brett wurde.

Die intime Vereinigung ihrer Körper ließ Lacy mit seinem Herzen und seiner Seele verschmelzen. Sie gehörte ihm. Er betete nur, dass sie sich nicht darüber lustig machen würde. Lacy Wills war alles, was er sich vom Leben wünschte.

Es dauerte einige Minuten, bis sich sein Körper entspannte und aus den Höhen zurückkehrte, in die ihn Lacy katapultiert hatte. Reece rollte sich zur Seite und schmiegte sich an sie, ein Arm um ihre Taille geschlungen, der andere unter seinem Kopf. Ginge es nach ihm, würde er jeden Tag damit zubringen, diese wunderbare Frau zu berühren. Für sie zu sorgen und sie glücklich zu machen war alles, was er wollte.

Lacy streckte sich neben ihm aus. Ihre Hand fuhr warm über seinen Arm, und sie schmiegte ihre Schulter an seine Brust. Ihre Augenlider flatterten halb geöffnet, was ihr einen verträumten Ausdruck gab. Ein Lächeln so groß wie Texas spielte um ihren sinnlichen Mund. »Das war ... das war einfach unglaublich. Ich hatte ja keine Ahnung, Reece McCord.«

»Ja, das war verdammt noch mal wundervoll, mein Liebling.« Seine Hand fuhr in langsamen Kreisen über ihren Bauch. »So habe ich mich noch nie in meinem Leben gefühlt, Lacy.«

»War es auch für dich das erste Mal?« Ungläubig sah sie ihn an.

»Nein, Schatz. Obwohl es das erste Mal war, dass ich wirklich Liebe gemacht habe. Im Vergleich dazu bedeuten die anderen Male nichts.« Reece musste schlucken. Er legte seine freie Hand auf ihre Wange. »Ich liebe dich, Lacy Wills, und ich will, dass du jeden Abend und jeden Morgen in meinem Bett liegst. Doch wenn dein Bruder Wind davon bekommt, dann bringt er mich um. Deshalb solltest du mir lieber sagen, dass du mich jetzt gleich heiraten wirst. Ich möchte wirklich keine Hochzeit mit vorgehaltener Waffe, und du bestimmt auch nicht.«

Lacy gab ihm einen Stoß gegen die Brust. »Was macht dich so sicher, dass ich dich heiraten will, Reece? Es sind eine Menge Kerle an mir interessiert.«

»Das mag schon stimmen. Aber du bist in keinen von ihnen verliebt. Du bist in mich verliebt, Lacy Wills. Und nichts, was du sagst, kann mich vom Gegenteil überzeugen.«

Eine leichte Röte überzog ihre Wangen. Sie konnte die Wahrheit nicht vor ihm verbergen. Dafür kannte er sie zu gut.

»Ich will keine Hochzeit mit vorgehaltener Waffe. Ich denke, mir bleibt keine Wahl. Ich werde dich heiraten, Reece McCord.«

Er schlang die Arme um sie und drückte sie fest. Sie hatte ihn kalt erwischt. Und das machte ihn zum glücklichsten Mann der Welt.

Manche mögen's schmutzig

Kimber Vale

Jenna McManus stand am Straßenrand und trat mit ihrem dreckigen Designerschuh gegen den Reifen des Lexus RX Hybrid. Die Kristallblume, die auf dem teuren Pumps prangte, war bereits mit einer dicken Staubschicht bedeckt und nicht mehr zu erkennen. Die Melodie von *Rhinestone Cowboy* kam ihr in den Sinn, als sie auf ihre ruinierten Schuhe blickte, und sie zog eine Grimasse. Sie wurde noch wütender.

»Es ist mir unbegreiflich, wie man so leben kann!«

Sie sprach mit sich selbst auf einer verlassenen Straße in Oklahoma. *Nun, nicht völlig verlassen.*

In der Ferne war eine Herde von Kühen zu sehen, die in der brennenden Nachmittagssonne nach Grasbüscheln suchten.

»Verdammt! Ich wusste, ich hätte mir kein Elektroauto anschaffen sollen!« Jenny schlug mit der Faust auf das Dach ihres Wagens. Sie lauschte dem Geräusch und dem, was ihr wie ein rhythmisches Echo davon erschien, bis ihr bewusst wurde, was sie da hörte. Tausende stampfende Hufe in der Ferne. Sie beschattete ihre Augen mit der Hand, die nach dem Schlag schmerzte, und entdeckte einen Mann auf einem Pferd. Er saß aufrecht auf einem gewaltigen Ross und wurde von einem Hund begleitet, der blitzschnell hin und her lief und dafür sorgte, dass das Vieh zusammenblieb.

Jenna warf einen letzten Blick auf ihr Handy.

Na toll, immer noch kein Empfang.

Mit einem resignierten Seufzer stolzierte sie los, wobei ihre Absätze bei jedem Schritt in der trockenen Erde versanken. Dieser Trip entpuppte sich als tausendmal schlimmer als befürchtet. Sie winkte mit der Hand über dem Kopf und sah, dass der Cowboy sie bemerkt hatte und sein Pferd in ihre Richtung wendete.

Gott sei Dank. Hier muss es doch irgendwo ein funktionsfähiges Telefon geben.

Es kam ihr plötzlich unwirklich vor, dass ihre Firma »Natural You« sie ins gottverdammte Nirgendwo geschickt hatte, um unter ihren Biomilch-Lieferanten jemanden mit Potenzial für eine Werbekampagne zu finden.

Was hatte hier schon Potenzial?

Das hier war eine Einöde. Die Firma täte besser daran, eine entsprechende Kulisse aufzubauen und Leute in Kuhkostümen darin herumtanzen zu lassen. Sie wusste, dass die Menschen die Vorstellung von Naturprodukten und organischem Ackerbau liebten, aber die Natur selbst mochten nicht wirklich alle so sehr. Wenn man genau hinsah, war Natur schmutzig und anstrengend.

»Mist!« Sie war in einen Kuhfladen getreten. Wenn es bis zu diesem Zeitpunkt noch Hoffnung für ihre Schuhe gegeben hatte, so waren sie nun endgültig reif für die Tonne. Vielleicht konnte sie sie als Spesen absetzen.

Der Fremde ritt in einem atemberaubenden Galopp auf sie zu, der schwarz-weiße Hund immer an seiner Seite.

Sie sah sich schon von Mann, Pferd und Hund überrannt werden. Kein Wunder, dass die Kühe so gut gehorchten. Die drei hatten etwas Furchteinflößendes an sich.

Der Reiter wirbelte eine enorme Staubwolke auf, als er

neben ihr zum Stehen kam. Jenna trat eine Schritt zurück und landete mit dem anderen Schuh im Kuhfladen. Der Hund setzte sich, wedelte mit dem Schwanz und schien beinahe zu lächeln. Jenna sah hoch zu dem Gesicht, das unter einem Cowboyhut verborgen war. Die Augen des Mannes lagen im Schatten, und mit der strahlenden Nachmittagssonne in seinem Rücken konnte sie seine Gesichtszüge nicht erkennen. Doch sie hätte schwören können, dass er sie ebenfalls angrinste.

»Achten Sie lieber darauf, wo Sie hintreten, Miss. Das ist kein Ort für schicke Schuhe.«

Er schwang sich aus dem Sattel. Er war ein ganzes Stück größer als sie, bestimmt dreißig Zentimeter, und das, obwohl sie ihre Zehn-Zentimeter-Absätze trug. Jetzt konnte sie auch sein Gesicht sehen: sonnengebräunt und mit vollen Lippen, die sich zu einem ironischen Lächeln verzogen. Neben seinen blauen Augen zeigten sich Lachfalten, als er auf ihre schmutzigen Füße blickte. Sein gesamter Körper schien von einer Staubschicht bedeckt. Auf seiner blauen Jeans prangten braune Fingerabdrücke. Sein vormals weißes T-Shirt hatte eine hellbraune Farbe angenommen mit gelben Flecken unter den Armen, wo er den ganzen Tag über geschwitzt hatte. Es lag eng an seiner muskulösen Brust, und mit einem Mal war Jennas Mund trockener, als es in der Hitze nötig gewesen wäre. Sie schluckte oder versuchte es wenigstens, um ihre Kehle freizubekommen.

Sie streckte den Arm aus und schüttelte seine sandige Hand, die warm und kraftvoll war. »Hi. Danke, dass Sie mir zu Hilfe gekommen sind. Ich muss dringend telefonieren. Ich muss eine Besprechung absagen und einen Abschleppwagen rufen. Verdammtes Hybridauto.«

Er starrte sie schweigend ab, als ob er versuchte, ihre fremde Sprache zu übersetzen.

»Wird Zeit, dass man hier draußen Handyempfang hat! Sonst könnte es einen das Leben kosten, wenn man auf diesem Stück Straße strandet.« Sie lächelte und hoffte, ihn in ein Gespräch verwickeln zu können. »Ich kann nicht glauben, dass dieses Stück Asphalt eine Bundesstraße ist. Das hier ist kaum mehr als ein Trampelpfad.«

Der Cowboy hob eine Augenbraue, doch das Lächeln blieb auf seinem fein geschwungenen Mund, und es sah herausfordernd statt mitleidig aus. Sie schien wirklich nur Unsinn zu reden.

»Ich nehme Sie mit auf meine Ranch, dann können Sie Ihre Anrufe machen.« Er hielt sein dunkelbraunes Pferd an den Zügeln, offensichtlich ein Hengst, und gab ihr ein Zeichen, aufzusteigen.

»Was? Ich kann nicht auf diesem Ding reiten, unmöglich. Das hier ist ein knielanger Bleistiftrock.« Er war von Burberry, doch sie verzichtete darauf, die Marke zu erwähnen. Sie hatte ihre Zweifel, dass der Mann etwas anderes als Levis und Hanes kannte.

Ihre Augen glitten über seine jeansbedeckten Beine. Staubige braune Stiefel blieben direkt vor ihr stehen.

»Ich werde laufen«, sagte sie und fragte sich, warum er ihr plötzlich so nahe gekommen war. Sie konnte ihn riechen. Ein ganz eigener Duft von Schweiß und Erde ging von ihm aus. Irgendetwas an diesem Kerl war ganz und gar ungezähmt.

Seine rauen Handfläche legten sich auf ihre Hüften und strichen seitlich an ihrem Rock entlang nach unten.

»Was machen Sie da?«

Sie hasste es, wie atemlos ihre Stimme klang und dass sich

ihre Nippel als Reaktion auf seine Berührung plötzlich unter der dünnen Seidenbluse abzeichneten. Sie wollte ärgerlich klingen, nicht erregt. Ein völliger Reinfall.

»Ich helfe nur einer Dame in Not«, grummelte er, als das Geräusch von reißendem Stoff sie aus ihren Gedanken riss. Im nächsten Moment spürte sie, wie die warme Brise, die über die Prärie ging, über ihren nackten Hintern strich. Jenna griff hinter sich an eine nackte Pobacke. Der Fünf-Zentimeter-Schlitz an ihrem Dreihundert-Dollar-Rock hatte sich erheblich vergrößert.

»Und jetzt in den Sattel«, sagte er, trat hinter sie und griff ihr unter die Arme, als wäre sie ein neugeborenes Kalb. Er warf sie in den Sattel, und sie spürte das warme, geschmeidige Leder zwischen ihren Beinen. Ihr winziger Seidenslip war das Einzige, was zwischen ihrer nackten Haut und dem butterweichen Leder stand. Der Rock war bis zu ihrer Hüfte hochgeschoben, noch über den Gürtel, der ihre Seidenstrümpfe hielt. Jenna war sich sicher, dass der Fremde ihren Hintern sehen konnte.

»Was zum Teufel erlauben Sie sich?«

Sie versuchte, bestimmt zu klingen. Empört. Wo war die Jenna aus dem Sitzungssaal – die Frau, die den Grünschnäbeln und alten Hasen im Unternehmen gleichermaßen Angst einflößen konnte? Doch aus irgendeinem Grund klang ihre Stimme auf einmal piepsig und panisch zugleich. Der verdreckte Cowboy schob eine Stiefelspitze in den Steigbügel und schwang sich hinter ihr in den Sattel.

Ihr Schoß wurde nach vorn geschoben und drückte ihre Nervenenden gegen den harten Sattelknauf. Sie spürte seine Brust wie warmen Granit an ihrem Rücken, als seine Arme um sie herumgriffen, um den Hengst locker angaloppieren zu lassen. Jenna war sich bewusst, dass seine und ihre Beine sich berührten. Seine große, denimbedeckte Männlichkeit presste gegen ihren nackten Hintern. Mit jedem Schritt des Pferdes drängte sie sich gegen Jenna. Ihr Pussy wurde feucht, als sie so zwischen hartem Leder vor ihr und harter Männlichkeit hinter ihr gefangen war.

Er hat deinen Rock zerrissen und nicht einmal »Tut mir leid« gesagt. Dieser Mann ist ein Tier. Hör auf, dich von diesem Grobian erregen zu lassen!

Doch das war leichter gedacht als getan. Dieser wilde Kerl machte sie unglaublich an. Je länger sie ritten – und seine sonnenverbrannten Unterarme über ihre aufgerichteten Nippel strichen, während er an den Zügeln zog – umso geiler wurde Jenna. Und sie glaubte zu spüren, dass auch die Wölbung, die gegen ihren Hintern drückte, immer größer wurde. Unbewusst bewegte sie den Po vor seinem Schwanz und wurde mit einem leisen Stöhnen an ihrem Ohr belohnt.

In der Ferne tauchte ein Haus aus Holz auf, auch wenn der Begriff Haus nicht ganz passend schien. Es war ein Anwesen mit einer gewaltigen Scheune dahinter und einer großzügigen umzäunten Koppel voller Kühe.

»Wow. Ist das Ihr Haus?«

»Hat schon immer meiner Familie gehört. Doch nachdem meine Schwester geheiratet hat und nach Texas gezogen ist, bin ich der Einzige, der sich darum kümmert. Meine Eltern sind schon vor einigen Jahren gestorben.«

Sie liebte seinen texanischen Akzent, wie ihr plötzlich bewusst wurde. Tief und inbrünstig klang er nach dem Süden, und sie musste unwillkürlich an Elvis und Zuckerrohrsirup denken. Oder vielleicht auch an einen melassebedeckten Elvis. In Kalifornien sprach niemand so, da war sie sich sicher.

»Das Telefon ist in der Küche, geradeaus durch. Bedienen Sie sich.«

Er hob sie aus dem Sattel, und die kühle Luft, die nun über ihren nackten Po strich, fühlte sich enttäuschend an. Sie drehte sich um und sah, wie er beim Anblick ihres entblößten Hinterteils grinste. Er saß noch immer auf dem Pferd, sonst hätte sie ihn vielleicht sogar geohrfeigt. Oder geküsst.

Am liebsten beides.

»Ich muss noch ein paar Nachzügler einsammeln, die noch draußen sind. Bin gleich wieder zurück.« Er wendete das Pferd und galoppierte davon, mit donnernden Hufen und in eine braune Staubwolke gehüllt.

»Wunderbar«, rief sie ihm leise hinterher. »Und ich werde nach dem Nähzeug suchen und mich für mein Meeting mit dem Boss von Remington Dairy Corporation in Ordnung bringen. Aber vielleicht sollte ich auch einfach bleiben, wie ich bin, und hoffen, dass er einen ausgeprägten Sinn für Humor und eine Schwäche für wohlgeformte Hintern hat. Könnte sich bei unseren Verhandlungen als nützlich erweisen.«

Die Eingangstür war unverschlossen, und Jenna kickte ihre hochhackigen Schuhe zur Seite, bevor sie das rustikal und doch elegant eingerichtete Haus betrat. Es war überraschend sauber darin. Ganz und gar nicht, was sie erwartet hatte. Die Einrichtung war maskulin und modern, mit klaren Linien und von spartanischer Einfachheit. Gleichzeitig schafften das Holz und warme Erdtöne eine ansprechende, behagliche Atmosphäre.

Sie hatte sich gefragt, ob es vielleicht eine Mrs Cowboy gab, doch nun nicht mehr. Dieser Ort atmete Testosteron.

Die Küche war modern und praktisch, das Telefon auf der

makellosen schwarzen Anrichte war nicht zu übersehen. Jenna zog ihr Handy aus ihrer Clutch und suchte nach der Nummer von Mr Trent Remington. Das Band lief, und sie hinterließ eine kurze Nachricht mit der Bitte um einen neuen Termin, da sie Probleme mit dem Wagen hätte. Ihre Reise durch die Cowboyhölle würde sich dadurch um mindestens einen Tag verlängern.

Als Nächstes rief sie ihre Sekretärin in L. A. an und bat sie, ihr einen Abschleppwagen für den Wagen zu schicken. Eigentlich hatte ihr die Vorstellung eines »grünen« Fahrzeugs gefallen. Schließlich galt Mr Remington als echter Umweltfreak, und ein bisschen Speichellecken hatte noch keiner Karriere geschadet.

Wie auch immer. So etwas würde ihr nicht noch einmal passieren. Zum Meeting am nächsten Tag würde sie in einem bewährten Diesel erscheinen. Schließlich gab es diese schon lange genug, dass man sich nicht mehr mit den üblichen Kinderkrankheiten herumschlagen musste.

Jenna fand ihren Weg ins Wohnzimmer, das mit dem neuesten technischen Schnickschnack ausgestattet war. Davor lag eine große überdachte Veranda, die wahrscheinlich einen fabelhaften Blick auf den Sonnenuntergang bot. Jenna stand vor dem zweiteiligen Panoramafenster und sah die ersten Farbtupfer in Pink und Orange am Horizont. Für einen Augenblick konnte sie verstehen, welcher Reiz vom Landleben ausging. Die Aussicht war grandios.

Eine Berührung an ihrem Rücken ließ sie zusammenfahren. Sie drehte sich um, und ihr Retter stand vor ihr, nur dass er inzwischen sauber war. Handtuchtrockene Locken, deren Spitzen von der Sonne gebleicht waren, standen ihm widerspenstig vom Kopf ab, und ein Zwei-Tage-Bart beschattete seine ausgeprägten Wangenknochen und sein kräftiges Kinn. Er hatte sich saubere Jeans übergestreift. Offenbar hatte er es nicht für nötig befunden, sich noch irgendetwas anderes anzuziehen.

Auf seiner gebräunten Brust zeichneten sich die Muskeln ab, und darüber zog sich eine feine Schicht goldenen Haars. Sie sah auf seine nackten Füße und bemerkte, dass selbst diese gut aussahen und leicht gebräunt waren. Unverschämt sexy.

»Das ist eine beeindruckende Aussicht. Was für ein Blick.« Sie wusste, wie sich das anhören musste, wusste, dass sie seinen unglaublichen Körper anstarrte und sich die Lippen leckte.

»Ich habe das Gleiche gedacht, als ich hereingekommen bin.«

Jenna blickte nach oben und in das jungenhafte Grinsen auf seinem Gesicht. Aus der Nähe sah sie die Grübchen, wenn er lächelte. Verdammt. Sie war einfach verrückt nach Grübchen. Dann wurde ihr bewusst, was er gerade gesagt hatte – sie hatte ganz vergessen, dass ihr Hintern noch immer nackt wie auf dem Präsentierteller war.

»Der Rock war teuer, wissen Sie.«

»Ich kaufe Ihnen einen neuen. Aber Sie hätten unmöglich den ganzen Weg in Ihren Stadtschuhen laufen können.«

Sie holte tief Luft für eine scharfe Entgegnung, doch seine Hände hielten sie zurück. Wieder lagen sie um ihre Taille und glitten weiter in Richtung Po. Er roch nach Seife mit einer unverwechselbar männlichen Note darunter, die auch tausend Duschen nicht hätten abwaschen können. Sein natürlicher männlicher Duft ließ sie schwindelig werden, und ihre Hormone spielten verrückt. Er war wie ein Alpha-

Männchen, Pheromone und alles, dessen Reiz sie sich einfach nicht entziehen konnte.

»Ich vermute, ich hätte ihn genauso gut ausziehen können.« Seine flinken Finger fanden den Reißverschluss und öffneten ihn ganz langsam. Der Stoff fiel zu Jennas Füßen. Es gab nichts mehr als dünne Seide und Spitzenunterwäsche zwischen seinem eindringlichen Blick und ihrem bebenden Körper. Und plötzlich schien auch dies zu viel.

»Warum es dabei belassen?« Sie knöpfte ihre Bluse auf, während sie sprach, und genoss seinen hungrigen Blick, der jeder ihrer Bewegungen folgte. »Du hättest mich auch nackt über deinen Sattel legen und mich wie einen Gefangenen in dein Versteck verschleppen können.«

Mit der Zunge fuhr er sich über die sinnlichen Lippen. Jenna drückte den Rücken durch und streifte ihn mit ihren erregten Nippeln, als sie den BH öffnete und über ihre Schultern auf den Boden gleiten ließ.

»Nun, da ich hier bin, Sir, was werden Sie mit mir machen?«

Schneller als eine Klapperschlange schoss seine Hand vor und zog sie an sich. Sein hungriger Mund legte sich auf ihre Lippen. Bartstoppeln kratzten an ihren Wangen, als er sie leidenschaftlich küsste und seine Zunge ihren Mund erforschte.

Jenna stöhnte, während sie an seiner Unterlippe sog. Er hatte die Hände in ihrem Haar vergraben und bog nun ihren Kopf zurück, um sie am Kinn entlang und ihren Hals hinab zu küssen. Gott, sie wollte diese Berührung an ihren Brüsten spüren.

Als könnte er ihre Gedanken lesen, beugte er den Kopf und sein heißer Mund fuhr bis zu ihrer Brust hinab. Sie spürte seine Bartstoppeln und konnte es kaum erwarten, bis er endlich seine Lippen um ihre geschwollenen Nippel legte. Er saugte fest an ihr, ließ seine Zunge spielen. Jenna schrie auf und drängte sich gegen ihn, bevor er sich ihrem anderen Nippel widmete. Mit dem Daumen strich er über die aufgerichtete Knospe und schloss die Hand über ihre B-Körbchen-Brust, als wären es zwei Puzzleteile, die seit Langem schon zusammengehörten.

Völlig unerwartet richtete er sich dann wieder auf und nahm sie mit einer fließenden Bewegung auf seine breiten Arme. Sie schlang die Arme um seinen Hals und fühlte sich beunruhigend hilflos. In ihrem Leben drehte sich alles um Kontrolle und Macht. Doch dieser Mann zog ihr den Boden unter den Fußen weg, und die Verletzlichkeit, die damit einherging, fand sie überraschend stimulierend. Und unglaublich erotisch.

»Ich ziehe es vor, meine Gefangenen ins Schlafzimmer zu bringen. In der Hinsicht bin ich altmodisch.«

Seine tiefe Baritonstimme ließ sie fast den Verstand verlieren, und sie drückte sich mit ihren nackten Brüsten gegen ihn. Bevor sie wusste, wie ihr geschah, wurde sie mit sanftem Druck auf ein riesiges Bett gelegt und sah zu dem attraktivsten Mann hinauf, mit dem sie je zusammen gewesen war. Seine Augen leuchteten, als er den Reißverschluss seiner Levis öffnete und sie zu Boden fallen ließ. Als Nächstes verabschiedete er sich von seinen eng anliegenden Boxershorts und stand wie eine fleischgewordene griechische Statue vor ihr.

Sein Schwanz stand aufrecht und zeigte leicht in ihre Richtung. Er war groß, lang und sah unglaublich appetitlich aus, doch ihr prüfender Blick war nur kurz. Schon beugte er sich über sie und ließ seine warmen, rauen Hände über ihre

Waden gleiten. Und dann ihre Schenkel hinauf. Seine Finger fanden das elastische Bündchen ihres Strings. Mit einer flüchtigen Handbewegung streifte er ihn ihr ab. Das Gleiche tat er mit ihren Strümpfen und befreite sie dann von jedem anderen ihrer überteuerten Kleidungsstücken.

Seine kundigen Hände massierten das weiche Fleisch auf der Innenseite ihrer Schenkel und wanderten dabei aufwärts zu ihrer Pussy. In ihrem Bauch pulsierte die Erwartung, während er ihren Blick gefangen hielt und jede ihrer Reaktionen registrierte, damit seine Berührungen den erwünschten Effekt hatten. Endlich fuhren seine Fingerspitzen am Rand ihrer geschmeidigen Lippen entlang.

Jennas Atem ging flach wie bei einem verwundeten Tier, das auf den entscheidenden Schlag wartet. Er kam in Form eines Fingers, der langsam in ihre feuchte Spalte glitt. Er lockte sie und drang kaum in sie ein, bevor die benetzte Fingerspitze weiter zu ihrer Klit fuhr.

Dort ließ er sie auf ihrer Perle kreisen, bis Jenna nach Luft schnappen musste. Seine Augen waren dunkel vor Leidenschaft, als sich sein Kopf über ihren Schoß beugte. Zwei Finger glitten in sie hinein und seine Zunge leistete ihnen Gesellschaft. Er leckte sie voller Leidenschaft, während seine schwieligen Hände sie fickten. Er nahm ihre feste Perle in den Mund und saugte an ihr, während seine stoppeligen Wangen über ihre Lippen strichen. Jennas Körper spannte sich unter ihm an. Mit einem Aufschrei kam sie und vergrub ihre Hände in seinem Haar, während die Wellen eines gewaltigen Orgasmus über ihr zusammenschlugen.

Der Cowboy bewegte sich an ihrem Körper nach oben entlang. Seine Lippen fanden ihre, und sie konnte sich selbst auf seiner Zunge schmecken, was ihr Verlangen bis ins Unermessliche steigerte. Jenna spürte, wie die harte Spitze seines Schwanzes gegen ihr noch immer bebendes Fleisch drückte und ihre Öffnung suchte. Als seine große Rute in sie drang und sie ihn an ihrer Klit spürte, biss sie ihm in die Schulter. Immer wieder stieß er tief in sie hinein, sodass ihre Lust nicht abklingen konnte. Sie zerfloss fast, als er das Tempo steigerte.

»Du bist so feucht ... so heiß.« Seine Lippen an ihrem Ohr. Sie spürte seinen warmen Atem, als er stöhnte und an ihrem Ohrläppchen knabberte, während er sich weiter zwischen ihren Beinen bewegte.

Dann richtete er sich auf, setzte sich auf die Knie und griff nach ihren Fußknöcheln. Ihre Unterschenkel lagen auf seinen muskulösen Schultern, als er seinen Schwanz aus ihr zog, um mit der runden Spitze hoch und runter über ihre Spalte zu fahren. Er rieb sie, bis sie die köstliche Qual keine Sekunde länger aushalten konnte.

»Steck ihn in mich, Cowboy. Ich brauche dich – jetzt.«

Er gehorchte, schob langsam seinen Helm zwischen ihre Lippen und fickte sie nur mit der Schwanzspitze, während sein Daumen über ihre Klitoris strich.

Sie wollte schreien. Oder kommen. Als er es sah, stieß er sich mit aller Kraft in sie und fickte sie schnell und hart im Rhythmus seines Daumens. Jenna tat beides. Voller Befriedigung schrie sie auf und hielt ihn wie einen Schraubstock in sich fest. Er warf den Kopf in den Nacken und kam mit einem animalischen Laut zum Höhepunkt. Sein Schwanz zuckte, als er sich heiß in ihr ergoss. Als er sich schließlich auf sie fallen ließ, bedeckte er ihren Mund mit gierigen Küssen. Der Geschmack ihrer Säfte auf seinen Lippen war wie eine süße Droge, und Jenna schloss glücklich und entspannt die Augen.

Als sie wieder aufwachte, war es dunkel im Raum, und sie

war nackt unter dem Laken. Sie wickelte sich das Stück Baumwolle um den Körper und machte sich auf die Suche nach dem Mann, der ihre Welt kurz zuvor aus den Angeln gehoben hatte. Wie konnte sie einfach so eingeschlafen sein? Vermutlich weil es schon eine ganze Weile her war, seit sie so fantastischen Sex gehabt hatte. Ein Fick, der einem das Hirn wegblies, konnte verdammt ermüdend sein.

Ein Duft, der ihr das Wasser im Munde zusammenlaufen ließ, lockte sie in Richtung Küche. Mr Levis war gerade dabei, das Essen aufzutragen.

»Gebratene Ente aus Freilandhaltung mit neuen Kartoffeln und gartenfrischem Gemüse. Ich hätte dich auch ausgeführt, aber dafür bist du nicht angemessen gekleidet.« Er grinste sie von oben herab an, und seine Lachfalten und Grübchen ließen sie auf der Stelle dahinschmelzen. Er schloss sie in die Arme und küsste sie zärtlich auf die Lippen. »Ich hoffe doch, dass du nicht zu allen deinen Businesstreffen in diesem Aufzug erscheinst, Jenna.«

Ihr Herz setzte für einen Moment aus, und ihr Magen sauste dreißig Stockwerke in die Tiefe. Ihr Blick suchte seinen, damit er ihr erklärten konnte, was sie bereits wusste.

»Trent Remington, zu Ihren Diensten, Miss. Ich habe deine Nachricht gehört, während du geschlafen hast. Und ich bin mehr als glücklich, das Ende der Verhandlungen auf morgen zu verschieben, so haben wir noch einen gemeinsamen Abend.«

Sein Lächeln war atemberaubend. Jenna spürte, wie ihr Körper auf seine Nähe reagierte, und ausnahmsweise wusste sie nicht, was sie sagen sollte. Schließlich hatte er sie nicht an der Nase herumgeführt, und sie hatte ihn nicht einmal nach seinem Namen gefragt.

»Nun ja, jedenfalls scheint diese Geschäftsreise immer erfreulicher zu werden.« Sie grinste ihn spitzbübisch an, bevor sie seine Lippen küsste, denen sie einfach nicht widerstehen konnte. Seine warmen Arme legten sich schützend um sie, während sie sich an ihren Cowboy schmiegte. Es hatte ihr noch nie so viel Spaß gemacht, sich schmutzig zu machen.

Jenna konnte kaum erwarten, es wieder zu tun.

Raneys letzter Ritt

Chaparitta

Raney James hatte ein großes Geheimnis.

Er war ein Revolverheld, ein Liebhaber, ein Rätsel. Ein knallharter Bursche in Chaps und mit einem weißen Cowboyhut. Charmant, mit einem frischen Gesicht und tiefgrünen Augen, denen die Menschen auf Anhieb vertrauten. Er hatte etwas, das einen zweimal hinsehen ließ – wenn Raney es zugelassen hätte. Doch nein, Sir.

Raney schoss schneller als irgendwer sonst in der Gegend, ein gefährlicher und doch fairer Schütze, der es seine Gegner vorher wissen ließ, dass er sie töten würde. *Jeder Mann hat eine Warnung verdient,* pflegte Raney zu sagen. *Dann erschieß ihn, wenn er nicht hören will.*

Eines Tages – er kam von Westen angeritten – erreichte er die staubigen Grenzstädte, in denen es jede Menge Saloons, Wranglers und Waffen gab. Raney war ein Fremder, doch schnell machte er sich einen Namen als Sheriff eines gottverlassenen Ortes, wo es kaum einen Bahnhof gab und sich Gesetzlose herumtrieben und jeden erschossen, der ihnen nicht gefiel.

Eines Nachmittags erschoss er auf der Hauptstraße und vor den Augen der meisten anständigen Bürger der Stadt alle vier Anführer der Gesetzlosen, bevor auch nur einer von ihnen die Waffe ziehen konnte. Ihre Männer verließen die Stadt ohne einen Blick zurück.

Niemand stand Raney wirklich nahe bis auf sein Kumpel Whitfield, ein zäher ehemaliger Cowboy und Schütze, der sich Raney irgendwo in Mexiko angeschlossen hatte.

Nur Whitfield kannte Raneys großes Geheimnis.

Raney James, der schnellste Schütze weit und breit, war eine *Frau*.

Früher einmal war Raney die Frau eines Ranchers gewesen und hieß Sarah. An einem strahlenden Frühlingstag hatte sie Paul in einem weißen Kleid geheiratet, eine Krone rosafarbener Rosen in ihrem langen blonden Haar. Sie erinnerte sich daran, wie Pauls braune Augen geleuchtet hatten, als der Priester die heiligen Worte sprach. Ihre Augen so grün wie die Felder. Wie glücklich ihre Eltern gewesen waren. Neunzehn Jahre jung.

Als Paul ihr den Hof machte, lagen sie einige Abende auf einer Decke in seinem Feld und redeten, während die Sonne in einem leuchtenden Orange am Horizont versank. Nachdem sie verschwunden war, küssten sie sich unter den Sternen. Pauls drängende Zärtlichkeiten hatten sie entflammt und seine sündigen Worte ihr Innerstes zum Vorschein gebracht.

Ihre Hochzeitsnacht war dennoch eine Offenbarung, etwas, auf das sie letztlich nicht vorbereitet war. In einem Himmelbett mit vier Pfosten, das er für sie gebaut hatte, und in der Stille nach dem langen Festtag half er ihr, die Bänder an ihrem schlichten Kleid zu lösen. Dann sah er ihr voller Verlangen zu, wie sie sich den Stoff abstreifte.

»Es wird dir gefallen, Sarah. Vertrau mir.« Seine großen rauen Hände fuhren die Innenseiten ihrer zarten Beine hinauf, von der Ferse bis zum Oberschenkel.

Sie spürte, wie sie zerfloss, errötend und neugierig und nackt, wie sie war. Er streichelte sie.

»Es wird wild werden«, sagte er. »Ich werde es dir nicht leicht machen. Ist das in Ordnung für dich, Frau?«

»Ja, Mann«, sagte sie.

Und so fasste er sie an den Hüften und zog sie an sich, kostete leidenschaftlich ihre Brüste, während seine Hände über ihre Arme und ihren Bauch glitten.

In dem Moment, als sein Mund ihren Nippel berührte, schien ein Stromschlag direkt in ihre Pussy zu fahren. Sie holte tief Luft, ohne zu wissen, wie sie mit dieser starken Empfindung umgehen sollte. Sie beschloss, dass es am besten wäre, sich ihr hinzugeben und ihn machen zu lassen, was immer er mit ihr tun wollte.

Er erweckte jeden Zentimeter ihres Körpers mit seinen Fingern, seinem Mund und seiner Zunge zum Leben und lehrte sie Wörter, die völlig neu für sie waren. Schwanz. Pussy. Möse. Arsch. »Meine Frau wird eine Lady auf der Ranch und ein Vulkan im Schlafzimmer sein«, sagte er. Als es feucht über ihr Bein rann, legte er sich auf sie und stieß seinen harten Schwanz stöhnend in sie hinein.

Es war das Wunderbarste, was sie bislang in ihrem Leben gespürt hatte.

Später lehrte er sie, seinen Schwanz in den Mund zu nehmen und wie sie seinen harten Schaft berühren musste, damit er voller Kraft kam. Sie fragte sich, wo Männer diese Dinge lernten. Es war ihr egal. Sie wollte mehr davon.

In ihrer Hochzeitsnacht ritt er sie lang und hart. Er nahm sie von vorn und von hinten und ebenso roh, wie sie es auf der Weide gesehen hatte, wenn die Bullen die Kühe bestiegen. Als sie fertig waren, hielt er sie in den Armen und flüsterte ihr süße Worte der Liebe ins Ohr. Sie gehörte ihm. Nur ihm, daran gab es keinen Zweifel.

Doch Worte der Liebe waren nicht das Einzige, was er sie lehrte. Er brachte ihr auch bei, wie sie mit Worten, Waffen und Pferden kämpfen konnte. »Ich werde nicht zulassen, dass meine Frau sich nicht verteidigen kann und schutzlos ist«, sagte er und legte ihr einen Colt in die Hand. Sie überraschte ihn damit, dass die Waffe sie nicht einschüchterte. Sie konnte ihr Ziel sauber treffen, mit nur einem Schuss. Auch ihr Vater war der Überzeugung gewesen, dass eine Frau wissen sollte, wie man mit einer Waffe umging – und das gut. Oft war er lange mit dem Vieh unterwegs, und sie und ihre Mutter und Brüder blieben dann allein zurück. Es war nur folgerichtig gewesen, ihnen allen das Schießen beizubringen. Doch bisher hatte Sarah ihre Fähigkeiten nie gebraucht. Ihr Mann sorgte dafür, dass sie immer besser wurde, indem er fast jeden Tag mit ihr übte, bis sie pfeilschnell war. Dann waren sie auf die Jagd gegangen, und sie hatte jedes Mal Beute mit nach Hause gebracht.

Eines Tages nahm Sarah die Kutsche, um sich in der Stadt mit Vorräten aus dem kleinen Laden zu versorgen. Paul war nicht länger beunruhigt, wenn sie allein unterwegs war. »Du bist der beste Schütze, den ich in meinem Leben gesehen haben«, sagte er. »Aber um die Banditen mache ich mir Sorgen.« Er lächelte. »Komm schnell zurück nach Hause, Frau, ich will von deinem Braten essen und dich dann ins Bett bringen«, sagte er und klopfte erst ihr auf die Schulter und dann dem Pferd Snowflake auf die Seite.

In der Stadt fiel ihr Blick auf die anderen Frauen. Schicke

Kleider. Spitzenschirme. Die Männer mussten ihnen aus der Kutsche, damit sie nicht über die Flut ihrer Röcke stolperten. Was wurde aus Frauen ohne einen Mann? Sie wurden entweder zu Huren oder zu Ausgestoßenen. Sarah spürte das kühle Metall des Colts an ihrem Schenkel befestigt und lächelte. Sie musste sich darüber keine Gedanken machen.

Als sie auf dem Heimweg war und die Ranch in Sichtweite kam, wusste sie, dass etwas nicht stimmte. Es war zu still: Kein Ton war zu hören. Sogar die Vögel schwiegen. Keine Kühe grasten auf der Weide. Sie trieb Snowflake an, schneller zu laufen. Als sie das Haus erreichten, sah sie die weit geöffnete Eingangstür und rief: »Paul?«

Keine Antwort. Er begrüßte sie *immer*, wenn sie aus der Stadt zurückkam. Sie sprang vom Wagen und rannte ins Haus. Auf dem Küchentisch lag eine Notiz, die mit einem silbernen Kerzenständer beschwert war.

Tut mir leid um Ihren Verlust, Ma'am. Das war nicht geplant, aber er hat einfach zu hart um die Pferde und das Vieh gekämpft.

Hochachtungsvoll, Bill Jessup

Das Stück Papier fiel ihr aus den Händen, und sie rannte durchs Haus ins Schlafzimmer. Paul lag mit dem Gesicht auf dem Boden, eine Schusswunde in seinem Rücken, die ihn von hinten ins Herz getroffen haben musste. Eine Blutlache erstreckte sich auf dem Boden neben ihrem Ehebett.

Sarah schrie laut auf und schrie immer weiter, während sie auf den Holzboden sank, die zerknitterte Nachricht des Gesetzlosen in ihren Händen.

Bill Jessup, dachte sie. *Bill Jessup.* Sie prägte sich das Bild, das sich ihr bot, in allen Einzelheiten ein. *Es wird keine Gnade geben, wenn ich dich finde, Bill Jessup.*

Am nächsten Morgen begrub sie ihren Mann bei Sonnenaufgang in dem Feld, auf dem er ihr einst den Hof gemacht hatte. Dann legte sie im Haus und auf der gesamten Ranch Feuer, um alle Spuren ihrer einstigen Existenz zu zerstören – denn Sarah war mit Paul gestorben. Raney James lebte weiter, nahm nur ihr Pferd und eine Satteltasche voll Proviant und Munition mit. Sie ritt davon in der Kleidung ihres toten Ehemanns. Ihr langes blondes Haar hatte sie hochgesteckt und unter seinem weißen Cowboyhut verborgen.

Raney war fest entschlossen, keine dieser ausgestoßenen Frauen zu werden, die sie bemitleidet hatte. Sie wurde härter, damit sie lange genug leben würde, um Bill Jessup zu finden und zu töten. Es war ein einsamer Weg. Manchmal, wenn sie in irgendeinem Hotelzimmer über einem Saloon in irgendeiner Stadt ihr langes blondes Haar vor dem Spiegel bürstete, weinte sie um die Liebe, die sie mit Paul verbunden hatte. Darüber, wie einfach ihr altes Leben gewesen war.

Bald sah eine Stadt wie die andere aus. Die Tage flossen dahin.

Über die Jahre nahm sich Raney immer wieder Liebhaber. Sie brauchte die Erleichterung, die ihr ein harter Fick nach einem langen Tag mit dem Gewehr in der Hand verschaffte. Ihr Favorit war ein ungehobelter junger Mann, der irgendwie spürte, wie wenig damenhaft ihre Bedürfnisse waren. Tagsüber gab er den Stallburschen, und in der Nacht fanden sie ein heimliches Plätzchen, um übereinander herzufallen.

Eines Nachts gingen sie in die Berge, um weit genug von der staubigen kleinen Stadt entfernt zu sein, in die es sie verschlagen hatte.

Sie sprang vom Pferd, und sofort presste er seinen Mund auf ihren. Sie rieben ihre staubigen Gesichter aneinander, konnten nicht voneinander lassen. Er riss ihr den Hut vom Kopf, damit ihr langes blondes Haar herunterfallen konnte, wie er es liebte, und warf seinen Schlafsack auf eine Stelle am Boden, die weich von Gras und Sand war. Der Himmel war von einem dunklen Blau, auf dem die untergegangene Sonne orangefarbene Streifen zeichnete. Kojoten heulten. Er öffnete seine Reithose, und im nächsten Moment fickte er sie in den Mund, sein großer Schwanz tief in ihrer Kehle und seine Hände in ihrem Haar vergraben.

Männerarbeit machte ihr Appetit wie ein Mann, und sie nahm seinen Schwanz willig und dankbar und stöhnte leise unter seinen Bewegungen. Dann griff sie fest um seinen großen Schaft und bewegte ihre Hand hoch und runter, wobei sie die Spitze mit Mund und Zunge verwöhnte. Als er stöhnte und sie spürte, wie sein Arsch unter ihren Fingern bebte, zog sie den Kopf zurück.

»Hey«, murmelte er und zog sie wieder an sich. Es war so gut, und so saugte sie an ihm für eine weitere Minute, genoss seinen salzigen Geschmack und wie er über ihre Lippen strich. Dann spürte sie, dass er gleich kommen würde, und hielt inne.

»Ich will diesen Schwanz in meiner Pussy spüren«, sagte sie lächelnd. *Ein Vulkan im Schlafzimmer.* Der Mann willigte ein und veränderte seine Position, um sie von hinten zu ficken. Seine Eier schlugen gegen sie, während sie den Rücken durchdrückte, um ihn so tief wie möglich in sich aufzunehmen.

Seine Hände lagen auf ihren runden weißen Hüften. Die gleichen Hüften, die gewöhnlich unter ihren ausgebeulten Männerhosen verborgen waren.

Sie mochte den Mann für die raue, schamlose Art, mit der er sie nahm, sie öffnete und fickte. Er ließ sie vergessen, wenn er sie richtig hart nahm.

Seine Finger lagen auf ihrer Klit und streichelten sie zärtlich, bis sie schließlich kam. Sie schrie auf, spürte, wie sein Schwanz noch härter wurde, vergrub ihre Hand im Staub. »Nicht ... aufhören.«

Er zog sich aus ihr zurück und spritzte seinen Samen auf ihren Rücken. Als er zur Ruhe kam, hielt er wieder ihre Hüften.

Aneinandergeschmiegt schliefen sie unter dem Vollmondhimmel ein. Sie waren zärtlich zueinander. Es war nichts, was Raney Liebe genannt hätte, doch es war ein tiefes und süßes Verständnis für den anderen.

Was es schwieriger machte, später. Nach einigen Monaten wurde der junge Mann besitzergreifend, wollte ihr sagen, wo es langging, und tat, als sei sie sein Eigentum. Als sie ihm sagte, dass sie ihn nicht liebte, war er außer sich.

»Hör auf, so zu tun, als wärst du ein Mann, und heirate mich«, sagte er. »Ich bin Manns genug für uns beide.« Er war es nicht. Und als er ihr drohte, sie vor der Welt bloßzustellen und eine geladene Waffe auf sie richtete, erschoss sie ihn.

Danach riskierte sie keine weiteren Liebschaften. Zwei lange und frustrierende Jahre vergingen, in denen sie mit niemandem zusammen war. Sie hatte Bill Jessup in Mexiko aufgespürt, doch er war ihr ein weiteres Mal entwischt. Doch dort, in einer dunklen Cantina, war sie Whitfield begegnet. Ein ruhiger, starker Mann mit einer sicheren Hand am Abzug. Ein Mann, dessen einziges Ziel es war, Bill Jessup zu töten.

Sie saßen zusammen an der Bar, ohne dass einer von ihnen mit jemandem gesprochen hätte, wie es ihre Art war. Um sie herum amüsierten sich die Huren mit den Gästen des Saloons, und von den Kartentischen erklangen laute Rufe, wenn jemand hereingelegt worden war. Blauer Zigarrenrauch hing in der Luft.

Whitfield sah zur Hintertür, während Raneys Blick nach vorn gerichtet war. Für einen flüchtigen Beobachter schienen sie damit beschäftigt, an ihren Whiskeys zu nippen. Vielleicht waren sie sogar ein wenig betrunken. Aber für den Barkeeper, der schon eine Menge Gewalt gesehen hatte, hielten die beiden *Ausschau*.

»Suchen Sie jemanden?«, fragte er Whitfield, als er dessen Whiskey auffüllte.

Whitfield sah ihn nicht an. »Nein. Ich schau mich nur um.«

Der Barkeeper nickte.

Whitfield lehnte sich zu Raney hinüber und sagte ruhig: »Dieser Mann hat mir gesagt, dass Bill Jessup heute in die Stadt kommt. Ich habe dem Hurensohn fünfzig Dollar für die Information gegeben.«

Raney schlug ihm tröstend auf die Schulter. Whitfields Frau war in ein Kreuzfeuer geraten und getötet worden, als Bills Bande nach einem Raub fliehen musste. Whitfield half Raney nun schon eine ganze Weile dabei, den Gesetzlosen zu verfolgen. Er behielt ihre Geheimnisse für sich, und sie vertraute ihm.

Die Tür des Saloons schwang auf, und ein gut aussehender großer Mann mit einem schwarzen Hut kam herein. Er hatte einen langen Schnurrbart und strahlend blaue Augen. Zwei Männer folgten ihm. Die Huren schnatterten wie ein Vogelschwarm, beäugten die neue Beute und drehten sich vor ihr in ihren bunten Kleidern: rot, pink, gelb. Die anderen Gäste, ob raue Burschen oder hübsche junge Kerle, verstummten.

Der große Mann kam direkt auf Raney zu und schnitt dabei wie eine Klinge durch die Menge.

»Raney James«, sagte er mit übertrieben freundlicher Stimme. »Ich würde Ihnen gern einen Drink spendieren. Ich habe gehört, dass Sie Tom Parker in Brush City zur Strecke gebracht haben.« Er setzte sich neben Raney und lehnte sich zurück, wobei er die Hände hinter dem Kopf verschränkte. »Und ich habe gehört, dass Sie der Mann sind, der mich vielleicht in einer Schießerei besiegen könnte.«

Whitfield ließ die Männer des Gesetzlosen nicht aus den Augen. Zwei wuchtige Kerle, einer blond, der andere dunkel.

Raney nickte ruhig. »Ein guter Scotch würde mir gefallen. Hier in der Gegend bezahlen sie dem Gesetz nicht viel.«

Der große Mann lachte. »Sie sind also jetzt das Gesetz? Nun, dann lassen Sie uns auf gute Beziehungen trinken.«

Sie stießen mit ihren Gläsern an, und Raney ließ ihn nicht aus den Augen. Sie hatte bereits gesehen, wo er seine Waffen trug. Eine unter dem Mantel. Eine an seinem Bein befestigt. Eine an seinem Gürtel. An den gleichen Stellen, wo sie ihre eigenen Waffen trug. Was er vermutlich ebenfalls bemerkt hatte.

»Was macht ein Kerl wie Sie in einem Drecksloch wie diesem?«, fragte Raney und nahm einen großen Schluck von ihrem Scotch.

Er lachte. »Das Gleiche wie Sie. Ich schlage die Zeit tot.« Seine Augen verengten sich ein wenig. »Lust auf eine kleine Wette, damit es interessanter wird, Raney James? Mal sehen, wer besser schießen kann?«

Raney schenkte ihm ein kleines Lächeln, nur ein ganz kleines. »Ich mag es, wenn die Dinge interessant werden, Bill Jessup.«

Am nächsten Morgen bei Sonnenaufgang machten sich Whitfield und Raney auf, um sich etwa dreißig Minuten vor der Stadt mit Bill zu treffen. Sie saß auf Snowflake, und Whitfield ritt einen feinen schwarzen Hengst, den er Mountain nannte. Zu dieser frühen Stunde war die Luft klar und der Himmel wolkenlos. Bill und die beiden Männer, die im Saloon bei ihm gewesen waren, saßen auf Felsbrocken und stocherten im verlöschenden Feuer herum, während sie ihren Kaffee tranken. »Sind Sie immer nur mit zwei Männern unterwegs?«, fragte Raney mit der Hand an ihrem Gürtel mit der Waffe.

»Ich brauche nicht mehr.«

Von da an ging es bergab.

Joseph, der dunkelhaarige Mann an Bills Seite, wie sie in der vorangegangenen Nacht erfahren hatte, schoss auf einen Kojoten, der vorüberschlich. Snowflake stieg erschrocken hoch und warf Raney dabei aus dem Sattel. Jack, dem blonden Mann in Bills Gefolge, gelang es, sie aufzufangen. Doch dabei fiel ihr Hut zu Boden, und ihr langes, helles Haar schwang frei um ihren Kopf. Sie schnappte nach Luft.

Whitfield sprang sofort von seinem Pferd, um ihr zu helfen, doch Bill hielt ihm ein Gewehr an den Rücken. »Nun sieh sich das einer an«, sagte Bill.

»Eine Frau?« Verwundert rieb Jack eine ihrer Haarsträhnen zwischen den Fingern. »Der große Raney James ist eine *Frau*?« Er legte die Hand auf ihren Hintern. »Das ist *tatsächlich* der Arsch einer Frau.«

Raney schrie auf und wollte Jack ins Gesicht schlagen.

Bill spannte den Hahn seiner Pistole und drückte sie gegen Whitfield. »Beruhige dich, oder ich töte deinen Mann.«

Bill und Joseph fesselten Whitfield mit einem Seil und warfen ihn zu Boden. Jack stieß auch Raney auf die Erde, doch sein Gewehr war weiter auf Whitfield gerichtet.

Bill schlenderte zu Raney hinüber, griff in ihr Haar und flüsterte ihr ins Ohr: »Ich fand schon immer, dass Raney James ein Schwanzlutscher ist. Sieht so aus, als hätte ich recht.« Er und seine Männer lachten.

Sie starrte ihn unverwandt an und wartete auf eine Gelegenheit, ihren Colt zu ziehen. Innerlich kochte sie, doch nach außen hin schien sie ganz ruhig zu sein. Gefährlich ruhig. »Was ist mit der Wette?«, fragte sie. »Ich will um unsere Freiheit schießen.«

»Einverstanden«, sagte er. »Wenn du gewinnst, lassen wir euch gehen. Wenn ich gewinne ... wirst du mit mir und meinen Männern ficken.« Gierig wanderten seine Augen über ihren Körper und suchten unter ihrer Kleidung nach den Rundungen, von deren Existenz er nun wusste. »Mein Wort darauf.«

»Gut«, sagte sie knapp. »Die Wette steht.«

»Raney!«, rief Whitfield. »Sie sollen mich erschießen und dich gehen lassen.«

Bill schüttelte ihre Hand. »Ich werde dich zuerst ficken. In den Mund. Hart. Dann wird dich Joseph nehmen, wie immer er will, was wahrscheinlich in den Arsch ist. Und Jack wird deine süße kleine Revolverhelden-Pussy haben wollen.« Er hielt inne und sah sich um. »Wir werden diese beiden Whiskeyflaschen in etwa hundert Meter Entfernung Richtung Süden aufstellen. Mal sehen, wer zuerst trifft.«

Jack rannte los und brachte die Flaschen in Position. Raney stand links und Bill rechts. Whitfield holte tief Luft. Jack sagte: »Ich zähle bis drei.«

Die Flasche auf der rechten Seite zersplitterte den Bruchteil einer Sekunde vor der linken. Whitfield schrie auf, als er Raneys blasses, ausdrucksloses Gesicht sah. Bills Männer jubelten laut und sprangen wild herum, und Bill griff nach Raneys Taille. »Du bist schnell – *für eine Frau*. Aber nun ist Zahltag.« Er stieß seine Zunge in ihren Mund, wobei sein Schnurrbart ihre Nase kitzelte, und küsste sie, bis ihr warm wurde. Dann zerriss er ihr das Hemd, um ihre kecken, kleinen Brüste zu entblößen.

»Seht euch diese feinen Titten an, Jungs«, sagte er und knetete sie heftig. »Und diesen Arsch.« Grob öffnete er ihre Hose und zog sie herunter. Er drehte sie herum und schlug ihr ein, zwei Mal auf den Hintern, bis sich ihre weiße Haut rötete. Er nahm ihr den Gürtel mit der Waffe ab und warf ihn zur Seite, dann zog er ihr die zweite Waffe vom Bein. Seine Männer johlten und forderten ihn auf, es ihr zu besorgen. Bill stieß Raney zu Boden und auf ihre bloßen Knie. »Ich kann es nicht erwarten, in deinem Mund zu kommen.« Vor Verlangen klang seine Stimme noch tiefer als sonst.

»Ich hasse dich«, sagte sie. Doch in ihre Wut mischte sich Lust. Ihr Körper stand in Flammen.

»Damit kann ich leben«, entgegnete Bill.

Dann zog er sich die Hose herunter und holte seinen großen, harten Schwanz hervor.

Sie drehte den Kopf zur Seite.

»Schön weit aufmachen, Raney James«, sagte er und zog ihr Gesicht zu sich hin, damit sie ihn in seiner ganzen Größe aufnehmen konnte. Er stöhnte, als sie begann, an ihm zu saugen, und ihre Hände instinktiv seinen Schaft umfassten, während ihr Mund mit seiner Spitze spielte.

Obwohl sie Bill hasste, fühlte sich sein Schwanz unglaublich an, hart und kraftvoll, wie er in ihren Mund stieß. Sie verlor sich in ihm, ließ sich von ihm benutzen. Aus dem Augenwinkel sah sie Whitfield, der sie unverwandt anstarrte. Jack hielt sein Gewehr in einer Hand, um auf Whitfield aufzupassen, und mit der anderen strich er sich durch die Hose über seinen Schwanz. Sein Gesicht war rot und sein Mund vor Lust geöffnet.

Joseph kauerte in etwa fünf Metern Entfernung auf dem Boden und schien jeden Moment ohnmächtig zu werden, während er zusah, wie Raney Bills Schwanz lutschte. »Beeil dich, Boss«, murmelte er. »Bei mir ist es wirklich dringend.«

Bill beeilte sich nicht. Er ließ sich Zeit und öffnete sie weit mit seinem Schwanz, fickte sie hart, murmelte wohlwollend und stieß schneller und schneller in ihr Gesicht, während sie seine Eier in der Hand hielt. Dann spürte er, wie sein salziger Strom in ihre Kehle spritzte, tief und heiß. Er fickte sie weiter, bis sie jeden Tropfen aufgenommen hatte. Als es vorbei war, lehnte er sich zurück und zog sich seufzend die Hose hoch.

Raney stand auf und wischte sich demonstrativ über den Mund. Bill ging mit einem zufriedenen Grinsen davon und löste Jack dabei ab, auf Whitfield aufzupassen. Jack verschaffte sich einen besseren Blick auf Joseph, der Raney dazu brachte, vor ihm auf die Knie zu gehen und ihm ihr Hinterteil entgegenzustrecken. Joseph leckte sich ein paar Mal über die

Hand, um Raney damit feucht zu machen, dann brachte er seine Schwanzspitze vor ihrem Hintern in Stellung, drängte ein Stückchen gegen sie und öffnete sie. Sie konnte nicht verhindern, dass sie aufstöhnte, als er tiefer und tiefer in sie stieß. Joseph war ein kräftiger Mann mit breiten, harten Schenkeln wie aus Stein gemeißelt, und sein Schwanz war genauso. Mit einem animalischen Grunzen bohrte er seinen Schwanz in sie hinein, hielt sich dabei an ihren Hüften fest und fickte sie erst langsam, dann schneller. »Du liebst es, nicht wahr, du kleine schmutzige Hure«, keuchte er. »Gibst vor, ein Mann zu sein, während du doch nur ein dreckiges Frauenzimmer bist, das gefickt werden will.«

Sie schrie auf vor Lust und auch, weil seine Berührung brannte. Ihr Blick suchte Whitfield, und sie ließ ihn nicht aus den Augen, als Joseph seinen Schwanz immer und immer wieder in sie stieß, bis er endlich kam. Sie sah, dass Whitfield eine Erektion hatte. Jeder der Männer schien seinem Verlangen nach ihr hilflos ausgeliefert.

Jack legte eine Decke auf den Boden und zog sie sanft darauf. »Ich will sehen, wie du diesem Mann einen bläst, während ich dich besteige«, sagte er. Bill schob Whitfield ein Stück nach vorn. Raney spürte, dass sie genau das wollte.

Whitfield schüttelte den Kopf. »Ich ficke den Boss nicht«, sagte er. »Das ist nicht richtig.«

Bill sagte: »Du wirst es tun, denn Jack will es so.«

Jack ließ Raney wieder auf Hände und Knie gehen. Dann hörte sie, wie sich sein Reißverschluss öffnete, und sie spürte, wie sein heißer Schwanz in sie drang.

»Sie tut so, als ob sie es nicht will, doch ihre Pussy trieft vor Nässe«, stöhnte Jack. »Sie ist *heiß*.« Er hielt ihre Brüste, während er sie fickte, und sie spürte, wie ihre Lust wuchs und sich dieses Gefühl von ihrer Möse bis in jeden Winkel ihres Körpers ausbreitete.

Whitfield kniete sich vor sie hin und zog einen wundervollen Schwanz hervor, groß, stolz und in seiner ganzen Pracht. Schweigend und fast andächtig schob er ihn ihr in den Mund, während er ihr über das Haar strich. »Das ist wirklich, wirklich gut«, murmelte er.

Nun hatte sie Jack in ihrer Pussy und Whitfield in ihrem Mund, und beide Männer bearbeiteten sie hart – und genauso, wie sie es wollte. Und trotz der Demütigung, der Entdeckung ihres Geheimnisses, ihrer Verwirrung und ihrer Rachegefühle kam sie. Nichts anderes war in diesem Moment wichtig, und sie stöhnte ihre Befriedigung um Whitfields Schwanz herum. Als er sie hörte, schrie er auf und spritzte in ihren Mund ab. Sie schluckte alles und spürte, wie Jack sich aus ihr zurückzog, als er lautstark zum Höhepunkt kam.

Dann zog Whitfield sie zu sich hoch, drückte sie an sich und küsste sie auf den Mund, voller Zärtlichkeit und Leidenschaft. Voller Liebe sogar. Er hatte die Hände um ihr Gesicht gelegt und sah sie an. Und sie sah ihn an, staunend. Und sie erkannte, was er wirklich fühlte. Dann verengten sich seine Augen, und er nickte kaum merklich. Sie blinzelte.

Es war an der Zeit.

Raneys Beine zitterten, und Bill reichte ihr eine Feldflasche, aus der sie einen langen, tiefen Schluck nahm. Sie zog sich wieder an, diesmal ohne ihr Haar unter dem weißen Cowboyhut zu verstecken. Sie und Whitfield stiegen auf ihre Pferde.

»Verdammt guter Schuss und ein verdammt guter Arsch«, sagte Jack.

»Dem kann ich nur zustimmen.« Bill nickte. »Weiß nicht,

ob sie schneller als alle anderen schießen kann. Jedenfalls habe ich gewonnen.« Er grinste. »Und nun wird jeder erfahren, wer Raney James wirklich ist.«

Bevor irgendjemand etwas sehen konnte, hatte Raney ihren Colt gezogen und ein Loch in Bills Cowboyhut geschossen.

»Wer sagt, dass ich dich nicht habe gewinnen *lassen*?«, warf sie ihm hin. »Sieht so aus, als wärst du derjenige, der hereingelegt worden ist.« Ungläubig sah Bill sie an, und seine Männer griffen zu ihren Waffen. Doch Raney schüttelte nur den Kopf.

»Du bist ein lausiger Schütze, Bill Jessup«, sagte sie. »Aber du bist ein *toller* Fick.«

Bill war wütend. »Ich werde dich töten«, sagte er.

Dann schoss Raney James ihm ins Herz. Sie tat es für Paul.

Whitfield nahm sich Bills Männer vor, erst den einen, dann den anderen.

Während die plötzlichen Schüsse noch in der Luft hingen, nickten sich Raney und Whitfield zu.

»Ich liebe es, wenn die Dinge interessant werden«, sagte Whitfield. Und dann ritten sie davon.

Die Braut, die sich nicht traut

Delilah Devlin

Jackson Lowry fluchte leise, als er die sich drehenden blauen Lichter vor ihm auf der Straße sah. Es war zu spät, um umzudrehen, damit würde er nur noch mehr Aufmerksamkeit auf sich ziehen.

Er biss die Zähne zusammen, während er das Fenster herunterließ, und zwang sich zu einem höflichen Lächeln, als er in die Dunkelheit zu dem Hilfssheriff hinsah, der im Licht einer Taschenlampe Ausweispapiere überprüfte.

Als der Hilfssheriff den Wagen vor ihm zum Weiterfahren aufforderte und sich zu ihm umdrehte, ließ Jackson seinen schwarzen Pick-up ein Stück vorrollen, und seine Spannung löste sich ein wenig.

Maynard Colbys Gesichtsausdruck wechselte in einer Sekunde von kühler Professionalität zu Besorgnis, als er Jackson erkannte. »Jackson, verdammt, wo hast du gesteckt?«

»Ganz in der Nähe. Warum?«

Ein leises Stöhnen war neben ihm zu hören, und Jackson griff verstohlen neben sich, um auf die wasserfeste Plane zu klopfen, die seine wertvolle Fracht verbarg.

»Hast du es noch nicht gehört?« Als Jackson ihn fragend ansah, kam Maynard näher und beugte sich zu Jackson hinunter. »Es geht um Sammi Jo. Man hat ihren offenen Wagen auf dem Parkplatz des Shooters gefunden. Niemand hat sie seitdem gesehen. Sieht aus, als hätte sie jemand entführt.«

Jackson räusperte sich. »Wie schlimm ist es?«

»Es ist erst ein paar Stunden her, aber Sammi Jos Dad drängt darauf, dass der Sheriff das FBI informiert, CIA, ATF – und welche Organisation auch immer, die er mit seinem Geld kaufen kann, um sie zu finden. Hab versucht, dich anzurufen, doch es springt immer nur die Mailbox an. Nach der Sache letzten Sonntag bei der Hochzeit kann ich gut verstehen, dass du abgetaucht bist. Ich dachte trotzdem, dass du das wissen solltest.«

Ein anderes Geräusch, diesmal ein Schnauben, war neben ihm zu hören.

Maynards Blick fiel auf die dreckige Plane auf dem Wagenboden, unter der sich ein Bündel zu bewegen schien. Seine rötlichen Augenbrauen schossen in die Höhe. »Was ist hier los, Jackson?«

Jackson rollte mit den Augen, dann schlug er die Plane an einer Ecke zurück und gab den Blick auf eine sich windende Sammi Jo frei, die die beiden Männer wütend anfunkelte.

Maynard unterdrückte ein Lachen, dann wurde er sofort wieder ernst. »Dieses Mal übertreibst du echt. Das ist wirklich durchgeknallt. Heilige Scheiße.« Er grinste wieder, dann tippte er sich an den Hut, während er Sammi Jo ansah. »Sollte keine Beleidigung sein, Missy.«

Jackson räusperte sich wieder. »Vermute, du kannst in der Sache kein Auge zudrücken, oder?«

Maynards Blick glitt wieder über Sammi Jo, als wolle er feststellen, ob sie sich in Gefahr befand, dann tippte er sich an den Cowboyhut. »Ich sag dir was. Ich werde das mit dem Sheriff regeln, aber sie sollte sich besser am Montagmorgen auf dem Revier blicken lassen, sonst gibt's Ärger.«

»Kein Wort zu ihrem Dad?«

Maynards Mundwinkel ging nach oben. »Der Mann hat uns schon genug Probleme gemacht. Wird Zeit, dass er sich wieder abregt. Und du tust nichts, wofür ich dich einsperren müsste.«

Jackson nickte und schloss das Wagenfenster. Dann fuhr er an der Absperrung vorbei. Im Seitenspiegel sah er, wie Maynard zum Wagen des anderen Hilfssheriffs ging und sich beide Männer vor Lachen krümmten.

»Siehst du, Sammi Jo?«, murmelte er, ohne eine Antwort zu erwarten. Schließlich hatte er sie selbst gefesselt und ihren hübschen Mund geknebelt. »Ich bin nicht der Einzige, der findet, dass du eine Tracht Prügel verdient hast.«

Sammi Jo Clements schob ihr Kinn von einer Seite zur anderen, um sich von dem unangenehmen Gefühl zu befreien. Der schmutzige Knebel war verschwunden, doch ihr Mund und ihre Zunge waren geschwollen, und sie war sich sicher, dass getrockneter Speichel an ihren Wangen klebte. Jackson Lowry musste verrückt geworden sein, sie mitten am Tag zu entführen!

Und nicht einer der Gäste, die an den Fenstern des Saloons gestanden und dabei zugesehen hatten, hatte auch nur den Finger gerührt, um ihr zu helfen oder die Polizei zu rufen. Die Tatsache, dass sie alle den Mund gehalten hatten, brannte wie Feuer in ihren Eingeweiden.

Sie alle fanden, dass sie einen gewaltigen Fehler gemacht hatte und dass es niederträchtig gewesen war, Jack vor dem Altar stehen zu lassen.

Das alles lag nur wenige Stunden zurück, aber inzwischen war es dunkel geworden. Das Innere der Hütte war in Schatten getaucht, die sich mit dem Flackern der Gaslaterne bewegten, die Jackson an einen Haken an der Decke gehängt hatte.

Ihr Blick fiel auf einen Waschlappen, und sie riss ihn aus seinen Händen, um sich damit über die Wangen zu wischen. »Keine Ahnung, was du damit bezweckst. Dad wird deinen Arsch schneller ins Gefängnis befördern, als du es dir vorstellen kannst.«

Jack seufzte, als er sich neben sie auf die Matratze setzte. Er zog die Krempe seines Huts nach unten und lehnte sich an das klobige Kopfteil, um ein Nickerchen zu machen. »Dad hat nichts damit zu tun«, knurrte er dann. »Das ist eine Sache zwischen dir und mir. War es immer. Die Tatsache, dass du es zulässt, dass er ... Nun, das ist nur eins der Dinge, über die wir reden werden.«

»Reden?« Sie sah auf das Stück Seil, das um ihren linken Arm gebunden war. »Das hier kann nur noch schlecht ausgehen – es sei denn, du bringst mich sofort zurück nach Hause. Ich sage ihm, dass ich betrunken war und mich in einen Graben schlafen gelegt habe.«

Jackson lachte leise, ein Geräusch, das ihr schon immer auf die Nerven gegangen war. »Bei deinem Ruf wird er dir das vielleicht sogar glauben.«

Sie hob das Kinn und warf ihm einen wütenden Blick zu. Die Wahrheit schmerzte, und er musste sie ihr nicht noch unter die Nase reiben. Ja, sie war ein Partygirl. Na und? Jackson hatte genau gewusst, worauf er sich einließ, als er sie das erste Mal angesprochen hatte. »Es gibt keinen Grund, so gemein zu werden.«

»Ich will meinen Atem nicht verschwenden, um dir etwas zu sagen, das du sowieso schon weißt.«

»Also über was willst du dann mit mir *reden*?« Sie hätte ihm gerne in die Augen gesehen, in denen sich sicher seine Gedanken spiegelten. Doch seine Hutkrempe beschattete sie.

Sein sexy Mund verzog sich zu einem Lächeln. »Vielleicht ist *reden* nicht das richtige Wort.«

»Was?«

»Ja«, sagte er knapp. »Schon wieder etwas, das du nicht begreifst.« Jackson beugte sich vor, stützte die Ellbogen auf seine Schenkel und ließ den Kopf tief zwischen die Schultern fallen. Dann hob er das Gesicht in ihre Richtung, und seine dunklen Augen funkelten. Er hielt ihren Blick fest und sah ihren Gesichtsausdruck: störrisch wie ein Maulesel. Dann wanderten seine glühenden Augen über ihren Körper.

Hitze stieg in ihre Wangen. »Darum geht es hier also? Du glaubst, ich schulde dir etwas?« Sein Schnauben sagte ihr, dass sie falsch geraten und ihn verärgert hatte, aber sie war zu stur, um ihre Worte zurückzunehmen. Sie hob ihr Kinn noch ein Stück höher.

Jackson schüttelte den Kopf. »Du machst es einem ganz schön schwer, Liebling. Du glaubst also, dass ich dich hierhergebracht habe, damit ich bekomme, was du versprochen hast?«

»Etwa nicht? Was soll ich denn sonst glauben? Du hast mich an ein gottverdammtes Bett gefesselt.«

Er schnaubte wieder, aber leiser. Er nahm den Hut ab und fuhr sich mit der Hand durch das kurze, dunkle Haar. »Nimm einfach an, ich habe gar nichts gedacht. So oft habe ich mir vorgestellt, wie du ausgestreckt auf meinem Bett liegst …« Er stieß sich von der Matratze ab und legte seinen Hut auf den einfachen Holztisch, dann ging er zum Fenster mit den trüben Scheiben hinüber. Dort stand er eine ganze

Weile lang mit dem Rücken zu ihr und starrte in die Dunkelheit hinaus, sodass sie sich bereits Gedanken machte, ob er die ganze Sache bereute.

Auch Sammi Jo machte sich Gedanken – darüber, ob sie tatsächlich wollte, dass er sie gehen ließ. Er hatte eine Menge Ärger in Kauf genommen, um sie hierherzubekommen. Er hatte riskiert, im Gefängnis zu landen – oder Schlimmeres. Nun war sie neugierig, welche Absichten er hatte. »Wo sind wir hier überhaupt?«

»In der Jagdhütte meiner Familie.« Er sah über seine Schulter und warf ihr einen weiteren dunklen und ausdruckslosen Blick zu. »Nicht gut genug für deine Ansprüche?«

Gott, er kannte sie überhaupt nicht. Nicht dass das seine Schuld gewesen wäre. Sie hatte mit ihm Katz und Maus gespielt und hatte sich ihm nur gezeigt, wenn alles an ihr perfekt gewesen war. Verdreckt wie sie jetzt war, musste er wahrscheinlich glauben, dass sie sich in ihrer Würde verletzt fühlte.

Himmel, sie war so ein Biest gewesen. Und dennoch hatte er ihr zärtlich und geduldig den Hof gemacht. Er hatte keine Ahnung, wie sie wirklich war. Sie war keine Göttin auf einem Sockel, auch wenn sie seit Jahren so tat, nur damit ihr Dad zufrieden war.

Es hatte Zeiten gegeben, als sie Jackson so hart angegangen war, dass sie selbst zusammengezuckt war bei den Dingen, die sie gesagt hatte, und über das Bild des verwöhnten, reichen Mädchens, das sie gemalt hatte. Und dennoch hatte er nicht ein einziges Mal seine Missbilligung gezeigt. Als sie am Arm ihres Vaters in ihrem Vera-Wang-Kleid den Gang entlanggeschritten war und wie eine Prinzessin ausgesehen hatte, hatte sie Panik bekommen, weil der Mann, der dort neben dem Priester stand, sie gar nicht richtig kannte. Und sie wollte nicht, dass er sich betrogen fühlte, wenn ihm bewusst wurde, dass sie gar nicht das Mädchen war, das sie vorgab zu sein.

Sie aber kannte ihn ganz genau. Sie hatte ihn seit Jahren beobachtet. Hatte ihm nachspioniert, ohne dass er es ahnte. Sie wusste, wie er mit anderen Männern redete, ohne ein Blatt vor den Mund zu nehmen oder sich mit derben Bemerkungen zurückzuhalten. Sie wusste, wie er aussah, wenn er von Kopf bis Fuß voller Staub und Dreck war, nachdem er auf der Farm seiner Eltern das Vieh zusammengetrieben hatte. Sie wusste sogar, wie er aussah, wenn er nackt und erregt war, denn sie war ihm eines Tages gefolgt, als er Carrie Molder zum Fluss mitgenommen hatte, um dort am grasbedeckten Ufer mit ihr zu schlafen.

Jede Bewegung seiner Muskeln und Sehnen hatte sie gefesselt. Und obwohl sie noch immer Jungfrau war, wie es dem Wunsch ihres Vater entsprach, wusste sie, dass seine große, harte Männlichkeit sie perfekt ausfüllen würde.

Trotz der Avancen vieler junger Männer hatte sie nie den geringsten Zweifel daran gehabt, dass er der Richtige für sie war. Doch am letzten Sonntag war ihr bewusst geworden, dass sie nicht die Frau war, die ihn glücklich machen würde. Nicht, wenn es Prinzessin Sammi Jo war, die er eigentlich wollte.

Also war sie wie der Blitz davongeschossen und hatte seinen erschrockenen Blick ignoriert, als das Aufstöhnen und Gelächter der Hochzeitsgäste sie aus der Kapelle jagten.

Aber er hatte sie etwas über die Hütte gefragt, oder? »Es ist staubig hier, aber das bin ich auch.«

Von seinem Gesicht wich der zornige Ausdruck, den er

seit seiner spontanen Entführung gezeigt hatte. Sein Kiefer entspannte sich. Kühle Unnahbarkeit spiegelte sich auf seinen Zügen.

Ihr war der Zorn lieber. »Dad wird deine Eier zum Frühstück verspeisen.«

Wieder blitzte es in seinen Augen auf. Doch hatte ihre Mutter nicht gesagt, dass die Wut eines Mannes leicht in Leidenschaft verwandelt werden könne? Sie hatte ihm Versprechungen gemacht, aber das hatte er auch. Sie erinnerte sich an jeden atemlosen Moment, den sie in seinen Armen verbracht hatte. Während sie nun ihre Beine zur Seite fallen ließ, sah sie ihn unter ihren Wimpern hervor an und war sich bewusst, wie sich ihm ihre Brüste entgegenhoben. Sie war ohne BH ins Shooters gegangen und hatte gehofft, eine zweite Chance zu bekommen und ihm ihr wahres Ich zeigen zu können. Das Ich, das als Frau aus Fleisch und Blut gesehen werden wollte und sich nach seiner Berührung sehnte.

Nun glitt sein Blick über ihre Brust und hielt bei ihren vorstehenden Nippeln inne. Dann wanderte er wieder hoch zu ihrem Gesicht. Ihr Höschen wurde feucht, als sie den wilden Hunger in seinen Augen sah.

»Es ist stickig hier drinnen.«

Ohne den Blick abzuwenden, streckte er den Arm aus und stieß das Fenster auf, um eine heiße Brise hereinzulassen.

Sie biss sich auf die Lippe und tat so, als wäre ihr die Situation peinlich. »Es wäre bequemer, wenn du meinen Gürtel öffnen könntest. Er schneidet mir in die Hüfte, Jackson. Ich kann kaum atmen.«

Seine Augen verengten sich, doch er kam auf sie zu.

Sie streckte die Beine aus und legte sich zurück, als seine Finger geschickt die Gürtelschnalle öffneten.

»Besser?«, fragte er mit tiefer Stimme.

»Den Knopf auch?« Als er aufsprang, holte sie tief Luft. »Besser.«

Sie wusste, was für einen Anblick sie bot. Ihr langes, blondes Haar war über die einfache Decke gebreitet. Er hatte es mit Seide und Mais verglichen. Sicherlich gab es poetischere Beschreibungen, doch sie war schon bei der Vorstellung dahingeschmolzen, dass er sie schön fand.

Dahingeschmolzen, wie sie es nun tat, hier auf der harten Matratze, mit geöffneter Hose und seinem großen Körper über sich, der das Licht der flackernden Flammen von ihr fernhielt.

»Du hast mich ganz in deiner Hand, Jackson«, sagte sie, und ihre Stimme klang zärtlich. »Was hast du mit mir vor?«

Sein Atem ging in einen langen Seufzer über. »Ich sollte dich hinten in meinen Truck packen und nach Hause bringen.«

»Wessen Zuhause?«

Er legte den Kopf schräg. »Was für ein Spiel spielst du jetzt, Sammi Jo?«

»Weiß nicht. Du bist derjenige, der die Regeln geändert hat«, sagte sie und hob ihre gefesselte Hand.

Er blinzelte kurz, dann senkte er die Lider. »Vielleicht wollte ich, dass du mich siehst, Sammi Jo, nur ein einziges Mal. Mein wahres Ich.«

Seine Bemerkung war wie ein Echo ihrer eigenen Gedanken, und sie hielt den Atem an. »Dein wahres Ich? Ich verstehe nicht.«

Jackson beugte sich vor, die Hände in die Hüften gestemmt. Ihr Atem ging schneller. Dann ging er vor ihr auf die

Knie, schob die Hände zwischen ihre Beine und drückte sie auseinander.

»Jackson?« Es klang wie ein Aufschrei.

Er beugte sich zu ihr herunter, bis sich der harte Grat, der sich unter seiner Wrangler verbarg, gegen ihren Schoß schmiegte. Mit einer Hand glitt er unter ihren Po und drückte sie an sich, während er sich zwischen ihren Beinen bewegte. Er ließ sich auf einen Ellbogen nieder und senkte den Kopf, um ihr ins Ohr zu flüstern. »Erinnerst du dich, wie du gekommen bist, als ich mich an deiner Pussy gerieben habe?«

Sie stöhnte leise, denn damals wie jetzt auch hatte die Reibung sie heiß gemacht.

»Ich wollte dich so sehr, dass ich mir einen runterholen musste, bevor wir uns treffen konnten.«

Sie schüttelte den Kopf. »So hast du noch nie gesprochen.«

»Ich wollte dich nicht schockieren.« Er hob den Kopf, und seine braunen Augen sahen sie unverwandt an. »Sag mir, Baby, hast du mich auf Abstand gehalten, damit ich nicht herausfinde, dass du keine Jungfrau mehr bist?«

Die Worte waren wie eine eiskalte Dusche für sie. Sie wurde still und kämpfte gleichzeitig gegen das Gefühl, laut schreien zu müssen. Stattdessen schenkte sie ihm ihren kühlsten Blick. »Ich habe dich auf Abstand gehalten, weil ich sehen wollte, ob du Manns genug bist, um mich zu nehmen.«

Seine Hüften drängten sich weiter zwischen ihre Schenkel, und er drückte sich mit beiden Händen hoch, um sie von oben herab anzusehen. »Du solltest einen Mann nicht so reizen, wenn er hart wie ein Laternenpfahl ist und nicht mehr mit dem Kopf denkt.«

»Ich habe dich noch nie für ein verdammtes Genie gehalten, Jackson Lowry. Und die Wahrheit ist, dass ich auch nicht auf dein Hirn scharf war.«

»Was wolltest du dann?«

Sie war so zornig, dass ihre Stimme bebte. »Dich. Wie du mich alles Schmutzige machen lässt, von dem ich jemals geträumt habe.«

Seine Hand glitt unter ihren Kopf, und seine Finger bohrten sich in ihren Schädel. Dann zog er fest an ihrem Haar. »Ich glaube, du willst wirklich, dass ich dir den Hintern versohle. Ist es nicht so, Baby?«

Er hatte sie Liebling oder Süße genannt, doch noch nie zuvor Baby, und er hatte sie auch noch nie so voller Leidenschaft angesehen. Eine Leidenschaft, die ihm aus jeder Pore drang. Sein ganzer Körper versteifte sich, als er sie mit seinem Gewicht in die Matratze drückte.

»Ich kriege keine Luft.«

»Gut, dann kannst du auch nicht mit mir streiten.«

Sie zog die Augenbrauen hoch. »Willst du denn streiten?«

»*Ich* werde reden. *Du* wirst zuhören. Und dann werde ich dir geben, was du verdienst.«

»Glaubst du etwa, du bist mein Boss?«

»Ja, und ich glaube auch, dass es das ist, was du dir die ganze Zeit über gewünscht hast.« Sein Gesichtsausdruck wurde hart, und er lehnte sich vor, bis sein Mund den ihren berührte.

Seine Augen waren weit geöffnet, und sie erwiderte seinen Blick in gleicher Weise.

Erst saugte er an ihren Lippen, dann knabberte er an ihnen. Sie holte tief Luft und öffnete ihren Mund, und er drang in sie ein und spielte mit ihrer Zunge. Seine Berührungen passten sich dabei dem Rhythmus an, in dem sich seine Hüften bewegten.

Gott, sie war nahe davor zu kommen. Ihre Augenlider schlossen sich langsam.

Jackson unterbrach den Kuss und zog sich von ihr zurück.

Sie versuchte, ihm zu folgen, doch das Seil, das um ihr Handgelenk gebunden war, fesselte sie ans Bett.

Jackson stand neben dem Bett und zog sich langsam aus. »Ich bin größer als du, stärker, und wenn ich dich wie Porzellan behandelt habe, dann nur, weil ich dir nicht wehtun wollte.«

Sie rümpfte die Nase und tat so, als würde nicht alles, was er ihr offenbarte, sie noch mehr erregen. »Ich bin nicht aus Zucker.«

Er schüttelte den Kopf. »Nicht sprechen. Es sei denn, ich stelle dir eine Frage.«

»Nicht sprechen? Wie lange kennst du mich schon?«

Hemd und Stiefel hatte er ausgezogen, nun knöpfte Jackson seine Jeans auf und streifte erst sie und dann seine Boxershorts ab. Er sah auf seinen aufgerichteten Schwanz, dann hob er den Blick, um sie anzusehen. »Wir wurden uns gerade erst vorgestellt. Entscheide dich, ob du mehr kennenlernen willst, oder das hier ist jetzt zu Ende.«

»Ich frage dich noch mal. Wer hat dich zum Boss gemacht?«

Seine Braue schoss in die Höhe. »Es wird gemacht, wie ich es will – bis zum Ende.«

Obwohl der entschlossene Klang seiner Stimme und seine Absichten sie erregten, wäre sie nicht sie selbst gewesen, hätte sie sich einfach zur Seite gerollt und ein scheues »Ja, Sir«, entgegnet. Außerdem war nur eine ihrer Hände gefesselt.

Sie lag noch immer auf dem Rücken, als sie sich die Stiefel von den Füßen trat und dann versuchte, ihre Hose auszuziehen. Es gelang ihr, sie bis zu den Knien herunterzustreifen, dann warf sie sich hin und her, um auch noch ihre Füße zu befreien.

Jackson stand neben dem Bett, die Arme vor der Brust verschränkt. »Gibt's irgendwelche Probleme?«

»Wage es ja nicht, zu lachen.«

Sein Grinsen spiegelte reine männliche Befriedigung wider.

Sie tat das Einzige, was sie tun konnte. Sie hob die Knie und spreizte die Schenkel.

Sein Lächeln erstarrte, als er den Blick auf ihre geöffnete Spalte richtete.

Es machte sie unendlich verlegen. Eine leuchtende Röte überzog ihre Wangen, doch sie sah nicht weg. Oder presste ihre Schenkel zusammen. Auch wenn sich der Moment dehnte und sie sich fragte, ob sie sich nicht mehr wie eine Lady hätte verhalten sollen.

»Das Hemd – zieh es aus«, brummte Jackson, ohne hochzublicken. Sie wand sich kurz, doch schließlich gelang es ihr, das T-Shirt über das Seil zu ziehen und sich davon zu befreien. Der größte Teil ihres Körpers war nun entblößt, und ihre Sorge wuchs.

Er hatte sich nicht gerührt. Sein Gesichtsausdruck hatte sich nicht verändert und war so unbewegt, dass sie nicht sagen konnte, ob er enttäuscht war. Sicher, er hatte sie schon oft berührt, unter ihrer Kleidung, im Dunkeln, aber er hatte sie noch nie nackt gesehen.

Vielleicht fand er ihre Haut zu blass. Vielleicht hätte sie ihren Busch ganz rasieren sollen, statt einen kleinen seidigen

Büschel stehen zu lassen. Aber sie wollte ihn entscheiden lassen, wie er ihr Haar mochte. Sammi Jo streckte ihre freie Hand nach unten und bedeckte ihre Blöße.

Jackson nahm ihre Beine und befreite sie von ihrer Jeans. Dann zog er Sammi Jo zur Seite, bis ihre Beine neben die Matratze fielen. Als er sich hinkniete und sich zwischen ihre Schenkel schob, konnte sie ihm nicht widerstehen. Seine Hände lagen um ihre Pussy, und mit den Daumen öffnete er ihre äußeren Lippen.

»Ich habe nicht gelogen«, sagte sie leise.

»Worüber genau?«

»Dass ich noch Jungfrau bin.«

»Es wäre mir egal gewesen. Das ist nichts, was ich erwarte.«

»Aber du solltest es wissen, oder etwa nicht? Weil ich wirklich keine große Ahnung habe.«

»Du weißt 'ne Menge«, sagte er, und seine Augen verengten sich, bis sie das Gefühl hatte, ihm jedes schmutziges Geheimnis offenbaren zu wollen.

»Also vielleicht habe ich ein- oder zweimal einen Penis berührt.«

»Schon mal einen im Mund gehabt?«

Sie schüttelte den Kopf. »Penisse sind eigentlich ziemlich hässlich. Zumindest habe ich das bisher gedacht«, sagte sie, während sie auf Jacksons hübschen geraden Schwanz blickte.

»Du wirst dich daran gewöhnen.«

Meinte er damit, dass er sie nach diesem Wochenende immer noch wollte? »Vielleicht muss man erst auf den Geschmack kommen. Wie bei Schnecken.«

Angewidert zog er die Nase hoch. »Es wird nicht nach Schnecken schmecken.«

»Hab ich auch nicht gedacht.« Sie kaute auf ihrer Lippe, um ein Lächeln zu unterdrücken. Dann hatte sie einen anderen Gedanken. »Aber vielleicht wird es dir nicht gefallen, wie ich schmecke.«

»Fragst du mich, ob ich dich kosten will?«

Sie holte tief Luft. »Redest du immer so mit Frauen?«

»Ich versuche, ein Gentleman zu sein.«

»Nur mit mir gelingt es dir nicht?«

»Du hast es so gewollt. Du wolltest nicht, dass ich mich verstelle, Sammi Jo.« Er sah an sich herunter. Ihr Blick folgte ihm, als er die Hand um seinen Schwanz schloss. »Mein Schwanz ist so hart, dass ich an nichts anderes denken kann, als ihn dir tief in die Pussy zu stoßen. Oder in deinen Hintern.«

»Meinen Hintern?« Sie schnappte nach Luft und wurde blass.

»Ja, dazu werden wir auch noch kommen. Doch nichts überstürzen.«

»Heute Nacht?«

»Himmel, nein. Ich muss uns noch was für die Hochzeitsnacht aufheben.«

Ihr Herz setzte für einen Schlag aus, bevor es noch heftiger in ihrer Brust pochte. »Hochzeitsnacht?«

»Habe ich das nicht erwähnt? Ich habe mit dem Reverend gesprochen. Er wird uns am Montagmorgen den Segen geben.«

»Du willst mich immer noch heiraten?«

»Lass uns eines klarstellen. Ich werde dich immer heiraten wollen – egal, ob du am Montag wieder davonläufst oder erst in dreißig Jahren.«

»Aber du kennst mich doch gar nicht wirklich. Vielleicht habe ich dir am Sonntag einen Gefallen getan.«

»Glaubst du das?« Sein Blick senkte sich und glitt über ihre Pussy und ihre Brüste, bevor er ihr gerötetes Gesicht erreichte. »Glaubst du etwa, ich wüsste nicht, dass da eine Frau ist, die will, dass ich ihr den Hintern versohle und sie ordentlich durchficke? Ich *weiß* es, Baby. Ich habe das Funkeln gesehen, als du mich aus deinen hübschen blauen Augen angesehen hast, damit ich dir ein Glas Eistee hole. Ich kenne dich. Du willst, dass ich dich übers Knie lege. Dass ich hart durchgreife.«

Sie holte scharf Luft, und heimlich genoss sie seinen entschlossenen Ton. »Oh, tu ich das? Vielleicht habe ich manchmal einfach unbändigen Durst.«

Sein Finger fuhr über die feuchte Linie zwischen ihren Lippen. Dann steckte er ihn sich in den Mund und lutschte daran. »Ich mag es, wie du schmeckst.«

Sie griff hinter sich nach dem Kopfkissen und warf es ihm an den Kopf.

Jackson lachte, dann vergrub er sein Gesicht zwischen ihren Beinen, sodass sie aufschrie.

Als seine Lippen ihre Klitoris berührten, bog sie den Rücken durch. »Jackson!« Danach fehlte ihr der Atem, um zu schreien oder auch nur zu flüstern. Sie wimmerte leise und wusste, dass es sich anhörte, als würde sie sterben, doch es war ihr egal. Seine Zunge fuhr über die harte Knospe, kreiste dann langsam auf ihr, sodass sie wild zuckte, als sie schließlich kam.

Sie hatte keine Kraft, keinen Atem, um ihn zu bitten, aufzuhören. Stattdessen knetete sie ihre Brüste, während sie den Kopf von einer Seite zur anderen warf. Ihr Körper bebte, und ein Zittern durchlief ihre Schenkel, die gegen sein Gesicht schlugen.

Als er den Kopf hob, waren seine Lippen geschwollen und nass und seine Wangen gerötet. Und als er ihre Schenkel wieder auseinanderdrücken wollte, hatte sie ihm nichts entgegenzusetzen. Sein Finger fuhr ihre Spalte entlang und drang dann in sie ein, um mit kreisenden Bewegungen durch ihre Säfte zu fahren. Er drängte tiefer und tiefer, dann zog er sich zurück. »Kein Jungfernhäutchen«, flüsterte Jackson und runzelte die Stirn.

»Ich habe nicht gelogen.«

»Das weiß ich. Aber ich will dir nicht wehtun. Auf diese Weise ist es besser.«

»Besser? Gott, du wirst mich noch umbringen.«

Er grinste und drückte sie auf die Matratze zurück. Während er sich auf den Ellbogen abstützte, schoben sich seine Hüften zwischen ihre Schenkel, und sein Schwanz lag auf ihrer Spalte. Sammi Jo fühlte, wie sich etwas in ihr löste. »Es tut mir leid.«

»Stopp«, sagte er und schüttelte heftig den Kopf. »Mir tut es auch leid. Hab keine Angst mehr, Sammi Jo. Ich weiß genau, was ich bekomme, und ich werde es nicht bereuen.«

»Ich liebe dich.«

»Ich weiß.«

Sie schob die Lippen vor. »Du sagst es mir nicht zurück?«

»Ich habe es dir so oft gesagt, dass ich fast erstickt bin.«

Offenbar war Jackson kein Romantiker, doch damit konnte sie leben.

»Ich werde dir zeigen, was du mir bedeutest.« Er drückte sich mit den Armen hoch. »Komm und leg ihn dir direkt vor ...«

»Mein Loch?«

Er rümpfte die Nase und schüttelte den Kopf. »Ist dir das lieber als Pussy?«

Sie rümpfte ebenfalls die Nase. »Nicht wirklich. Vielleicht sollten wir einen Namen suchen.«

Seine Lippen verzogen sich. »Wie für einen Hund oder eine Puss...?«

»Schluss jetzt!« Sie kicherte, dann hob sie den Kopf und küsste ihn. Ihre freie Hand schloss sich um seinen breiten, heißen Schaft und zog ihn vor ihre Öffnung. Kreisend fuhr sie mit ihm darum herum und benetzte ihn mit ihrer Nässe. Die leisen, schmatzenden Geräusche erinnerten sie an ihre leidenschaftlichen Küsse, und sie hob die Hüften ein Stückchen, um seine Schwanzspitze in sich aufzunehmen. Gott, er fühlte sich so groß an. Er hielt inne, bereit, in sie einzudringen. »Ich weiß, dass es passt, aber ...«

Sein Gesichtsausdruck wurde weicher. »Sag mir eins.«

»Jetzt?«

»Was hat dein Dad gesagt, als er dich den Gang zum Altar entlanggeführt hat?«

»Jetzt?« Sie winselte leise und wand sich, um ihn in sich hineinzuziehen.

»Ich muss wissen, warum du aus der Kirche gerannt bist.«

Sie seufzte. »Er ist auf mein Kleid getreten.«

»Du hast dir Sorgen über einen Fußabdruck gemacht?«

»Nein. Aber kurz bevor wir losgegangen sind, habe ich ihm gesagt, dass ich das nicht durchziehen kann. Dass du nicht die geringste Ahnung hättest, was für ein Mensch ich wirklich bin. Ich wollte weg, aber er ist auf mein Kleid getreten.«

»Dein Dad hat versucht, dich zu einer Hochzeit mit mir zu

bewegen? Ich dachte immer, dass er mich nicht besonders gut leiden kann.«

Sie schnaubte. »Er mag dich sehr. Aber er dachte, dass du mit etwas Gegenwind noch härter daran arbeiten würdest, dir meine Hand zu verdienen. Er hat erzählt, dass der Vater meiner Mutter ihn damals durch den Fleischwolf gedreht hat. Und dir sollte es wohl ebenso ergehen.«

Sein Mund verzog sich zu einem breiten Grinsen. »Du weißt, dass ich dir den Hintern versohlen werde. Du weißt, dass jeder eine Heidenangst vor deinem alten Herrn hat.«

»Daddy ist ein großer Junge. Mit der Schmach wird er schon fertig werden. Und wo wir gerade von großen Jungs sprechen ... Jetzt weißt du es. Wie viel mehr Zuspruch brauchst du noch?«

Jackson drückte, und mit einer kleinen Kreisbewegung ließ er die Spitze seines Schwanzes in ihr verschwinden.

»Nennt man das *bohren*?«

Er lachte. »Tu das nicht, nicht jetzt. Ich will es langsam angehen lassen.«

»Was ist mit meinen Wünschen?«, fragte sie und wusste, dass sie wie ein Kind klang, das die Süßigkeiten nicht bekam, die es wollte.

»Was willst du denn, Baby?«

»Dich so tief in mir drin, als wären wir eins.«

»Das kriegst du, ich schwöre es.« Mit dem nächsten Stoß glitt er tiefer in sie, und sein beträchtlicher Umfang verursachte ihr einen stechenden Schmerz.

Als sie aufstöhnte, hielt er inne. Schweißperlen standen ihm auf der Stirn. Seine Lippen waren zu einer dünnen, festen Linie zusammengepresst – als ob auch er Schmerzen hätte.

»Es hat nicht sehr wehgetan. Hör nicht auf.«

»Bist du sicher?«

Nein, das war sie nicht. Aber wenn er sich nicht beeilte, würde das hier der kürzeste Sex aller Zeiten werden. »Ja.«

Er bewegte sich weiter, drängte vorsichtig tiefer, und ihre inneren Muskeln spannten sich fest um ihn. »Tut mir leid.«

»Nein, das fühlt sich gut an«, keuchte er.

Sie zog eine Augenbraue in die Höhe. »Es kann jetzt losgehen, Jackson. Ich weiß, dass es da noch mehr geben muss.«

Er musste lachen und legte sich auf sie, umarmte sie fest und rollte sich dann mit ihr auf den Rücken.

Sie saß fest auf seinem Schoß und versuchte, ihren Atem zu beruhigen. »Der Anblick gefällt mir.« Sie log nicht. Sie sah an sich herab, auf ihre leicht gerötete Haut, die aufgerichteten Nippel und den bebenden Bauch, und konnte sich vorstellen, was hinter seinen dunklen Augen vorging. Seine breite Brust war muskulös und behaart – so männlich und appetitlich, dass sie an ihm lecken wollte wie eine Hirschkuh an einem Salzstein. Und Gott, sein Bauch war so flach und die Muskeln so trainiert, dass sie am liebsten ihre Finger dazwischen vergraben hätte.

Doch der interessantestes Anblick bot sich dort, wo ihre Körper vereinigt waren. Sie sah, wo sein Schaft in ihr verschwand. Unwillkürlich stöhnte sie auf und begann, sich zu bewegen. Sie hielt sich an seinen Schultern fest, während sie den Kopf beugte, um zuschauen zu können. Er war nass von ihren Säften, gerötet und von breiten Venen durchzogen, die sie spüren konnte, als sie sich vor und zurück bewegte.

Seine Hände lagen auf ihren Hüften, doch als er sie näher an sich ziehen wollte, schüttelte sie den Kopf. »Ich will zusehen.«

»Dann schau genau hin«, flüsterte er. Er drückte mit der Hand gegen ihren unteren Bauch, und sein Daumen rieb über ihre Klit, die rot und geschwollen war und vor Feuchtigkeit glänzte. Sammi Jo seufzte leise auf.

Jackson hob die andere Hand und leckte sich über zwei Fingerspitzen, mit denen er dann ihre Klit berührte. Er war zärtlich, doch die Schwiele an seiner Fingerspitze reizte sie, und sie stöhnte laut auf.

»Ist das zu heftig?«

Ihr Atem ging schnell, und ihr Körper zitterte, als sie ihre Hand auf seine legte und seine Finger fester gegen ihre Knospe drückte. Dann nahm sie ihren Rhythmus wieder auf, ließ seinen Schaft tief in sich gleiten, drückte sich auf ihn, bis zur Wurzel, um ihn dann ein wenig freizugeben, bevor sie sich erneut auf ihn senkte.

Sie schloss die Augenlider und konzentrierte sich auf jede noch so kleine Empfindung. Sein breiter Schwanz dehnte ihren Tunnel, der von einer heißen Feuchte bedeckt war. Sie spürte seine Haare und die sinnliche Berührung seiner Fingerspitzen. Sie bewegte sich schneller und ritt ihn stöhnend und mit schwingenden Brüsten härter und härter.

Als der Orgasmus über ihr zusammenschlug, fühlte es sich besser an als alles, was sie mit ihrer Hand je zustande gebracht hatte. Sie hielt inne und spürte, wie sich ihre bebende Haut abwechselnd heiß und kalt anfühlte. Es war wie eine Explosion, die sie mit sich zu reißen schien. »Oh Gott, oh Gott!«

Während sie nach Luft schnappte, spürte sie, wie seine Hand fest über ihre Brüste und ihren Bauch strich. Als es vorüber war, öffnete sie die Augen.

Jackson fing ihren Blick auf. Seine Züge waren angespannt, seine Augen glitzerten feucht. »Baby, das war wundervoll.«

Sie schenkte ihm ein erschöpftes Lächeln und sank dann langsam auf seine Brust. Er legte die Arme um sie und zog sie fest an sich. Ein Kuss landete auf ihrer Schläfe. »Ruh dich einen Moment aus.«

»Aber ... du?«

»Ich habe so lange gewartet, da wird mich ein Weilchen länger auch nicht umbringen.«

Sammi Jo schmiegte sich an seine Halsbeuge. »Ich bin froh, dass ich gewartet habe.«

Jackson gab ihr einen Klaps auf den Hintern, als sie noch näher an ihn rückte. Sein heißer Atem strich über das Haar, das ihr an der Wange klebte. »Glaub nur nicht, dass ich es vergessen habe.«

Ihr Po drückte sich gegen seine Hand. »Was hast du vor?«, fragte sie lächelnd. »Ein Klaps für jede Stunde, die ich dich habe warten lassen?«

Er tätschelte ihren Hintern, dann wurde sein Griff fester. »Sagen wir zwei.«

Sie bleibt nicht über Nacht

Anna Meadows

Sie hätte es wissen müssen, als sie ihn das erste Mal sah, doch er war so still und zurückhaltend. Mehr als das: Er war respektvoll. Normalerweise hatten wilde Jungs wie er eine große Klappe. Wenn sie ihm damals richtig in die Augen gesehen hätte, hätte sie bereits den Anflug von Wagemut erkannt, der ihn Jahre später dazu brachte, *los pasos de la muerte* zu reiten. Er sah nicht aus wie ein Junge, der dem Tod ins Gesicht lachte, sondern wie einer, der ihm in die Augen sah und auf ein Wimpernzucken wartete.

Adabella war fünfzehn, als Buckley Carver das Land ihrer Eltern betrat. Er war genauso alt, *mas o menos*. Sie wusste es nicht genau, und er verriet niemandem seinen Geburtstag. Er wollte nicht, dass Adabellas Mutter die *piñata estrella* in die Esche hängte, und er wollte ganz bestimmt nicht, dass die Männer so schief *Las Mañanitas* sangen, dass die Kühe davonliefen.

An jenem ersten Tag sah er klein und schmutzig aus und war zu stolz, um sich seinen Hunger anmerken zu lassen. Adabella hatte ihn mit ins Haus genommen wie eine herrenlose Katze. Ihre Mutter behauptete, sie hätte das getan, weil er der erste blonde Junge war, dem Adabella begegnete. Ein blonder Junge aus Fleisch und Blut. Jeder auf Land der Rocíos war dunkelhaarig, mit Ausnahme der wenigen Frauen, die sich jeden Sonntag Peroxid in ihr kräftiges Haar kämmten. *Las rubias de bote* nannte ihre Mutter sie, flaschenblond. Doch Buckley Carver sah von Natur aus so aus, und für Adabella war das so seltsam wie die Vorstellung von den rosa Pferden, die es angeblich gab, auch wenn sie niemanden kannte, der sie schon mal gesehen hatte.

Adabella machte dem Jungen *higaditos de fandangc* aus Eiern von den Hühnern ihrer Mutter. Einige hatten eine bläuliche Schale, andere eine grünliche, und Adabellas Cousins aßen weder die einen noch die anderen. Sie wärmte Tortillas auf, die vom Frühstück übrig geblieben waren, und inzwischen zog der Junge mit einem Schraubenzieher aus der Küchenschublade einen Türgriff am Schrank fest. Er tat es, als wäre er in dem Haus zu Hause und als gehöre es zu seinen Aufgaben, sich darum zu kümmern.

»Was machst du da?«, fragte ihn Adabella.

»Das muss repariert werden«, antwortete er. »Ich weiß, wie es geht.«

Sie hielt ihn nicht davon ab. Ihr Blick war auf den Herd gerichtet. Es war das erste Mal, dass sie Tortillas mit den Fingern über die offene Flamme hielt und nicht in der flachen Pfanne erwärmte.

Ihre Mutter schien nicht erstaunt zu sein, als sie Buckley Carver am Küchentisch entdeckte. Sie nickte ihm zu, als hätte sie ihn erwartet.

»Und was kannst du sonst noch, *chico blanco*?«, fragte sie ihn.

»Alles, was man mir beibringt«, sagte er.

Die Mutter nickte wieder, knapp und respektvoll. Sie erwartete nicht viel von Männern, außer dass sie bereit waren zu arbeiten. Sie hatte ihn nicht gefragt, woher er kam oder woher er den blauen Ring um sein rechtes Auge hatte, der so aussah wie die Nebulae, nach denen Adabellas Vater durch sein Teleskop Ausschau hielt. Als Adabella die Hand hob, um auf die Verletzung zu zeigen, schlug die Mutter ihr auf die Finger, als wären es Motten, die über einem Ballen Alpakawolle schwirrten.

Ihr Mutter mochte den Jungen, weil er Ordnung hielt, und ihre Cousins, weil sie ihm beibringen konnten *pendejo*, Trottel, zu sagen. Sie nannten ihn *el caballo blanco*, das weiße Pferd, nach einem ihrer *corridos*, den sie sangen, wenn an Sonntagabenden der Mescal kreiste. Buckley Carver hatte ein glücklicheres Los als das Pferd in dem Lied, sagten sie, doch er würde auf dem *llano* sterben wie sie und wie es *el caballo* getan hatte, denn sie sahen, wie er sich bereits in den Anblick des unbarmherzigen türkisfarbenen Himmels verliebte, der sich über die goldene Erde spannte.

Sie mochten ihn auch, weil er nicht an ihnen vorüberzog, was seine Größe betraf. Er musste so lange gehungert haben, dass er keinen Wachstumsschub mehr bekam und nicht größer als die Männer in Adabellas Familie wurde. Das gefiel ihnen, denn das Einzige, was schlimmer war als ein *gringo*, war ein *gringo*, der auf jeden herunterblicken konnte. Doch der Junge sah größer aus, als er war, was an seiner aufrechten Haltung lag und daran, wie er der Wüste direkt ins Auge zu blicken schien.

Adabella machte sich keine Sorgen, dass ihre Mutter den Jungen fortschicken könnte, denn ihre Mutter wusste genau, dass Buckley Carver auf keiner anderen *hacienda* überlebt hätte. Nicht weil er zu weich für die Arbeit gewesen wäre – mit fünfzehn hatte er bereits so viele Schwielen an den Händen, dass diese rau wie eine Katzenzunge waren –, sondern weil er eine zarte Seele besaß, *un tierno* war. Hätte er gesehen, wie grob die Männer anderswo mit den *broncos* und dem Vieh umgingen, hätte ihn das zerbrochen, als wäre er selbst ein Wildpferd.

Doch die Rocío Männer waren anders. Ihr Aztekenblut sorgte dafür, dass sie ihre Arbeit schnell erledigten. Es war nicht so, dass sie die Bullen mit sanfter Hand anfassten, doch sie brachten ihnen den Respekt eines Rivalen entgegen. Sie sahen den *toros* in die Augen und gaben ihnen zu verstehen, dass sie gewinnen würden, aber auch, dass sie um den Kampf wussten, der diesem Sieg vorausging. Seit über fünfzig Jahren hatten sie für die Brandzeichen kein glühendes Eisen mehr verwendet, sondern *hielo seco*, Trockeneis, das ihnen ein Mann in einem grünen Truck brachte. Die Kinder hielten nach dem grünen Truck Ausschau, damit sie kleine Stückchen vom Block ihrer Väter stibitzen konnten. Die Jungen drängten einander, das Eis in die Hand zu nehmen, und die Mädchen sahen zu, wie die Katzen hinter den Stückchen herjagten, die über den Fußboden rutschten.

Adabella war dabei gewesen, als die Männer Buckley beibrachten, das Eis anzuwenden. Er legte das Brandeisen auf das Trockeneis, und Nebelschwaden stiegen von dem Eisblock auf, dann drückte er das gekühlte Metall gegen eine rasierte Stelle auf dem Schenkel des Tiers. Der Kuh gefiel das nicht, dennoch brüllte sie nicht auf, wie sie es bei einem glühende Eisen getan hätte. Stattdessen schnaufte sie, als sei sie heftig von einer Bremse gestochen worden. Die Kuh war davongetrottet, und Adabellas Cousins hatten Buckley auf den Rücken geschlagen und ihn einen guten *vaquerito* genannt.

Nach einigen Wochen war das Fell der Kuh nachgewachsen, und das Brandzeichen der Rocíos hatte sich in hellem

Haar abgezeichnet. »Es tötet die Farbzellen der Haare«, hatte Adabellas Vater erzählt, als er Buckleys Arbeit begutachtet hatte.« Er klopfte der Kuh oberhalb des Zeichens auf das Fell, und das Tier trottete in die Sonne davon. »Wir werden noch einen *vaquero* aus dir machen«, sagte er. »Auch wenn du *pálido, como los conquistadores* bist, ähnelst du dennoch mehr den *vaqueros* aus der Mission, finde ich.

Adabella hätte Buckley gerne gesagt, dass ihrem Vater kein größeres Kompliment über die Lippen kam, vor allem wenn es um einen *gringo* ging. Doch dafür hätte sie hinter der Esche hervortreten und zugeben müssen, dass sie gelauscht hatte.

»Alles, was die Cowboys aus dem Norden sind, haben sie von uns«, erzählte ihr Vater Buckley. »Wenn *los españoles* ihre Kühe aus den Augen verloren, haben wir sie wieder gefunden.«

Ein Windstoß fuhr durch die Blätter der Esche, und Adabella konnte erkennen, dass *el caballo blanco* barfuß war. Sie war jedes Mal aufs Neue überrascht, wenn sie seine Zehen sah, die braun vor Staub unter seinen Jeans hervorlugten, auch wenn er die Hälfte des Jahres so herumlief. Auch das war etwas, das ihm die Bewunderung ihres Vaters einbrachte, denn so arbeiteten die *vaqueros* seit Hunderten von Jahren auf dem Land. Niemand hätte Buckley einen Vorwurf daraus gemacht, wenn er das ganze Jahr über Schuhe getragen hätte, so wie es die Hälfte von Adabellas Cousins taten. Doch als ihn das Mädchen einmal danach gefragt hatte, hatte ihr Buckley erzählt, dass er es liebte, nichts zwischen sich und der Erde zu spüren. Inzwischen waren seine Fußsohlen an die Hitze und die raue Erde gewöhnt, und so trug er seine Stiefel lediglich vom Spätherbst an, wenn an den Bäumen nur noch wenige feuerfarbene Blätter hingen, bis zur ersten Frühlingswoche, wenn die Wüste wieder zu blühen begann. Manchmal war er im Herbst sogar so lange barfuß geblieben, dass er von den ersten gefrorenen Blättern unter seinen Füßen überrascht worden war. *«¡Dios míos!«*, rief Adabellas Mutter ihm dann durch das Fenster zu und sagte ihm, dass er seine Stiefel anziehen solle.

Buckley sah zu der Kuh, auf deren Körper sich das blasse Brandzeichen der Familie abzeichnete. »Was macht ihr mit einem weißen Pferd?«, fragte er Adabellas Vater.

»Du musst das Brandeisen ein wenig länger aufdrücken, dann sterben auch die Haarzellen ab und das Zeichen tritt klar hervor«, sagte ihr Vater. »Aber bei uns gibt's keine weißen Pferde.«

Adabella sah, wie Buckley zusammenzuckte, und hätte ihm gerne gesagt, dass alles in Ordnung war. Ihr Vater wusste nichts von dem Spitznamen, den ihre Cousins Buckley Carver im ersten Monat auf dem *cortijo* gegeben hatten. Doch sie hatte sich im Schatten zwischen Scheune und Esche versteckt, und selbst als ihr Vater davonging, um weiterzuarbeiten, trat sie nicht ins Licht hervor. Von diesem Versteck aus beobachtete sie auch, wie sich *el caballo blanco* im Winter eine rote *faja* um die Hüfte band und zurechtrückte. Sie stand still, als er sich seine Jeansjacke überzog oder, als es kälter wurde, die schwerere *chaqueta* und seine *espuelas* anlegte, die Metallsterne, die an seinen Absätzen wie Eis in einem Flussbett glitzerten. Im Sommer sah sie, wie sich seine Rückenmuskeln unter dem Hemd abzeichneten und ihm das Haar ins Gesicht fiel. Sie fragte sich, wie es ihm gelang, so saubere Fingernägel zu behalten, selbst wenn seine Jeans schmutzverkrustet waren.

Sie war beinahe achtzehn, als ihre Mutter ihr sagte, dass Adabella fortgehen würde, um ab dem Ende des Sommers bei ihrer Tante oben im Norden zu leben. Es war ungefähr zur selben Zeit, als Buckley seinen ersten *paso de la muerte,* den Todesritt auf einem Wildpferd, versuchte, ohne Sattel. Nur eine Handvoll Männer auf dem *cortijo* waren verrückt genug, es zu probieren, und nicht wenige von ihnen hatten sich dabei die Knochen gebrochen.

Adabellas Mutter hatte als Erste das Wilde in Buckleys Augen gesehen. Sie sah, dass ihn die Geschichten über *los pasos de la muerte* beschäftigten. »Tu es nicht«, sagte sie. »Du bist auch so ein guter *vaquero*. Du brauchst dir nicht den Arm zu brechen, um es zu beweisen.«

Doch *el caballo blanco* holte sein Lieblingspferd aus dem Stall und ritt hinaus auf den *llano,* bis er nah genug bei einem *mesteño* war, einem Wildpferd, um sich auf seinen Rücken zu schwingen. Sein Lieblingspferd trabte locker zurück zum Stall, während er in Richtung Horizont preschte, die Schenkel fest an den Rücken der Kreatur gedrückt, die ebenso wild und ruhelos war wie er selbst.

Ein Mann konnte auf diese Weise sein Leben verlieren. Manche Männer waren so gestorben. Wenn er sich verschätzte, wenn er auf das Wildpferd wechselte, und es ihn abwarf, konnte er von seinen Hufen zertrampelt werden. Und wenn er auf seinem Rücken saß, konnte es immer noch bocken und ihn abwerfen. Aus diesem Grund hatte sich Adabella nicht von *el caballo blanco* verabschiedet. Sie wollte nicht zusehen, wie er sich die *faja* um die Hüfte band, und daran denken müssen, dass er es vielleicht zum letzten Mal tat.

El caballo blanco schrieb ihr nicht, und auch sie schrieb ihm nicht, obwohl ihre Tante sie mindestens zweimal in der

Woche Briefe verfassen ließ. »Die Mädchen in deinem Alter benutzen jetzt alle das Telefon«, sagte die Tante und stand neben dem Tisch, an dem ihre Nichte schrieb. Mit einem Stift zeigte die Tante dabei auf ein Wort, das ihr nicht ordentlich genug erschien.

Und so schrieb Adabella an ihre Mutter und erkundigte sich nach den Hühnern mit den blauen Eiern, und sie schrieb an ihren Vater und fragte ihn, ob er *los meteoritos* durch sein Messingteleskop gesehen hatte. Sie schrieb an ihre Cousins und fragte nach dem Mann im grünen Truck, der das Trockeneis lieferte, und sie schrieb den Frauen der Cousins, wie dankbar sie ihnen für das letzte Foto der Kinder war. Doch sie schrieb nicht an den *caballo blanco*, der schwieg, und sie fragte auch nicht nach ihm und seinen *pasos de la muerte*.

Ihre Tante hielt sie dazu an, sich die Fingernägel wachsen zu lassen, und bitteres Melonenöl auf den Spitzen hielt sie davon ab, an ihnen zu kauen. Sie brachte ihr bei, nicht zu schnalzen, wie es ihre Cousins taten, die Schultern zurückzunehmen und ein *brasier* unter ihrer Bluse zu tragen. Und sie zeigte ihr, wie man Zwiebeln in so kleine Stücke schnitt, dass Adabella sie hoch in den Nachthimmel werfen wollte, nur um zu sehen, ob sie wie winzige Sterne dort hängen bleiben würden.

In der Nacht dachte Adabella an *el caballo* und daran, wie er sich mit schwieligen Fingern die bunte *faja* umband. Der Wind wehte durch sein Haar wie durch ein Weizenfeld, und seine Hände lagen auf dem Rücken eines Wildpferdes, das ihn nur deshalb nicht abwarf, weil es spürte, wie ähnlich er ihm war.

Sie dachte an seine Hände und daran, wie sie in die Mähne einer wilden Stute griffen, und sie fühlte einen Blitz der Eifersucht, der sich in ihren Brustkorb bohrte und sich in ihrem Körper ausbreitete. Sie dachte an die Spannung in seinen Schenkeln, wenn er darum kämpfte, nicht von dem *mesteño* abgeworfen zu werden, und sie dachte an seine nackten Füße im Sommer und das silbrige Glitzern seiner Sporen im Winter.

In manchen Nächten, wenn sie nicht aufpasste, dachte sie auch daran, wie sich seine Jeans unter dem Verschluss wölbte. Sie dachte daran, wie ihre Schenkel sich genauso fest um seinen Körper schlangen, wie er es tat, wenn er auf dem Rücken eines Wildpferds saß. Sie stellte sich vor, wie sie ihm die Hose aufknöpfte, so langsam, dass er aufstöhnte, während seine Hände auf ihren in helle Spitzenwäsche gehüllten Brüsten lagen. Es waren Nächte, in denen sie nicht schlief. Und morgens sagte ihre Tante dann, dass sie nicht bis tief in die Nacht hinein lesen sollte, nicht einmal *la Biblia*, weil all diese Worte sie nicht zur Ruhe kommen lassen würden.

Als sie zurückkehrte, war Adalbella gewachsen, aber sie war auch jetzt nicht sehr groß. Sie war die erste Frau in drei Generationen, die größer als ein Meter fünfzig war, und ihre Tante war sich sicher, dass es an Adalbellas guter Haltung lag und an dem Getreidetee, den sie das Mädchen dreimal am Tag trinken ließ. Adabella konnte nun Tortillas auf dem Ofen wenden, ohne ihr Gewicht von einem nackten Fuß auf den anderen zu verlagern oder dabei die *corridos* ihrer Cousins zu summen. Sie hatte gelernt, geduldig zu sein, und konnte den Besuchern ihres Vaters zuhören, ohne ständig herumzuzappeln. Sie konnte es, weil es in der Kirche ihrer Tante einen Priester gab, der sich so oft wiederholte, dass die Predigten oft doppelt so lang dauerten.

Ihre Mutter klatschte in die Hände und sah ihre Tochter an,

aus der nun eine Frau geworden war. »Ja«, sagte die Mutter. »Gut.« Am glücklichsten war sie darüber, dass Adabellas Haar nun glänzend über ihren Rücken floss. Das Mädchen hatte gelernt, es jede Nacht und jeden Morgen zu kämmen, und es so endlich gebändigt.

Adabella fragte nicht nach *el caballo blanco* oder ob die *vasos de la muerte* ihn getötet hatten. Sie sah ihn erst kurz vor dem Morgengrauen, als sie von einem leisen Wiehern vor ihrem Fenster geweckt wurde. Zuerst dachte sie, dass das helle Fell des Pferdes eine optische Täuschung wäre, wie von einem Blutmond beschienen. Doch als sie hinaus in die Nachtluft lief, sah sie, dass es keine Täuschung war: Die Farbe des Fells war eine Mischung aus hellbraun, weiß und rostrot, was es bereits aus kurzer Entfernung rosafarben aussehen ließ.

Das Pferd trottete aus dem Licht, das vom Haus ausging. Adabella lief ihm hinterher, und der Wind bauschte ihr Nachthemd. Das Gras unter ihren nackten Füßen fühlte sich kühl an, und die ganze Welt schien nach Zitronen zu duften, als das Pferd schließlich in der Nähe der Esche stehen blieb.

Buckley Carver trat aus dem Schatten des Baumes hervor. Er war ein wenig größer als früher, und an seinen Oberschenkeln zeichneten sich selbst in der Dunkelheit die Muskeln unter der Jeans ab. Sein Haar war so lang gewachsen, dass er es sich mit einer Kopfbewegung aus dem Gesicht werfen musste. Seine Unterarme waren so braun, dass sie nicht im Mondlicht leuchteten.

Er strich dem Pferd über die Flanke. »Ist sie nicht hübsch?«

»Ist sie echt?«, fragte Adabella. Die Stute hatte weder ein Brandzeichen noch trug sie Zaumzeug, und das Mädchen hatte von rosa Pferden bisher nur in Geschichten gehört.

»Ich bin so überrascht wie jeder andere«, sagte er. »Sie ist ein Rotschimmel. *La ruana*. Der hellste, von dem ich je gehört habe.«

Sein Spanisch hatte sie schon immer um den Verstand gebracht. Es war furchtbar, obwohl er so viele Worte kannte. Doch wenn er mit seinem Akzent des Nordens sprach, wurde sie so feucht, dass sie es zwischen ihren Schenkeln spürte. »Du hast mir nicht geschrieben.«

»Deine Mutter hat dich fortgeschickt, damit du eine Lady wirst«, sagte er. »Nicht, damit du *meine* Lady wirst.«

Darum war es nie gegangen. Adabellas Mutter hatte keine Sorge, einen Ehemann für sie zu finden. Und wenn nicht, wäre auch nichts schlimm daran, wenn sie auf dem *cortijo* bliebe, um zu helfen.

Adabellas Mutter hatte sie zu ihrer Tante geschickt, weil sie sich ihre Manieren von den Männern auf dem Land abschaute. Keine Tochter von Teresa Rocío sollte zwischen den Apfelbäumen herumstreunen, mit ungekämmtem Haar und bloßen Brüsten unter dem Nachthemd.

Adabella strich vorsichtig mit den Fingern über *la ruanas* Fell. »Wissen meine Cousins von ihr?«

»Machst du Witze? Sie ist schreckhaft. Ich werde die Jungs nicht in ihre Nähe lassen.« Er reichte Adabella die Hand. »Möchtest du es einmal versuchen?«

»Bist du sie schon geritten?«

»Ich reite sie nicht«, antwortete er. »Ich bin zu groß für sie.« Er klopfte dem Tier auf den Hals. »Aber dich wird sie mögen. Ihr seid beide klein.«

»Ich werde mich nicht auf sie setzen. Sie ist wild.«

»Sie kennt mich«, sagte Buckley. »Und ich habe ihr von dir erzählt.«

Das Pferd ließ sich von Buckleys Berührung nicht erschrecken. »Wie machst du es, dass sie nicht davonläuft?«

»Sie bleibt nicht über Nacht, aber lässt du sie gehen, wird sie sich am nächsten Tag von dir finden lassen.«

»Ich weiß nicht, wie man ohne Sattel reitet.«

»Ich werde es dir beibringen. Ihr Widerrist ist ziemlich niedrig. Sie wird niemals einen Sattel tragen, aber sie wird gut für dich sein, um auf ihr zu lernen. Ich werde dich morgen auf sie heben.« Er sah den ersten Hauch der Morgenröte am Horizont, und *la ruana* trabte in Richtung Dämmerung davon. »Sie mag es nicht, am Morgen bei mir zu sein.« *La ruana* wurde in der Ferne immer kleiner, ein rosa Klecks im ersten Licht.

El caballo blanco nickte ihr zum Abschied zu, doch Adabella griff nach ihm, bevor er gehen konnte. Sie ließ ihre Hand über seinen Nacken gleiten und schlang einen Arm um seine Hüfte, und obwohl er überrascht war, wich er nicht vor ihr zurück.

Sie küsste ihn, wie sie es sich des Nachts vorgestellt hatte, seine heiße Zunge zwischen ihren Lippen. Sie hasste ihn dafür, dass er schwieg, doch sie konnte nicht anders, als sich ihn bei seinen nächtlichen *pasos de la muerte* vorzustellen, wie er das rosa Pferd jagte. Sie dachte daran, wie *la ruana* ihm vertraute, weil er verlässlich und demütig war, raue Fingerspitzen und doch sanfte Hände hatte.

Sie legte ihre Hände auf seine jeansbedeckten Hüften und war ihm nah genug, um zu spüren, wie er hart wurde. Dann fuhr sie mit den Händen über sein Hemd, das ihm an der feuchten Brust klebte. Auch dafür hasste sie ihn – dass er angezogen war, während sie nur ein Nachthemd trug und ungekämmt war. Sie ließ es ihn fühlen, als sie die *faja* öffnete, sein Hemd hochschob und ihre Nägel in seinen unteren Rücken bohrte, während sie seinen salzigen Duft tief in sich aufsog. Sie hörte, wie sein Atem stockte, und er wurde noch härter.

Er fuhr mit den Fingern durch ihr wildes Haar. Er hielt sie so fest, dass sie das Gefühl hatte, seine Hände würden sich durch ihr Nachthemd brennen und sie stünde nackt vor ihm. Sie fragte sich, wie sie ihn all die Jahre hatte ansehen können, ohne zu wissen, wie sich seine Hände anfühlten. Er hatte sie höchstens einmal mit dem Unterarm gestreift, wenn er ihr aufs Pferd half. Nun sehnte sie sich nach jeder Berührung, die ihr entgangen war, so als habe sie den tiefen Schlaf der Mädchen aus den *cuentos de hadas* im Märchenbuch ihrer Tante geteilt.

Sie drängte ihn gegen die Esche und öffnete seine Hose. Nicht langsam wie in ihrer Vorstellung, sondern so schnell, dass er erstaunt war, schon nackt und hart vor ihr zu stehen. Die Art, wie er den Kiefer bewegte, zeigte ihr, dass sie in ihm die gleiche Leidenschaft entfacht hatte, die ihn auf die *pasos de la muerte* trieb.

Er griff um ihre Schenkel und hob sie hoch, während sie die Beine um seine Hüften schlang. Es war so dunkel und sie so trunken von der Hitze seines Körpers, dass er sich mit ihr drehte und sie es erst merkte, als sie die Esche an ihrem Rücken spürte. Er zog ihr das Nachthemd hoch und schob die Spitzenwäsche zwischen ihren Schenkeln beiseite, und seine Finger spürten ihre Feuchte.

Erst wünschte sie sich, er könnte ihre Lust nicht fühlen, doch dann hörte sie ihn stöhnen, als würde es ihm gefallen. Seine Finger glitten über sie, als hätte er das Zuckerwasser im Herzen einer Agave gefunden. Sie ließ die Hand zwischen ihre Körper gleiten, strich mit den Fingerspitzen über ihn und lockte ihn, bis er ihr erlaubte, ihn in sich aufzunehmen. Es tat weh, wie sie es sich gewünscht hatte. So als würde man mit den Fingern Trockeneis berühren oder wie ihre Nägel auf seinem Rücken wehgetan haben mussten. Sie hatte das Gefühl, dass er noch härter wurde. Er hörte die leisen Geräusche, die aus ihrer Kehle drangen, und fragte sie, ob er aufhören solle. Doch seine Worte und die Wärme an ihrem Hals machten, dass sie sich öffnete. Sie biss ihm in die Schulter, um ihm zu zeigen, wie sehr es schmerzte, wie die Berührung mit Trockeneis.

Er neigte den Kopf auf der Suche nach ihrem Mund, und sie öffnete sich seinem Kuss. Seine Hände spielten mit ihrem Haar und ihrem Nachthemd und sehnten sich danach, wieder das Agavenherz zu berühren. Doch er tat es nicht, und sie wusste, dass er an die Schwielen an seinen Fingerspitzen dachte.

Sie nahm seine Hand und führte seine Finger zu *la perla*, die in der Feuchtigkeit schwamm wie der Mond im Fluss. Durch die Schwielen war seine Berührung so warm und rau, wie sich der Sand spät am Nachmittag anfühlte. Es war, als würde die Wüste Liebe mit ihr machen, der Himmel, das Blau.

Es war im Winter, als sie die Frau von *el caballo blanco* wurde. Zu Ehren des Tages band Adabellas Mutter ein Dutzend *piñatas estrellas*, jede so blau wie der Himmel über der Ebene, an die Esche. Die Kinder waren von der zuckersüßen Hochzeits*cajeta* bereits schläfrig geworden und dachten nicht mehr daran, sie herunterzuholen. Es war kalt genug, dass sich auf dem Papier Eiskristalle bildeten, und so glitzerten die Gebilde an diesem Dezembermorgen wie ungeschliffener Amethyst.

Zu Weihnachten wurde die Eisschicht dicker und malte Eisblumen, und Adabella und Buckley sahen es vom Fenster aus – wie eine Sternschnuppe, *una estrella fugaz*, die in den Zweigen der Esche hing. Zum Frühling hin verschwand das Eis, und gab den Blick auf die Äpfel und Zuckerstangen auf dem zerrissenen Papier wieder frei. Wie Sternenstaub, der auf die Erde fiel, tanzten die Motive auf dem Papier.

La ruana kam kurz nach Mitternacht zur Esche. Die Rocío Männer sahen sie nicht, denn sie dachten, dass *el caballo blanco* und seine Frau beieinanderlagen. Buckley half Adabella auf den rötlich gefärbten Pferderücken, dann verschwand er in der Dunkelheit. Der Körper der Stute fühlte sich warm unter ihren Schenkeln und Händen an, und die Pferdemähne roch nach Schweiß und Erde und staubbedeckten Erdbeerblüten.

La ruana kannte den Weg in die Wildnis der Ebene. Adabella fand Buckley dort draußen, unter dem sternenbedeckten Himmel, auf dem Rücken eines Wildpferdes, dessen Fell zu hell für ein Brandzeichen war. Sie ritten auf *la ruana* und dem weißen *mesteño* auf den Horizont zu, bis der Sonnenaufgang den Himmel mit dem zarten Rosa von Steinsalz überzog und es Zeit war, die Pferde gehen zu lassen.

Niemals war Schottland so sexy

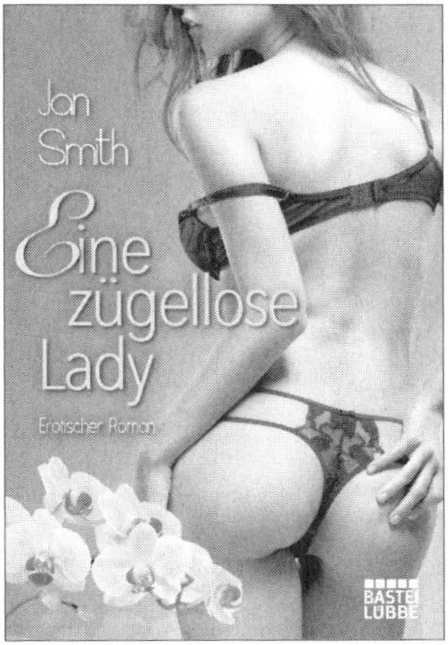

Jan Smith
EINE ZÜGELLOSE LADY
Erotischer Roman
Aus dem Englischen
288 Seiten
ISBN 978-3-404-17018-0

Schottland, 1314. Es ist bitterkalt in den Highlands. Lady Blanche McNaghten hat gerade erst ihren Mann verloren, einen kranken Greis. Nach Jahren der Enthaltsamkeit entdeckt die junge Witwe nun die Freuden der Lust wieder. Dann wird sie auf eine harte Probe gestellt, denn das Schicksal will es, dass sich ihr Weg mit dem von Black McGregor kreuzt, einem Erzfeind ihres Clans. Trotz dieses Umstands verfällt sie dem hünenhaften Black mit Haut und Haar – und ignoriert alle Warnungen …